REKI KAWAHARA abec
SWORD ART ONLIN
Progressive
002
川原
插畫／ab
U0082097
SWORD ART ONLINE
Kadokawa Fantastic No

基滋梅爾
在第三層的活動任務裡登場的NPC。種族是「黑暗精靈」。封測時期的她會因為事件進行而強制被殺害，但……
「這樣的話，在直到道揚鑣之前，
我也會一直守護你們。」

「嗯。三個人一起上吧。」
亞絲娜
被關進「Sword Art Online 刀劍神域」的女性玩家之一。改變自暴自棄的想法，以完全攻略遊戲為目標。
「這不是什麼神的引導。
我和亞絲娜是因為自己的意志
而到那個地方。
所以，我們會陪妳到最後。」
桐人
以到達「艾恩葛朗特」最上層為目標的劍士。原本是「獨行」玩家，但暫時和亞絲娜組成搭檔。

「你是笨蛋嗎？」

「怎麼說呢……
就是哪一邊比較適合
當老婆之類的……」
「抱歉了，桐人。
這必須要經過女王陛下的
允許。」

「……單挑的話，
會有一方真的喪命喔。」

「我不論什麼時候都是相當認真喲～」
摩魯特
舊迪亞貝爾派的凜德所率領的公會「龍騎士旅團」成員。戴著鎖子頭罩的單手劍使。

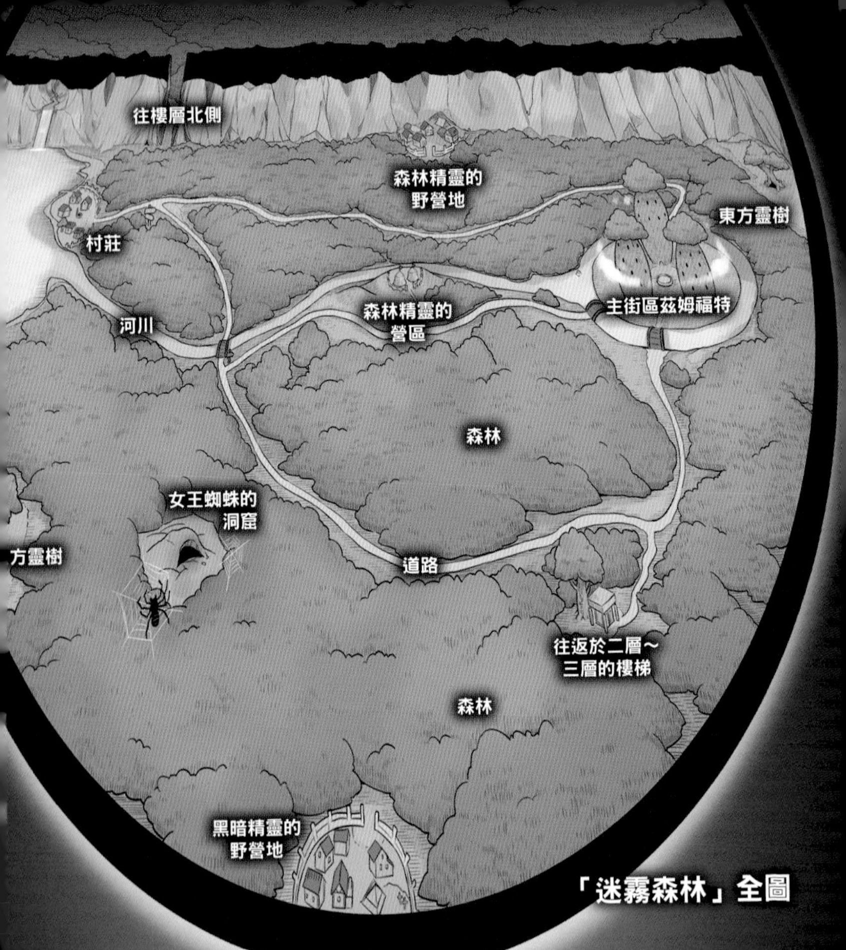

「迷霧森林」全圖

浮遊城艾恩葛朗特 各樓層檔案 Aincrad

■第三層

設計主題是「森林」。規模與氣勢和第一層「霍魯卡村」周邊或者第二層「南部區域」的森林完全不同，巨大的古樹可以說完全覆蓋第三層。樓層南部區域被稱為「迷霧森林」，濃霧將幻惑玩家的視線。主街區是位在樓層西南部一處叫做「茲姆福特」的城鎮，該處是將三棵靠在一起的參天巨木刨空後所建立的城市。森林南端有黑暗精靈，北端則有森林精靈的野營地，它們各自是SAO首次大型活動任務的據點。野營地內部設有住宿用的帳篷、食堂與浴場，進行任務的玩家不需要回到城鎮裡。要前往迷宮區所在的北部區域，就必須先打倒盤踞在中央山脈唯一山谷的練功場魔王。

第三層的魔王怪物是「邪惡樹妖．涅留斯」。它是擁有大型樹木外表的怪物，似乎與第一層的「狗頭人領主．伊爾凡古」、第二層的「亞斯特里歐斯王」同樣具有與封測時期不同的攻擊模式。

插畫／來栖達也

SWORD ART ONLINE

Progressive 002

「這雖然是遊戲，但可不是鬧著玩的。」

「SAO刀劍神域」設計者
茅場晶彥

SWORD ART ONLINE

REKI KAWAHARA

ABEC

川原 礫
插畫／abec
Kadokawa Fantastic Novels

黑白協奏曲

艾恩葛朗特第三層　二〇二二年十一月

1

艾恩葛朗特第一層沒有什麼特別統一的設計主題，也就是「什麼都有」的樓層。

除了草原、森林、荒野、溪谷等富變化的地形，主街區之外也有許多城鎮與村落，就像是要以最符合RPG遊戲的熱鬧氣氛來歡迎玩家一樣。只不過——在這種死亡遊戲的狀況下，只有少數人才有心情享受風景的變化吧。

接下來的第二層，則忽然轉變成相當有一致性的設計。除了被綠色牧草覆蓋，峰峰相連的多層構造圓桌形山脈之外，出現的也大多是動物型怪物。可能是為了慰勞攻略第一層的辛勞吧，練功場的難易度並不會太高。給人悠閒氣氛的第二層主題應該是「牧場」吧。但大部分玩家都稱它是「牛層」，至於理由就應該不用多說了。

而現在來到的是——尚未有人進入的第三層。

我一邊走上第二層魔王房間通往第三層主街區的螺旋階梯，一邊用力握緊右手，以自言自語的心情呢喃著：

「某種意義來說，現在開始才是真正的『SAO』……」

雖然是為了重新鼓勵自己的發言，但是……

「真的嗎？為什麼？」

背後立刻傳來這樣的問題，於是我只能用放鬆的手搔了搔頭部並回答：

「嗯……這是因為，從第三層才正式會出現人型Mob啊。第一層的狗頭人和第二層的牛頭人都算是亞人族，雖然會使用簡單的劍技，但外表完全是怪物對吧？但在這上面等待著我們的一部分敵人，外表和玩家幾乎沒有兩樣。沒有顏色浮標的話搞不好還真的看不出來。而且也跟NPC一樣會說話，也會靈活地使用劍技。也就是說……」

我回過頭去，對抬頭看著我的細劍使亞絲娜說道：

「……真正的『Sword Art Online刀劍神域』終於要開始了。把我們關進這裡的男人……茅場晶彥在以SAO做特輯的雜誌裡曾經這麼說過。他說『「Sword Art Online刀劍神域」呢，是劍技與劍技交織出來的光芒與聲音，以及生與死的協奏曲Concerto』……」

「…………這樣啊……」

即使聽見讓一年前的我大為興奮的發言，亞絲娜也沒露出什麼受到感動的樣子。她只是用規律的速度爬上階梯並輕輕聳了聳肩，然後說了出乎意料的發言：

「這些內容刊載出來時……茅場就已經計畫好這場犯罪了吧？」

「咦………啊～應該吧……」

在一個月又一週前的那一天，茅場俯視被強制轉移到「起始的城鎮」的一萬名玩家時的確這麼說過。他說：「我是為了創造這個世界並加以觀察，才會製造出NERvGear與ＳＡＯ。現在這一切都已經達成了。」

如果這番話為真，那麼不要說ＳＡＯ了，茅場晶彥根本在畫下NERvGear電路圖的第一筆時，就已經把這異想天開的犯罪做為最後的目標了。而讓年幼（其實也不過才一年前）的我興奮不已的少數訪談內容，也全都隱藏著雙重的意義。

亞絲娜這時又對到這個時候才注意到這種事的我靜靜說道：

「生與死的……協奏曲。這真的只是設定玩家對人型怪物的『劍技』所做的發言嗎？」

「咦……？什麼意思……？」

這次換成我露出疑惑的表情。之所以能面向後方爬上螺旋階梯，是因為這座「迷宮區⇕下一層往返階梯」的構造基本上都一樣，所以把封測時期的經驗加進去的話，我已經爬過十次以上的緣故。只有牆壁上泛黑的浮雕每一層都不同，仔細看就能發現它們暗示著下一層的風景與故事，但目前還是應該把注意力集中在亞絲娜的話題上。

細劍露出更加嚴肅的表情，然後用呢喃般的聲音說：

「或許只是我想太多……但協奏曲並不是樂器與樂器之間以對等的形式來演奏。如果是這種意思的話，那『二重奏』才比較合適。」

「那……協奏曲的正確意思是……？」

「雖然會隨著時代而有些許變化，但基本上是以管弦樂器為背景，然後以單獨或者少數獨奏樂器為主角來演奏的形式……也就是說不是一對一而是一對多，或者是少數對多數的音樂。」

「一對……多……」

小聲重複了一遍後，我原本準備表示「那果然是在比喻玩家對上Ｍｏｂ集團吧？」，不過在開口前還是把嘴巴閉上了。

這是因為，這個世界裡幾乎不會出現一名玩家同時跟多數，比如說十多隻怪物作戰的畫面。在沒有能夠殲滅廣範圍敵人的魔法，而且範圍型劍技的攻擊範圍也只比武器長度再長一點的ＳＡＯ裡，被多數怪物包圍就等於死亡。

當然這也反應在遊戲設計上，幾乎所有的怪物都是單獨，不然最多也只有兩三隻一起出現。只要不故意聚集，或者犯下引發警鈴陷阱的過錯，就不會出現一對多的戰鬥……應該說，出現這種狀況的話，不管是誰都會全力逃走吧。

「……這樣的話，這個世界根本不會發生能夠以協奏曲比喻的戰鬥吧。硬要說的話，只有魔王戰還扯得上邊……但這樣就變成魔王是主角，聯合攻略部隊是伴奏了吧。」

亞絲娜似乎想對一邊苦笑一邊聳肩的我說些什麼，但馬上又閉上嘴巴。暫停了一下子才隨著淡淡的微笑點著頭說：

「說得也是。看來果然是我想太多了。對了，桐人先生……」

「咦？怎麼了？」

「……沒事，已經來不及了。」

剛聽她這麼說，倒著爬樓梯的我後腦勺就用力撞上了厚重的石門。

「嗯咕……」

我一面發出丟臉的悲鳴一面踩著踉蹌的腳步，還因為差點踩空石梯而胡亂揮動雙手。但這麼做還是沒辦法恢復平衡，認為往後倒至少比往前撲撞上亞絲娜還好的我，心一橫就直接往後倒了下去。

結果應該撐住背部的門不知道什麼時候已經打開，我一面大叫「哇啊啊」一面通過出口，然後一屁股跌坐在長滿青苔的石頭地板上。這就是來到全新樓層後值得紀念的最初足跡。

艾恩葛朗特第三層。

設計主題是「森林」。但是規模與氣勢和第一層霍魯卡村周邊，或者第二層南部區域的森林完全不同。因為這裡最小的樹的樹幹直徑也有一公尺，高度也達到三十公尺以上。放眼望去盡是用巨木也完全不足以形容的古樹，由它們層層重疊在一起的枝葉縫隙透下來的金色光線，給人一種幻想世界的氣氛。

「哇啊……！」

當我正忍耐著尾椎受到的強烈衝擊時，亞絲娜已經發出微小的歡呼聲跑過我身邊。我維持坐著的姿勢直接一百八十度轉身，以眼睛追著她的身影。在稍遠處停下腳步，一邊享受零碎陽光一邊不停旋轉的亞絲娜，似乎正全力欣賞著無限寬廣的大森林全景。

「好棒……光是這樣的風景，就讓人覺得爬上來這裡值回票價了……！」

細劍使經常套在頭上的羊毛兜帽現在已經撥到身後，所以她長長栗色頭髮反射出來的閃亮光線就這樣射中我的眼睛。加上她纖細的體格以及凜冽的美貌，甚至會讓人覺得她不是玩家而是居住在森林的妖精。

「……的確是值回票價了。」

低聲說完後，我便撐起身體站了起來。拍了拍皮革大衣，大大伸了個懶腰。可能是錯覺吧，這裡似乎連空氣都變得甘甜溫潤。不知道是不是有很多芬多精就是了……

稍微往後瞄了一眼，就看見一座古老的石造涼亭建立在一棵超級大樹的樹根處，而我們爬上來的階梯正從涼亭的地板上張開漆黑的嘴。在第二層魔王房間進行戰後處理的其他前線攻略玩家，再過二十分鐘後就會爬上來了吧。

「……那麼……」

我一邊打開視窗，一邊迅速打著即時訊息。把「第二層攻略完成，請把一個小時內第三層的轉移門將會開通的消息廣為傳送出去」的內容傳給情報販子「老鼠亞魯戈」。她雖然也出現在第二層魔王攻略的會場，但在魔王被打倒前就不知不覺消失無蹤，所以為了慎重起見還是通知她一下。

攻略隊領袖凜德拜託我們的任務這樣就算結束了。我消去視窗，再次眺望著周圍的森林。

雖然很想再享受一下來到第三層的感慨，不過還是不能浪費太多時間。來到新的樓層後要做的事情還是跟之前一樣，在購物之後接受任務，接著戰鬥提昇等級，但在那之前還是有一件事情得先跟暫定的小隊成員確認一下才行。

下定決心後，我移動到依然專心欣賞風景的亞絲娜身邊，先乾咳了一聲才開口說道：

「那個～抱歉在欣賞美景的時候打擾妳……」

「……？怎麼了？」

細劍使難得以笑容看著我，我用右手食指把她的視線誘導到前面，也就是北方。可以看見從後面涼亭延伸過來的石子古道，在二十公尺左右的前方分歧成了Y字形。

「從那條路往右邊走馬上就是主街區。往左的話就是一片森林，穿過去後可以到達下一個村莊。」

「……嗯。」

「原本應該先到主街區把轉移門有效化，但我想把這個任務交給馬上會追上來的凜德隊或是牙王隊。」

「…………嗯。」

「至於理由嘛，當然有一部分是因為不想被人看見，但有一部分是因為我想先到左邊的森林去完成一件工作。不過呢，這兩個理由都是我個人的因素……」

說到這裡，細劍使的笑容也慢慢開始消失。相對的，眼睛裡出現凶狠的目光。雖然我已經慢慢學會這時候要是弄錯用詞遣字，將會讓亞絲娜的心情一口氣變差，問題是我根本無法掌握變化的法則。

「…………然後呢？」

在冷酷的聲音催促下，我又畏畏縮縮地繼續說道：

「……那個……我想還是得進行補給與保養，如果亞絲娜想先去主街區，那我們的小隊就先在這裡解散……當然，如果您願意陪我去森林裡辦事情的話，我也沒有任何的異議……」

「我．沒．有不想解散小隊喔。你和我都是獨行玩家吧？」

「是……是的。」

「不過呢，你說的工作，一定是『先解決就會有好處』的事情吧？這樣我就跟你一起去吧，因為我最討厭效率差的事情了。當然，如果你寧願拋下目前仍是小隊成員的我也要獨占利益的話那也就沒辦法了。」

「沒……沒有啦，我怎麼可能想獨占呢，完全沒有這種想法。而且人多效率也比較高。」

「那就快走吧，暫時不用補給和保養也沒關係。」

「好……好的。」

細劍使說完便轉過身子，開始以靴子踩出腳步聲往前走去，從後面追趕上去的我則在內心做出「勉強算安全！」的謎樣判定。其實自己也不清楚有什麼好安全的就是了。

真是的，早知道會這樣，就應該在班上和女同學們有更多類似對話的行為……雖然忍不住這麼想，但馬上又冷哼一聲來加以否定。如果我是這種能力構成的國中男生，就不會在ＳＡＯ正式開始營運不到五秒鐘就潛行到這個世界了。沒有那麼做的話，就不可能出現和這個性格多變的細劍使兩個人走在森林裡的情況，所以這根本是毫無意義的假設。

——我忽然浮現「話說回來……」的想法。

回顧自己被囚禁在這座浮游城的一個多月，就會想到我雖然為了存活……也就是為了強化自己而一路不停地拚命往前衝，但是我曾經後悔過玩了這款名為ＳＡＯ的ＶＲＭＭＯ遊戲嗎？

一般來說都會後悔吧，不後悔的傢伙才是異常。但就算我再怎麼回溯自己的感情紀錄，最多也只有恐懼與思鄉兩種情緒，就是找不到後悔這兩個字。

也就是說我是個異常的人嗎？還是目前的狀況根本沒有讓我感到後悔的空間？如果是後者的話，那麼這個「狀況」，一定也包含了現在颯爽地走在我前方三公尺處的細劍使。如果是因為被她耍得團團轉，而讓後悔等負面情感從腦袋裡脫落的話……

——不行不行，就算是在心裡也不能感謝她。因為她對我發的脾氣已經超過感謝的心情十倍了！

我一邊下定這樣的決心，一邊加快腳步來到暫時的小隊成員身邊。

根據封測時期的經驗，樓層魔王被打倒後，在藉由往返階梯來到下一層的玩家將主街區轉移門有效化的三十分鐘裡，怪物的湧出率將受到極端的壓抑。

這應該是營運方為了不讓在魔王戰裡疲憊不堪的玩家，在進入下一層主街區的大門前就全部被雜兵Ｍｏｂ消滅所做的小小貼心設計，可惜的是這樣的恩惠也僅限於城鎮周邊。

在貫穿森林的古道上走了五分多鐘後，我就在搜敵技能實際發動前，快一步感覺到周圍的空氣有所改變了。每往前走一步，就會感覺到柔和美麗的幻想森林慢慢轉變成帶有冰冷敵意的「圈外」。

「亞絲娜，這邊出現的敵人，強度跟第二層迷宮區裡的傢伙差不了多少。幾乎都是動物或植物型的怪物，所以不會使用劍技。」

聽見我的解說後，細劍使默默地點了點頭。

「但是所有的Ｍｏｂ都有一個共通的行動模式，就是在戰鬥中會慢慢把我們誘入森林深處。看見對手露出空隙就拚命使用突進攻擊的話，獲勝時經常會找不到路喔。」

「這個嘛……」

「但是只要看地圖，就能看見曾經走過的地方被標示出來了吧？」

揮動右手，實際把視窗叫出來的我，又迅速把地圖切換成可視模式來展示給亞絲娜看。

「啊……好淡喔。」

正如她所說的，大部分反白的地圖上，本來應該以清晰的３Ｄ影像標示出我們走過的地方，但現在那些地方卻因為籠罩著霧氣而顯得特別淡。就算仔細看，也無法確認哪裡有道路。

「這邊的區域專有名詞是『迷霧森林』，除了地圖很難看清楚外，還時常會有超級濃霧籠罩，真的很容易迷路。所以就算是在戰鬥中，原則上也絕對不能離開這條道路與小隊成員。這一點一定要注意。」

「了解。那麼……就請你立刻實際表演一下吧。」

「咦？」

「好像有東西從後面看著我們喔。」

這句話讓我畏畏縮縮地轉過身子。略微偏離道路的森林入口處站著……不對，應該說長著一棵細長的枯木。淡黃色的樹幹直徑有十五公分，高大約有兩公尺，跟周圍的古木比起來可以說小多了。但並排在上部的兩個樹洞浮現出像眼睛一樣的藍白燐光，往左右兩邊伸長的枝椏也像是細長的鉤爪般晃動著。

枯樹和我互瞪了幾秒鐘後，右側的根部終於一邊發出摩擦聲一邊離開地面往前跨出一步，接著是左邊的根部。搖搖晃晃的不安定步行轉眼變成來勢洶洶的衝刺。並排的樹洞底下那第三個樹洞像嘴一樣張開，並且從裡面發出「摩囉哦哦哦哦哦！」的吼叫聲。

枯樹，不對，植物型Ｍｏｂ「樹妖幼苗」擁有幾個特殊能力，其中之一就是長在地面上不動時，玩家的搜敵技能沒辦法發現它。看來是我太熱衷於說明，然後從樹妖的旁邊走過去了。

警告完自己「不能掉以輕心！」後，我便將右手往背後伸去，高聲拔出了愛劍「韌煉之劍＋６」。

約三分鐘後，左右的樹枝被我的劍砍下，樹洞嘴被亞絲娜的「風花劍＋５」貫穿的樹妖，嘴裡一邊發出悲傷的「摩囉囉囉……」聲一邊爆散開來。

互相輕碰一下左拳來慶祝勝利後，我們同時把劍收入劍鞘。雖然已經特別注意，還是被樹妖的「身體前後互換」的技能迷惑，進入偏離石頭道路五公尺左右的森林裡。雖然這點距離很容易就能走回去，但在霧氣籠罩的情況下，離開十公尺的話就很危險了。

亞絲娜一邊向古道走去一邊說：

「好像……有點罪惡感耶。」

「咦？」

「因為剛才的樹妖是幼苗，也就是之後還會長大吧？把它砍倒就一點都不環保了。」

「呃……嗯，是沒錯啦……但妳只要看過那傢伙長大後的『高齡樹妖』，一定會覺得『得趁它是幼苗時先幹掉它才行！』。」

「……別用大阪腔說話好嗎？有一個牙王就夠了。」

一面開玩笑一面回到古道上後，我立刻鬆了一口氣。從遙遠上空的樹梢照射下來的金色光線角度雖然有些增加，但是距離夜晚還有一段時間。

「……那麼，應該是這邊附近了……」

「你說什麼……啊，是那個嗎？剛才桐人先生說的『想先解決的工作』。」

「ＹＥＳ。不過呢，其實也就是去接下一個任務而已……但任務開始的ＮＰＣ位置是亂數決定。亞絲娜，妳對耳朵有自信嗎？」

我一邊說，一邊順便把視線移了過去，結果細劍使不知道為什麼用雙手遮住粉紅色的可愛耳朵並往後退了一步。

「……桐人先生有那種興趣嗎？你喜歡耳朵？」

「不……不……不是啦！這種狀況下說的自信，指的不是外形而是聽力吧……」

「開玩笑的。說起來呢，這種狀況下跟耳朵好不好根本無關吧。我們不是用鼓膜，而是用腦在聽聲音啊。」

「……原來如此，妳說得沒錯。那我們兩個人一起找吧。如果有竊聽技能就容易多了……」

我挺直背桿，雖然知道可能沒有意義，但還是把手掌貼在耳朵後面，而亞絲娜也一邊模仿我一邊說：

「是可以幫忙找啦，不過是什麼聲音？不要跟我說是一片樹葉掉下來的聲音喔。」

「別擔心，不是自然的聲音而是金屬聲……具體來說呢，就是劍與劍撞擊的聲音。」

結果亞絲娜一瞬間露出疑惑的表情，但馬上就點頭回答：「了解了。」

我們自動在古道中央背靠著背站在一起，然後四隻耳朵專注聽著來自四面八方的聲音。平常沒有注意，但這個假想世界裡其實也存在各式各樣的環境雜音。比如說風聲、樹葉摩擦聲、背景生物的腳步聲、小鳥鳴叫聲等等……把這些聲音一個個從意識中排除掉，只尋求硬質的人工聲後——

「…………！」

我和亞絲娜靠在一起的背部同時震動了一下。我向右邊，亞絲娜朝左邊回過頭，互相點了點頭後……同時指向西南方。從那裡傳來了細微，但是相當清晰的武器碰撞聲。

「我們走吧。」

當我準備邁開腳步時，亞絲娜就用力拉了一下我的大衣。

「進入森林沒關係嗎？」

「別擔心，只要順利接下任務就可以回到路上了。」

「……沒接到的話呢？」

「沒問題，我也準備好野營道具了！來，快走吧！」

小跑步朝著森林而去的我，耳朵雖然聽見了「野營……？」這種極度懷疑的聲音，但馬上就轉變成從後面追上來的腳步聲了。

離開石頭道路後，覆蓋著軟綿綿青苔的地面所帶來的些許彈性雖然讓人有些在意，但還不至於難以行走。我們兩人就這樣一邊左閃右避地繞過巨樹樹幹，一邊朝著聲音來源衝去。由於遇上Ｍｏｂ會很麻煩，所以就遠遠繞過搜敵技能有所反應的浮標來加以迴避。雖然拿「長在地上的樹妖」沒辦法，幸好這次沒有遇見這種怪物。

跑不到五分鐘的時間，目標的金屬聲音量也變大了不少，甚至開始在武器碰撞聲的空檔中聽見喊叫的聲音。視界中央首先浮現兩個NPC色的浮標，接著可以清楚看見反射在許多樹幹上的特效光。

再繞過一棵巨樹就能到達目標的戰場時——我就停下腳步，以右手制止了背後的亞絲娜。對她做出豎起食指的「保持安靜」手勢後，我們兩個人便同時從粗大的樹幹邊緣悄悄地往對面看去。

還算寬敞的空地上，可以看見兩道正在激戰的身影。

一邊是穿著閃爍的金色與綠色輕裝鎧甲的高大男性。右手上的長劍與左手的小圓盾也一看就知道是高級品。綁在後頭部的頭髮是漂亮的白銀金色，長相也是會讓人聯想到好萊塢明星的北歐系帥哥。

相對的，另一個人則是穿著黑與紫的鎧甲。手上呈現平緩弧形的軍刀與小型鳶型盾也是暗色系，不過裝備的等級也同樣很高。留著一頭藍紫色短髮的戰士，肌膚略黑的側臉是會讓人驚嘆不已的美貌。從光亮的紅唇，以及微微隆起的胸甲來看，就能知道這名黑色劍士是女性。

「喝啊！」

金髮男隨著勇猛的叫聲揮落右手的長劍。

「嘿呀！」

紫髮女性則用軍刀迎擊。隨即傳出「鏘——！」一聲清澈的金屬聲，出現的特效光也一瞬間照亮了蒼鬱的森林。

「……真……真的是ＮＰＣ嗎……？」

在我正下方的亞絲娜用難以置信般的口氣呢喃著。

其實我能了解她的心情。兩人全身的動作與生動的表情，根本看不出是由系統操作的無生命虛擬角色。但是——

「別說ＮＰＣ了，嚴格來說他們甚至被當成Ｍｏｂ呢。妳看看他們的耳朵。」

「咦……啊！兩個人……都是尖耳朵。也就是說……」

「男的是『森林精靈』。女的則是『黑暗精靈』。然後妳再看他們頭上。」

亞絲娜照我的話把視線稍微往上移。然後再次發出「啊」一聲。

展開劇烈戰鬥的兩名劍士，頭上都標示著金色的「！」符號。那證明了他們是開始任務的ＮＰＣ。一般來說，只要靠過去跟ＮＰＣ對話，就會自動出現任務記錄。只不過——

「兩個人都有任務符號，而且還在交戰，這到底是怎麼回事……？」

「其實很簡單，就是『只能接受一方的任務』——這時候呢，就要由亞絲娜來做出重大的選擇了。」

我一這麼說，細劍使便把視線從兩名精靈身上移開，然後往上看著我。

「選擇……？」

「嗯。他們給予的並不是單一，或者是像之前也有過的幾個系列任務。而是首次的大型活動任務。這個任務甚至橫跨好幾層，一直要到第九層才會完結。」

「第九……」

亞絲娜急忙按住差點叫出「第九層！」的嘴巴。但是栗色的眼睛已經因為驚訝而瞪大。看見她的反應後，我一邊在心裡竊笑，一邊又轟炸了更加勁爆的情報：

「而且途中就算失敗也不能重新接受任務。當然，也無法變更成對立的路線。在這裡選擇某條路線後，就只能一路把它完成到第九層了。」

「喂喂，你啊……這種事情應該要更早……」

亞絲娜原本要露出生氣表情的臉孔，在途中就變成了疑惑的表情。

「等等……對立路線？也就是說，那兩名精靈的……」

「沒錯。要幫助某一邊，然後和另一邊戰鬥。黑和白，妳覺得哪一邊比較好？」

隨口提問後，亞絲娜不知道為什麼就瞇起眼睛瞪著我。

「……根本沒有選擇的餘地吧？如果是一般的遊戲就算了，以現在的ＳＡＯ來說，也只有選擇你在封測時期選過的路線了吧。應該說……我早就確定你會選擇哪一條路線了。」

這次換成我被說得啞口無言，只能發出「嗚！」一聲。亞絲娜的眼神越來越冰冷，接著又用堅定的語氣斷言道：

「——是黑暗精靈的大姊姊對吧？Didn't you？」

「Y……Yes，I did……但……但不是因為大姊姊，而是因為她是黑色喔。」

——結果這種藉口當然發揮不了作用，亞絲娜站起來後直接哼一聲把臉別開。

「算了，我也不想幫助男性砍殺女生。那只要幫助黑暗精靈打倒森林精靈就可以了吧？我們走吧。」

亞絲娜迅速說完一串話後，就準備從藏身處走出去，我急忙拉住她的兜帽。

「等……等一下啦。還有一件很重要的事！」

「什麼事？」

「就是……雖然決定幫助黑暗精靈，很可惜的是我們絕對贏不了森林精靈。」

「咦……咦咦？」

為了讓再次瞪大雙眼的亞絲娜冷靜下來，我把手放到她纖細的雙肩上繼續說道：

「光是看見很高級的裝備應該就能了解，那個白色的『森林精靈．聖騎士』以及黑色的『黑暗精靈．皇家侍衛』本來是第七層之後才會出現的精英等級Mob。就算等級已經提昇到安全範圍，但依然不是剛來到第三層的我們能夠對付的對手。」

「那……那……要怎麼辦？因為……我們死掉的話……」

「不要緊，雖然會輸也絕對不至於到那種程度。當我們的HP剩下一半，我們協助的那一邊就會使出殺手鐧來打倒對方。我們只要不慌不忙地拚命防禦就可以了。雖然這樣HP還是會不斷減少，但黑暗精靈大姊姊會救我們，所以只要冷靜地等待即可。陷入慌亂而到處亂跑最是危險，因為還是有可能會碰到其他的Mob。」

「……………我知道了。」

「好吧。」

我拍了亞絲娜的雙肩然後把手移開。

「那數到三就要衝出去囉。靠近之後任務就會自動開始，妳只要待在我身邊就可以了。」

我和輕輕點了點頭的細劍使並肩而立，一邊開始倒數，一邊在內心向她簡短地賠罪。

其實有一項情報我故意沒有告訴亞絲娜。就是救了我們之後，黑暗精靈的大姊姊……名字叫「基滋梅爾」的女性，為了幫助被森林精靈壓著打的我們，將會使用禁忌的技巧，然後和敵人同歸於盡。另一條路線……也就是幫助森林精靈和大姊姊戰鬥也會有相同的結果。不論選擇哪一邊，兩名精靈戰士都會在這裡喪生，而我們則會被捲進兩個種族的戰爭裡，然後開始漫長的活動任務……不對，應該說開始漫長的故事……

「……2、1、0！」

我和亞絲娜配合著倒數衝進空地。戰鬥中的兩名精靈同時看向我們，然後奮力往後跳來拉開距離。同一時間，兩人頭上的！符號也變成表示任務進行中的？符號。

「人族到這座森林來做什麼！」男性森林精靈這麼說道。

「不要來打擾我們！快點離開！」黑暗精靈大姊姊如此表示。

當然也可以按照他們的指示離開現場。只是這樣就不會開始任務了。我和亞絲娜交換了眼神後，同時拔劍——然後把劍尖對準森林精靈金光閃閃的胸甲。

對方英俊的面容變得越來越是險峻。為了警告我們活動Ｍｏｂ的黃色浮標將轉變成敵對狀態，外圍開始有紅色框線閃爍著。

「愚蠢的傢伙……竟然去幫助黑暗精靈，那就成為我劍下的亡魂然後消失吧。」

「我……」

「我們是要幫她，但要消失的是你這個家暴男！」

耍帥的台詞被搶走，而且懷疑這種狀況能不能算家暴的我，視線前方森林精靈的浮標變色了。從淡黃色——轉變成接近漆黑的暗紅色。嗚咿～太強了吧，才剛這麼想，男人英俊的臉上就浮現優美且殘酷的笑容。

「好，那我就先收拾你們吧，人類。」

我一邊把注意力集中在對方「鏘！」一聲架起的長劍上，一邊對亞絲娜呢喃道：

「記好囉，只要專心防禦！」

——話雖如此，其實也撐不到三分鐘啦。在心裡加上這麼一句話的我，看見小隊成員側臉的某種表情後，就產生一股非常不安的心情。因為即使相處的時間不長，我也知道細劍使亞絲娜——只有超級認真時才會出現那樣的表情。

「那個……專心……防禦……」

「我知道啦。」

她低聲這麼叫道，但是右手的細劍卻跟嘴裡說的話相反，開始綻放閃亮猙獰的光輝。

二十分鐘後。

「怎……怎麼可能……」

茫然望著留下這句話就整個人往後倒的森林精靈大哥，我也跟著低聲呢喃：

「怎……怎麼可能……」

雖然眨了好幾次眼睛來確認敵人的HP條，但無論怎麼看都歸零了。相對的，我和亞絲娜的HP條都在減半，也就是差點就進入黃色區域前停了下來。封測時期，我們的四人小隊和這名森林精靈戰鬥，才短短兩分鐘就全部被擊敗了啊。

「……什麼嘛，只要努力還是能打倒啊。」

聽見這樣的聲音而轉過臉後，隨即和即使露出疲勞表情也還是挺直背桿站在那裡的亞絲娜四目相對。我又把視線往左邊移了一公尺。那裡站了一個單手拿著黑色軍刀，默默低頭看著敵人屍骸的黑暗精靈。

「應該死掉了啦，大小姐」，我腦袋裡一邊重複著這來路不明的台詞一邊注視著對方，結果黑暗精靈騎士基滋梅爾小姐就緩緩抬起頭來看著我。

感覺她縞瑪瑙般的眼珠似乎露出驚訝、疑惑以及「那個……我到底該怎麼辦？」的感情，不過那一定是我想太多了。

應該說，希望只是我想太多了。

2

我在封測時期經歷過的這個名叫「翡翠祕鑰」的任務，本來應該是這樣的發展。

不論是幫助森林精靈的男騎士還是黑暗精靈的女騎士，最後兩個人都會同歸於盡。一起戰鬥的精靈會多活幾秒鐘的時間，留下一句「把祕鑰送到○○」後就喪命了。至於○的內容嘛，森林精靈的野營地位在這座森林北部。而黑暗精靈的野營地則是在南部。兩人的屍骸消滅後，會留下一個縫合樹葉所製成的小袋子。裡面裝著一把綠色寶石打造的大鑰匙。

玩家當然就依照騎士的遺言把鑰匙送到北方或南方的野營地——當然也可以不送過去而拿到街上的ＮＰＣ商店賣掉，但獲得還算可以的珂爾後任務就無法進行下去了。順利抵抗誘惑並成功把鑰匙送到的話，野營地的司令官精靈就會贈送給玩家一些獎賞，並且提出接下來的任務。

但我從來不知道還有幫忙的騎士存活下來這樣的分歧情節。既然連我都不知道了，那麼其他原封測玩家，甚至是那個亞魯戈應該也不知道吧。也就是說，接下來要有面對未知故事發展的覺悟才行了……

這麼想著的我只能茫然站在現場，亞絲娜則是一臉輕鬆地把細劍收回劍鞘，而黑暗精靈騎士基滋梅爾依然保持著沉默。這時距離基滋梅爾稍遠處的森林精靈屍體發出細微的破碎聲並消滅。雖然增加了許多經驗值與柯爾，而且還掉了幾件稀有道具，但現在根本沒有時間確認。

因為屍體消失後的地面上，還留著那個我曾經看過的樹葉製束口袋。掉在地上的道具要是不快點撿起來就會消失，不過在這種情況下實在無法立刻判斷可不可以撿起來。如果伸手拿起正是觸發基滋梅爾小姐敵對伏線的動作，那可就是屋漏偏逢連夜雨了。

「咦？呃…………這……這是什麼啊？」

我說出相當刻意的台詞，由於亞絲娜聽見後就理所當然般準備撿起鑰匙，我便反射性從後面拉住她的兜帽斗篷，在她狠狠瞪了我一眼時，基滋梅爾才終於有所反應。

她彎下腰部，以帶著黑色皮手套的雙手小心翼翼地撿起袋子。然後靜靜地把袋子抱在胸前，像放下心中大石般呼出長長的一口氣。

「……這樣聖堂就暫時能守住了……」

以細微的聲音呢喃完後，騎士就把袋子收進腰包裡，然後端正姿勢看著我們。她漆黑的瞳孔再次變得嚴厲，但立刻又像是感到疑惑而開始晃動，那種模樣實在讓人很難相信她是由程式所操控的活動物體。

「…………我應該向你們道謝。」

震動黑色與紫色的鎧甲行了個禮後，基滋梅爾又繼續說道：

「託你們的福才能守住第一祕鑰，很感謝你們的幫助。相信我們的司令官也會給兩位獎賞，就請你們跟我一起到野營地去吧。」

這時她頭上通知任務進展的「？」符號再次亮起。我一邊注意不表現在臉上，一邊全力鬆了口氣。即使打倒森林精靈，活動任務似乎也能夠正常地進行下去。

只不過——我原本的計畫是闖入精靈之間的戰鬥取得主要道具後，就先回到主街區去。因為經過與第二層魔王的死鬥後，完全沒有休息就來挑戰這個任務了。雖然來到新樓層的亢奮感還沒有讓身體感覺到太強烈的疲勞，但這個世界裡累的不是肉體而是精神，所以過於勉強而忽然被沉重的消耗感襲擊是一件相當恐怖的事。暫時的搭檔亞絲娜甚至在第一層迷宮區深處首次遇見我後，就因為極度的疲勞而昏倒。就算很難累到像她那樣，注意力不集中還是會引起或大或小的失誤，所以控制肉眼無法看見的疲勞參數也是獨行玩家必須的技能。

我一邊展開這樣的高速思考一邊側眼看了一下細劍使，但她連看都不看我一眼就往前走出一步，然後對騎士基滋梅爾說：

「那就恭敬不如從命了。」

「…………」

這時說不出話的不只是我而已，基滋梅爾也緊盯著亞絲娜並保持沉默。與ＮＰＣ——嚴格來說黑暗精靈基滋梅爾應該是Mob——之間的問答，沒有代表YES或NO意思的明確發言的話，對方就不會有正確的反應。

我乾咳了一聲，準備說出「OK，走吧」。

但女騎士已經早一步輕輕點頭並轉過身。

「好吧，野營地就在穿越森林南邊的前方。」

任務記錄繼續進展，騎士頭上的「？」符號緩緩消失。取而代之的是視界左側出現宣告第三名小隊成員加入的訊息，接著追加了新的HP條。

基滋梅爾開始颯爽地往前走去，亞絲娜也踩著輕快的腳步跟在後面。我在現場僵了三秒鐘左右，才急忙從兩人後面追了上去。

從剛才的反應來看，黑暗精靈應該是理解了亞絲娜話裡表示YES的訊息了。但是就我所知，封測時期的NPC根本沒有如此發達的會話能力。

照一般常識來判斷，應該是因應正式營運而擴充了NPC的自動應答程式用資料庫……但就算是這樣，騎士基滋梅爾的口氣與表情也太過自然了。換句話說，甚至會讓人覺得她有點像玩家。

我一邊走在三人小隊的最後面，一邊再次確認她的彩色浮標，顏色是NPC——正確來說是活動Mob——的黃色，而名字也確實寫著「Kizmel：Dark Elven Royal

Ｇｕａｒｄ」。玩家姓名無法選擇跟怪物的名字完全一樣的文字列，所以可以確定她是由程式驅動的活動物體。如果ＳＡＯ正常營運的話，我就稍微會懷疑是不是營運方的工作人員在操控這個角色，但在變成死亡遊戲的現在，這應該不可能……才對。

……看來是我想太多了。

我採用了自己隨意做出來的結論，點了點頭後就加快腳步追上兩名女性。

在到達下一個目的地的路途上，我就了解即使處於封弊者的價值搖搖欲墜的異常狀況中，起碼還是有一項對自己有利的好處存在。

要到達黑暗精靈部隊的野營地，就必須離開古道直接穿越森林，這樣碰上怪物的機率自然也會上昇。而且被「迷霧森林」特有的濃霧籠罩後，還有搞不清楚現在位置的危險。

不過只要一遇上怪物，基滋梅爾小姐的軍刀就會迅速地把牠們砍倒，該說不愧是身為精靈嗎？她似乎在迷霧當中也知道前進的方向。對效率至上的我來說，目前先暫停任務，然後在基滋梅爾小姐加入小隊的情況下瘋狂狩獵Ｍｏｂ實在是相當有吸引力的選擇，不過我最後還是放棄了。理由是，我有預感太得意忘形的話這名精英黑暗精靈將會發脾氣的緣故。

因此開始移動後僅僅過了十五分鐘，我的視界裡就看見了幾面在濃霧中飄動的黑色旗子。

「結果很輕鬆就到達目的地了。」

由於旁邊的亞絲娜這麼說道，我也只能用微妙的角度點了點頭。這時走在前面的基滋梅爾也停下腳步轉過頭來，然後用可能還是我想太多的些許驕傲表情說道：

「整座野營地都施加了『森林隱形咒』，只有你們的話可不會那麼容易就找到這裡。」

「這樣啊……咒語指的是魔法嗎？但這個世界不是沒有魔法嗎？」

絲毫不怕生的亞絲娜直接用跟平輩說話的口氣這麼問道，讓聽見的我稍微流出了冷汗。先不管用詞遣字好了，只會做出預設反應的NPC真的能理解亞絲娜說的話嗎？就算可以理解，我也覺得這不是基滋梅爾能夠回答的問題。

因為SAO不存在魔法的理由是「為了讓玩家體驗最真實的VRMMO戰鬥」——換言之就是「不讓戰鬥射擊遊戲化」這種設計概念上的理由。

「我說亞絲娜啊，那是……」

打算幫基滋梅爾圓場的我，準備壓低聲音向亞絲娜說明這些不為人知的消息。

但我出於好心的行為，又再次漂亮地揮了空棒。

「……我們的咒語根本還稱不上是魔法。」

黑暗精靈伏下長長的睫毛低聲說道：

「真要說的話，大概是古代偉大魔法的些許殘香吧……自從跟大地分離，我們留斯拉的人民就喪失了所有魔法……」

基滋梅爾的嘆息聲在經過五秒的時間差後才帶給我巨大的衝擊。不對，應該說我花了這麼長的時間才能夠理解她所說的內容。

自從跟大地分離、喪失了魔法。

感覺上……這些話不只是在說明ＳＡＯ這款遊戲為什麼不存在魔法技能的理由。說不定還跟浮遊城艾恩葛朗特存在的理由有關。

回想起來，我到了現在這個時間點，還是幾乎沒接觸過ＳＡＯ這款遊戲的「世界設定」。自從在雜誌與網路上發布消息後，我就瘋狂地閱讀著無數的報導、評論以及開發者訪談，但上面關於設定名的情報都只有「遊戲的舞台是浮在空中的巨大城堡，而且還是由一百層練功場層層堆疊而成」。不論是多人還是單人遊戲，只要是ＲＰＧ的話遊戲世界的背景設定……也就是「世界發展至此的故事」應該是跟系統面具有同樣比重的要素才對。

即使開始封測，世界觀的設定依然相當薄弱。我當時曾經完成過一次這個精靈戰爭的活動任務，但就是森林精靈與黑暗精靈因為「聖堂」而爭鬥（而且到最後都不知道那個聖堂究竟是什麼）——這樣簡單的內容，我記得跟艾恩葛朗特的存在理由完全扯不上關係。

最後遊戲終於開始正式營運，當它變成無法登出的死亡遊戲時，我才理解ＳＡＯ的背景設定如此薄弱的原因。

從遊戲設計者茅場晶彥的宣言，就可以知道為什麼沒有開發者所給予的故事設定了。當時他是說，舞台我準備好了，你們自己創造故事吧。

當然這都是我擅自的想像，但到現在我還是覺得應該跟事實相距不遠。如果是這樣的話，騎士基滋梅爾的……也就是驅動著精靈騎士的ＳＡＯ系統所說的「內容」，就已經超越了茅場的意圖。

精靈騎士目前微微低著頭走在前面，而我則有很強烈的衝動想對她提出一大串問題。雖然不知道她所說的「留斯拉」是大陸名、國家名還是城鎮名，但是黑暗精靈們的故鄉為什麼會與大地分離，然後被關到這座浮遊城裡面？說起來，這座城到底是什麼人為了什麼而製造的呢？

我想這些情報應該和「完全攻略死亡遊戲回到現實世界」這個第一目標無關。說起來我會接受這個活動任務，不過是因為完成每一部分都能獲得豐富的經驗值，而且報酬道具的性能也很高罷了。我並沒有特別想幫助黑暗精靈軍。數十分鐘前，如果亞絲娜堅持的話，我甚至還有可能站在森林精靈男騎士這邊和基滋梅爾戰鬥。

因此我深吸了一口氣來鎮壓住急遽燃起的好奇心，暫時默默地跟在騎士後面。

靠近在濃霧深處飄揚的漆黑旗幟後，霧氣在某個地方就像騙人般消失，視界也忽然變得清晰許多。

我們似乎已經接近森林南端，左右兩邊都是險峻的岩壁。其中有一處開了一個大約五公尺左右的缺口，缺口左右兩邊則立著細長的柱子。剛才成為我們目標，黑底上染著角笛與單刃刀圖案的旗子正在柱子頂端隨著微風飄盪。

兩根柱子前面站著跟基滋梅爾比起來稍微算重武裝的——不過以玩家的基準來說應該還屬輕裝的範疇——黑暗精靈衛兵。兩個人就像要展示武器般立著細長的長柄刀，而女騎士則快步走向他們。

封測時期進行這個任務時，因為基滋梅爾已經和森林精靈同歸於盡，我和暫時的三名小隊成員得在沒有前導者的情況下接近衛兵。但慢慢湧起的緊張感甚至比當時還要強烈。看來身邊的亞絲娜也跟我一樣，這時她細微的呢喃聲傳進我耳裡。

「……我是覺得不會啦，不過應該不會在這個野營地裡發生戰鬥吧？」

「應該不會……才對。只要我們不向他們發動攻擊。不對，就算這樣應該也只是任務中斷或者被趕出去而已吧……」

「你可別亂試啊。」

輕輕瞪了我一眼後，細劍使像是下定決心般加快了腳步。

幸好衛兵們只是用懷疑的眼光瞪著我們，沒有說什麼就讓我和亞絲娜通過了。在狹窄的山谷裡走了一陣子後周圍忽然變得寬廣，可以看見一座直徑約有五十公尺左右的圓形空間。裡面架了大大小小將近二十個左右的紫黑色帳篷，而且還有外型優美的黑暗精靈戰士到處行走，可以說是相當有看頭的景象。

「哇……比封測時期的野營地要大多了……」

我用基滋梅爾聽不見的音量這麼呢喃著，結果亞絲娜就用訝異的表情看著我說：

「地點和之前不同嗎？」

「嗯。但這不是什麼異常狀況，像這種與活動任務有關的地點通常都是暫時性地圖（Instance map）……」

「Ins……tance？」

亞絲娜這一個月來似乎拚命學習遊戲系統，但好像還沒有學會這個用語。我一邊走向山谷最深處最大的帳篷，一邊小聲說明：

「呃……應該說是為了每一支接受任務的小隊所暫時生成的空間吧……我們接著就要和黑暗精靈的司令官對話來讓任務進行下去，這時候如果有進行同樣任務的小隊過來的話，事情就會很麻煩。當然，也有像第一層的『森林的祕藥』那樣，只要有人在跟ＮＰＣ說話，該地點就會被封鎖的任務。」

「嗯……嗯嗯……也就是說，我和你現在處於暫時從第三層的地圖上消失，然後轉移到這座營地的狀態囉？」

我一邊在內心暗暗佩服她的理解能力，一邊點頭回答：

「就是這樣。」

結果細劍使的眼睛開始出現有些懷疑的眼神，接著又迅速說道：

「隨時都可以出去吧？」

雖然出現許多異常的發展，但是和黑暗精靈先遣部隊司令官的面談就在平穩的氣氛下順利結束了。說起來呢，如果和理論上比基滋梅爾還要強的他戰鬥，我和亞絲娜一定馬上就會被幹掉吧。

司令官因為基滋梅爾的生還與奪回翡翠製的鑰匙而大為欣喜，贈送給我們頗為可觀的任務報酬以及性能優異的裝備道具。而且裝備還是能夠從幾個選項裡自己選擇的貼心模式。雖然造型與基滋梅爾的武器類似的軍刀相當吸引人，但現在這個時間點還是我的韌煉之劍＋6比較強，所以我便放棄軍刀而選擇了讓筋力＋1的戒指。亞絲娜也做出同樣的判斷，獲得了敏捷力＋1的耳環。

最後又從司令官那裡接受了開啟活動第二幕的新任務，接著我和亞絲娜便走出大帳篷。

回到山谷的草地上後，代替天空的下一層底部不知不覺間已經染上暮色。時間已經將近下午五點。緊張感才剛消失就有沉重的疲勞感襲來，我覺得今天差不多該休息了。

基滋梅爾以非常自然的動作大大地伸了個懶腰，然後轉身面向我們，動著看不太出來在微笑的嘴唇說：

「人族的劍士們啊，要再次感謝你們幫助了我。接下來的作戰也要拜託你們了。」

「沒有啦，我……我們才要請妳多多指教。」

「現在才想起來，還沒有問你們的姓名呢。你們叫什麼名字？」

這再次讓我嚇了一大跳。Ｍｏｂ……不對，一直把人家當成怪物實在不太好意思，還是當成ＮＰＣ好了，不過我真的是第一次被ＮＰＣ詢問姓名。

「呃，嗯……我叫桐人。」

「嗯，人族的名字發音真困難。桐人，這樣沒錯吧？」

由於音調有點奇怪，所以我又重複了一遍。

「桐人……」

「桐人。」

「沒錯，很完美了。」

看來剛才是微調姓名發音的程序。我到現在才有了「真的是ＮＰＣ耶」的真實感，然後看著基滋梅爾與亞絲娜重複同樣的對話。

結束發音調整，滿足地點了點頭後，女騎士再次開始跟我們對話：

「桐人、亞絲娜。你們叫我基滋梅爾就可以了。那麼……出發執行作戰的時間就交給你們決定。想先回人族的城鎮去的話，我就用咒語送你們到附近，如果要在野營地的帳篷休息也沒關係。」

沒錯沒錯，就是這樣的發展，我在心裡暗暗點頭。

封測時期，覺得回主街區很浪費時間的我就是借住在此地的帳篷裡面。因為床鋪相當高級，食物也很美味，而且食宿還都是免費。當然是有任務進行到某種程度就不能再使用的時間限制，但在那之前不用就是自己的損失了——

亞絲娜似乎完全看穿了我的想法。像要表示真受不了你般輕輕聳肩後，便回答基滋梅爾：

「恭敬不如從命，我們就在帳篷裡休息吧。謝謝妳這麼替我們著想。」

「不用跟我道謝，因為……」

沒錯沒錯，就是這種發展…………等等，不對喔，怎麼有點不一樣？

過去這裡提供給我的，是因為所有者死亡而空下來的帳篷。也就是基滋梅爾以前住的帳篷。當時我和三名小隊成員（全是男性）就是借住那裡，但是目前的情況是身為帳篷主人的騎士還活著。這也就表示——

「……沒有多餘的帳篷，得請你們睡在我們的帳篷裡。三個人的話會有點窄，就請忍耐一下吧。」

「不會的，很感謝妳讓我們使用…………三個人？」

亞絲娜這時候突然完全停止活動。

基滋梅爾似乎在等待接下來的話，於是我只好接著把話說完：

「謝謝，那我們就不客氣了。」

「嗯。我就在這座野營地裡，有事情的話隨時可以來找我。那麼我先告辭了。」

高潔的黑暗精靈行了個禮後，隨即颯爽地朝食堂走去。

亞絲娜繼續僵硬了三秒鐘左右，才終於把整個人轉向我，變化了三種表情後才開口說道：

「可以取消剛才的要求，請她用咒語把我們傳送到主街區嗎？」

可惜我已經知道這個問題的答案了。因為以前已經有一名小隊成員試過。因此我為了盡封弊者的義務開口說出事實：

「那個……沒辦法了。」

就跟整座野營地一樣，跟封測時期比起來，基滋梅爾的帳篷也提昇了不少等級。

主人雖然說「三個人住有點窄」，但裡頭的面積就算來了加倍的六個人也能夠輕鬆地躺下來。地板奢華地鋪了輕柔的毛皮，就算直接躺下去應該也能舒服地睡到早上。取代牆壁的布也是厚重的編織品，幾乎可以擋住外界的所有噪音。中央的柱子前面放著造型不可思議的火爐，目前正緩緩發出橘色光芒與暖氣。

我踏進如此舒適的空間後，隨即走到帳篷中央附近，然後「呼啊——」一聲長長呼出一口氣坐了下來。接著又慢吞吞地舉起手來叫出視窗，解除了背上的劍、各種防具以及長大衣。

當我直接從背部倒到地板上時，剛好就和從後面以冰冷眼神低頭看著我的亞絲娜四目相對。細劍使往前走幾步來到我右側，然後用靴子前端輕輕推著我的側腹部。

屈服於無言壓力的我持續滾動，一直來到帳篷的左端，亞絲娜才終於把腳收回去。

「那裡是你的範圍。然後，請把這邊想成國境線。」

由於靴子在把地板分成三等份的地方左右移動劃了條線，所以我還是確認了一下。

「……侵犯國境會怎麼樣？」

「這裡是『圈外』對吧？」

「我知道了，完全了解了。」

依然躺在地板上的我用力點了點頭，結果亞絲娜也笑著點頭回應，然後就走到帳篷的另外一邊。圓形的帳篷直徑大約有八公尺寬，所以各自到頂端就會相當有距離感。雖然不是因為隔開了一段距離，但比較放心的我這時以眼睛追著亞絲娜的身影，立刻就看見她也解除了胸甲與細劍，甩了一下長髮就坐到毛皮上。把背靠在柱子上的她稍微露出猶豫的模樣，最後還是把長靴也收進道具欄裡。

亞絲娜接著又把只穿白色襪子的腳筆直往前伸，然後抬頭長長地呼出一口氣。隔了一會兒就把臉移回原來位置的她，視線直接和一直無禮望著她的我撞在一起。

我反射性移開視線，以有些高亢的聲音說：

「那個……如果不習慣的話，我可以去外面睡……反正我也有睡袋……」

「沒關係啦，只要不超越國境線就好。」

由於回應的口氣竟然是平常模式，我便再次看了一下帳篷的另一側。結果似乎有比目前這種狀況更讓亞絲娜在意的事，只見她一邊用右手撫摸地板的毛皮一邊改變了話題：

「……雖然我還沒有掌握……這個連續任務全部的狀況，但這應該不是黑暗精靈與森林精靈哪邊是正義的一方哪邊又是壞蛋之類的故事吧？」

「咦？嗯……嗯，應該不是。基本設定和封測時一樣的話，就是再上面一點的樓層裡有一處叫『聖堂』的地方，然後裡面好像封印了某種擁有強大力量的道具，黑暗精靈和森林精靈就是因為那個而發生爭鬥，應該是這樣才對。」

「這樣啊……這麼說裝在那個葉子製袋子裡的，就是那個聖堂的鑰匙囉？」

「對啊。我記得總共有六把，然後藏在各層的各個地方，任務大概就是要收集這些鑰匙。」

「原來如此……──我在意的就是這個部分。一開始在森林裡發現戰鬥中的基滋梅爾小姐與森林精靈的騎士時，你不是問我要幫助哪一邊嗎？」

「是問了。」

「也就是說，也有玩家和我們不一樣，選擇了幫助森林精靈然後進行另一邊的故事吧？」

「當然也有這種情形……」

我正要點頭時，才終於了解亞絲娜擔心的事情。

「嗯……如果我們繼續進行任務的話，是不是就會和幫助森林精靈那一邊的玩家……」

「變成敵對關係呢……這就是我的想法。」

為了讓因為自己的話而皺起眉頭的細劍使放心，我擠出不習慣的笑容說道：

「別擔心，不會出現那種情形啦。如果是要打倒幾隻特定的Ｍｏｂ，或者收集幾個特定道具的任務，那就可能會和其他玩家競爭，但是像這種故事發展型任務呢，每個玩家或者小隊都是……嗯……獨立的那個……」

當躺在地板上的我正絞盡腦汁想著，該怎麼向算是網路遊戲初學者的亞絲娜說明才好時，她似乎已經先行解決問題般用力地點了點頭。

「這樣啊，就像這座野營地一樣吧。讓不同的小隊進行自己的故事，然後各自有不同的結局……？」

「嗯，大概就是這樣。所以既不會和進行敵對陣營任務的小隊爭奪道具，也不會有一邊順利完成任務另一邊就會失敗的情形。」

「這樣啊……」

亞絲娜像是覺得我的話還可以接受般點了點頭。奇怪的是，我應該已經消除了她可能會和其他玩家起衝突的擔心，但她臉上還是掛著陰鬱的表情。

於是我撐起身體，盤腿在亞絲娜面前坐好，然後問道：

「還有什麼在意的事嗎？」

「沒有啦……與其說是在意，倒不如說沒辦法完全理解……如果正如你所說的，這裡是什麼……暫時性空間？那麼同時有幾支小隊在進行這個任務，就會有幾個野營地存在，然後也會出現好幾個基滋梅爾小姐以及剛才的司令官對吧？就是這一點讓我覺得……」

「喔喔…………」

好不容易理解了亞絲娜的疑惑，我開始思考了起來。

這是包含在網路遊戲所謂的任務裡頭的最大矛盾。一般來說，一個事件只會出現一次才是正常狀態。比如說，我在第一層完成的「森林的祕藥」任務，設定就是為了生病的少女阿卡莎從棲息在森林裡的植物型怪物身上採集貴重的藥材。雖然稱不上順利——但還是拿到了主要道具，而少女阿卡莎在喝下母親製作的特效藥後就恢復健康了。

但是接下來其他玩家到那個家裡時，出現在那裡的還是生病的阿卡莎。只要有接受同一個任務的玩家，她就會永遠重複著重病的痊癒與發病。

我和亞絲娜現在進行的活動任務算是「森林的祕藥」的擴大版。我們在經過長達二十分鐘的激鬥後幸運打倒森林騎士，讓基滋梅爾存活下來，今後只要其他玩家開始這個任務，就會有幾十，甚至幾百名的基滋梅爾喪生吧。當然，大概也會有同等數量的男騎士死亡。

但這是沒辦法的事。為了保持故事的唯一性而把一個任務設定成只有一名玩家或者小隊能完成的話，就會失去遊戲的公平性。要解決這個問題，就只有準備龐大的……可以說接近於無限的任務，但現實上來說這也不可能辦到。就算是那個瘋狂的天才茅場晶彥也一樣。

——我斷斷續續地解釋著這些事情。

亞絲娜聽完後緩緩點了點頭並向我道謝，我想她應該早就明白這樣的道理了吧。我心裡同樣也有即使理解依然無法釐清的心情。因為騎士基滋梅爾實在太像真正的人類，不對，應該說太像真正的精靈……真的很難把她當成一般的活動ＮＰＣ。

這時候，野營地的每一處都響起悲傷的角笛聲。看了一下時間後，發現不知不覺已經是晚上六點了。不相上下的睡意與飢餓感同時襲來，讓我考慮起應該先滿足哪一種欲望才好，此時帳篷入口低垂的帷幕忽然被掀了起來。

走進來的人當然就是帳篷的主人基滋梅爾了。她身上依然是金碧輝煌的金屬鎧甲加長披風的造型。

騎士依序看了帳篷左右兩側急忙站起來的我和亞絲娜，接著開口表示：

「作戰當中實在沒辦法招待兩位，不過你們可以自由使用這個帳篷。食堂隨時都可以用餐，另外也有簡易但可以沐浴的帳篷。」

「這裡有浴室嗎？」

立刻有反應的當然就是亞絲娜了。基滋梅爾點了點頭，以左手指著帳篷入口處的方向說：

「就在食堂帳篷的隔壁，那裡也隨時都可以使用。」

「謝謝，那麼我就不客氣了。」

毫不猶豫地回答完後，亞絲娜便向對方點頭致意，接著看也不看我一眼就開始走向入口。基滋梅爾也點了點頭，一邊走進內部一邊說：

「我要休息一下，有事的話隨時可以叫我。」

兩人進行著快速的對話，而我則依然一邊想著要先吃飯還是先睡覺，一邊茫然聽著這一切。結果在暖爐旁停下腳步的基滋梅爾，按了一下鑲在左邊護肩釦子上的大寶石。

「鏘啷」的不可思議聲音響起，金屬鎧甲、披風與軍刀轉變成光粒消失。底下只穿了一件有著絲絹般光澤的緊身內衣。我因為過於驚訝而無法移動視線。包裹在黑色布料底下的，竟然是有著不知道該說不像精靈——還是該說真不愧是黑暗精靈的豐滿軀體…………

我的衣領忽然被人拉住，同時也有冰冷的聲音在我右耳旁說道：

「你也去洗澡比較好。魔王戰的時候流了不少汗吧。」

…………嗯，是流了不少冷汗啦。

心裡這麼想的我，隨即被不顧個人意願的力量拖往出口方向。

離開帳篷後，發現逐漸從傍晚進入夜晚的黑暗精靈野營地變得更有幻想世界的氣氛。

到處豎立的優美造型鐵籠裡，無聲燃燒著帶有紫色的火焰。草叢裡的小蟲們以鈴噹般的鳴叫聲，替不知道從哪一頂帳篷流出來的細微魯特琴旋律伴奏。

龐大的食堂帳篷裡可以聽見士兵們的鬨笑聲，就連從這些聲音中間傳出來的從軍鐵匠的鎚子聲，聽起來都像是樂器一樣清澈。走在亞絲娜後面的我，側耳傾聽著與人類街道明顯不同的背景聲，這時忽然想起重要的任務，就對穿著女性束腰外衣的背影說道：

「對了，亞絲娜……」

「什麼事？」

細劍使稍微放慢速度讓我走到她身邊，但好像沒有打算停下腳步。

「這裡的ＮＰＣ鐵匠技能等級相當高，就趁現在把武器強化到極限吧。」

「……強化到極限？真的沒問題嗎？」

聽見我的提案後，亞絲娜像是很不安般皺起眉頭。她一定是想起幾天前愛劍脆弱地破碎時的情景了。正確來說，那個時候碎裂的應該是用「快速切換」Ｍｏｄ替換的假貨，但當時不知道實情的她還是受到了很大的打擊。

為了讓她放心而用力點了點頭後，我又開口說道：

「成功率當然不可能是百分之百，但只要追加一點素材，就能讓成功率增加到極限。在這裡把它變成＋6的話，我想應該能一直用到第三層中段為止。」

亞絲娜的愛劍風花劍是在第一層樓層魔王攻略作戰前購買的武器。老實說，性能要撐到第三層已經有點勉強，不過完全強化——在沒有失敗的情況下把強化次數用完——成功的話，應該就還能活躍一陣子。

我很難得會說出這種把心情擺在效率之前的提案，這時亞絲娜像是陷入沉思般垂下了睫毛。不久之後，她才像是在尋找目前收進道具欄的細劍劍鞘般，一邊讓左手手指在腰部附近蠕動一邊低聲表示：

「……桐人先生之前曾經說過，把使用的劍變回金屬素材，然後可以用它當材料打造新的劍對吧？」

「咦……嗯，是可以啊。」

「也可以拜託這裡的鐵匠這麼做嗎？」

「嗯……嗯，應該沒問題……但是……」

我無意識中停下腳步，這次亞絲娜也跟著停了下來，然後轉向我。她臉上露出難得一見的平穩笑容，接著靜靜地點了點頭。

「謝謝你這麼替我著想。但我覺得既然冒著危險進行完全強化，再過幾天後還是得跟它告別的話……還是在這裡讓它轉生比較好。」

「這樣啊……」

如果亞絲娜這麼想的話，我也沒有否定的理由。

「我知道了。我想一定會出現一把更強的劍。那我們馬上就去鐵匠的帳篷……」

當我準備變換方向時，亞絲娜就用力抓住我的上衣。

「先去洗澡！」

我不記得封測時期這個野營地有沒有浴室了。就算是有，全是臭男生的小隊也沒人想去用吧。因為當時隨時可以登出去真正的浴室裡洗澡。故意在帳篷裡睡著然後登出，也只是因為露營的氣氛相當有趣罷了。

即使被關在這個不能登出的死亡遊戲裡，入浴對我來說也不是一件太重要的事，不過對暫時的搭檔細劍使來說似乎是相當重要的行為。如果是對狀態有支援效果的魔法溫泉也就算了——不對，那個時候我也會在全副武裝的情況下跳進去吧。雖然濕濡效果會令人不舒服，而且裝備的重量也會稍微增加，但離開水不久後應該就會消失了。

話說回來，這裡是黑暗精靈經常使用的浴室，或許會有什麼支援效果也說不定。當然也有可能出現泡澡的話耳朵就會變長的惡作劇性阻礙效果……

我一邊想著無謂的事情，一邊和亞絲娜來到食堂帳篷後面的一座小帳篷前，然後我們暫時停在那裡並面面相覷。因為這裡只有一個入口，而且也完全沒有染著「男」「女」字樣的布簾。

「…………」

「…………只有一間浴室耶。」

亞絲娜默默往前走，將帷幕掀開後往裡面窺探，接著把頭抽出來說：

「這……這樣啊。」

只有國中二年級的我，也知道這時候不應該說出「那就是混浴囉」這種無益的玩笑。我以極嚴肅的表情點了點頭，然後迅速往後退一步。

「那亞絲娜在洗澡時我就去隔壁吃飯吧，等妳洗好再過來……」

「剛才也問過了，這裡真的是禁止犯罪指令圈外對吧？」

忽然被問到跟現狀沒什麼關係的問題，讓我眨了兩三次眼睛後才點頭回答：

「是啊……」

「這樣解除全部的武裝很危險吧？」

「嗯……嗯，這麼說也沒錯啦……」

「這樣的話，當對方在洗澡的時候，我們就互相幫忙在入口警戒吧。至於誰要先洗嘛，就用丟銅板來……」

這時我終於了解亞絲娜擔心的事了。她應該不是真的認為會有怪物或者敵對的玩家發動攻擊，而是在擔心洗澡時野營地的男性黑暗精靈會進入浴室。雖然會有「對方不過是ＮＰＣ」的想法，不過也不是不能了解她的心情。

之前亞絲娜在使用浴室時，我曾經引發了讓情報販子亞魯戈衝進裡面的重大危機，所以這時候應該要體諒她才對。花了一秒鐘左右做出這個結論，接著我用力點了點頭。

「了解了。我等一下再洗就可以了，妳先請吧。」

「真的嗎？那就謝謝囉。」

留下一抹微笑後，亞絲娜就以令人讚嘆的速度消失在帳篷裡。稍微可以看見掀起來的帷幕後面有一座形狀優美的浴池，以及滿到邊緣的淡綠色熱水。也就是說，隔離浴室與外界的就只有一片無法上鎖的布製房門。

雖然可以想像這樣子女生獨自進去洗澡難免會感到不安，但相對也會產生「那就不用硬要去虛擬浴室洗澡啊！」的想法，不過入浴對她來說應該是相當重要的一件事吧。在這個隨時都可能死亡的世界裡，有時也需要解放身心，消除累積在內心的壓力。我待在這個安全的營地裡面時，應該也要讓心情放鬆一下才行。

這麼想的我當場坐了下來，然後把背靠在帳篷的支柱上。結果從隔著一片布的後方傳來了兩聲細微的「咻哇、咻哇」效果音。這應該，不對，絕對是連續按下「服裝全解除」與「內衣全解除」兩個按鈕的聲音。接著就是「啪嚓、沙沙」的水聲。最後則是「呼——」一聲似乎感到滿足的嘆息。

「……這樣能休息嗎！」

我以細微的聲音抱怨了一下，然後雙手抱胸，以類似打禪的姿勢閉起眼睛。

SAO裡雖然有「冥想」技能，但是不存在「打禪」技能，不過我對集中精神還算有點自信。就算沒辦法休息，也可以全力考慮今後的能力構成方針或者裝備強化順序……

「嗯嗯嗯嗯～呼呼～呼呼～嗯……」

細微的哼歌聲入侵聽覺皮層，把我的集中力粉碎殆盡。

到了這個地步，或許背後的支柱無法承受我的體重而傾倒，讓我一個不小心滾進帳篷內的發展才是讓我從這種狀況解放出來的最佳方法吧。心裡雖著這麼想，但細長的圓木只是一直沉穩地屹立在大地上。

水聲與哼歌聲的精神攻擊，之後又持續了長達三十分鐘的時間。

3

就像從水底浮上來的泡泡「啪」一聲破掉般睜開了眼睛。

看來應該還是晚上。耳朵裡只聽見細微的蟲鳴聲。準備睡覺時還能聽見的魯特琴演奏已經停止，士兵們的聲音、腳步聲以及鐵匠的鎚子聲也中斷了。

原本想再繼續睡覺而再次閉上眼睛，但幾秒鐘內睡意的餘韻就消失了。放棄睡回籠覺的我悄悄撐起上半身。

帳篷的另一側，裹著毛毯的細劍使以極其標準的姿勢沉睡著。但是，原本躺在我和她之間的基滋梅爾卻不見了。

昨天晚上，在暫時的搭檔之後入浴的我，浸到熱水裡從一數到一百後就立刻出來了。幸好我和亞絲娜的耳朵都沒有變尖，所以就直接衝進隔壁的食堂帳篷。裡面的精靈士兵們出乎意料之外地親切，我和亞絲娜就混在他們之中，吃了稍微烤過的麵包、烤雞、蔬菜湯與水果等等菜色的晚餐，然後心滿意足地回到基滋梅爾的帳篷。

結果帳篷主人已經先一步躺在暖爐旁邊，裹著毛毯發出安穩的鼻息。一看見她的模樣，暫時遺忘的睡意就再次襲來，我和亞絲娜互相看了對方一眼後就默默走到地板的兩側，各自緩緩躺到毛皮上。攤開疊在附近的毛毯，把它拉到脖子底端的位置後，我的記憶就完全中斷了。

我靜靜地叫出視窗，確認時間是凌晨兩點。算起來已經整整熟睡了七個小時。所以才會有如此輕鬆的感覺嗎？我一邊這麼想一邊把視窗關上，然後在不發出聲音的情況下鑽出被窩。

穿過入口的帷幕來到帳篷外面，發現火把不知道什麼時候全都熄滅，野營地完全沉沒在藍白色月光底下。我環視了一下四周，知道除了在周圍的山壁邊巡邏的兩名步哨外就沒有會動的東西了。

這樣的話，基滋梅爾小姐究竟到哪裡去了呢？這時我不禁產生「不會是自己跑去進行接下來的任務了吧」的想法，不過馬上又搖了搖頭否定自己。NPC不可能有如此自由的行動，而且基滋梅爾並排在視界左上方我和亞絲娜旁邊的HP條目前也還是全滿的狀態。

我稍微思考了一下，就往這座黑暗精靈野營地裡目前仍未踏進的區域——也就是最深處的司令部帳篷的更內側走去。

艾恩葛朗特的月光能夠照進上空開闊的區域，所以這些地方都還算明亮，就算沒有照明也能自由走動。當然如果不是在外圍部分就看不見月亮，光線在上層底部反射後雖然會照射下來，不過也會讓整個空間像是自己發出藍光一樣，釀造出一種幻想世界的效果。

穿過大帳篷東邊，後面的空間進入視界的瞬間，我就停下了腳步。

那裡是一小片只有一棵小樹立在上面的草地。我記得封測時期的這個地方是除了這些之外就沒有其他東西存在的無用空間。

但是現在伸長的枝椏底下多了三個新的物體。是由木材所削出來的，有著簡樸、美麗外形的——墓碑。

而我下意識中尋找的人就悄悄地坐在左端的墳墓前。這時當然不至於只穿一件內衣，不過還是沒有任何金屬防具，只穿著女性束腰外衣與緊身褲。她微微低頭，凝視著墓碑的底部。藍紫色的頭髮吸收月光後，看起來就像是發出淡紫色的光芒。

我猶豫了幾秒鐘，然後緩緩走了過去，在距離她兩公尺左右的地方停了下來。可能是注意到腳步聲了吧，黑暗精靈騎士抬起頭來看向這邊，像是呢喃般說道：

「……是桐人嗎？不好好休息的話，明天會很辛苦喔。」

「已經睡得比平常好了，謝謝妳把帳篷借給我們休息。」

「這沒什麼，我一個人住本來就有點太大了。」

這麼回應完後，基滋梅爾再次把臉轉向墓碑。

我又靠近了兩步，然後眺望著墓碑。依然相當新的白木表面刻著小小的文字。凝睛一看後，發現寫著「Ｔｉｌｎｅｌ」。

「蒂爾妮爾……小姐？」

唸完後，我才發現這個名字的讀音與基滋梅爾十分相似。騎士隔了一陣子才簡短地回答：

「是我的雙胞胎妹妹，在上個月降到這層來時的首場戰役裡喪生了。」

正如「降到這一層」這句話所顯示，他們黑暗精靈——還有敵對的森林精靈應該都知道浮遊城艾恩葛朗特是由無數的階層構造所形成。而且還不只是這樣，他們能藉由獨自的魔法，不對，應該說獨自的咒語往來於各層之間，不必使用迷宮區的往返階梯與主街區的轉移門。不過移動範圍似乎就只有從這個第三層到建有城堡的第九層而已。

封測時期完成過這個活動任務的我，對於精靈們大概有這種程度的了解。但是當時我腦袋裡想的全是快一點到上一層去，根本沒考慮過森林精靈與黑暗精靈的戰爭與遊戲世界本身的設定有關。

我再次產生詢問基滋梅爾關於艾恩葛朗特誕生緣由的強烈衝動，但還是把它跟冰冷的夜間空氣一起吞了回去。在亞絲娜不在的時候詢問這麼重要的消息，她一定會怪我偷跑，而且這也不是現在應該提出的話題。

於是我換成詢問基滋梅爾一個月前過世的妹妹。

「蒂爾妮爾小姐……也是騎士嗎？」

「不是……妹妹她是藥師。工作是治療在戰場上受傷的患者，從來沒有拿過比小刀還要大的武器。但是妹妹隸屬的後方部隊，受到森林精靈的獵鷹師們奇襲……」

「…………」

一聽見她這麼說，我反射性屏住呼吸。森林精靈的獵鷹師是第三層裡除了魔王與活動Ｍｏｂ之外最為棘手的敵人。雖然黑暗精靈這邊也有能夠與其對抗的馴狼師，不過以棘手的程度來說，還是能從地面與空中同時攻擊的獵鷹師占上風。

不知如何解釋我的沉默，只見基滋梅爾緊繃的側臉稍微放鬆並說道：

「別一直站在那裡，坐下來吧。不過沒有椅子或墊布就是了。」

「嗯……嗯嗯。」

我點了點頭，在她旁邊坐下。暫時的墳墓上長了許多柔軟的草，它們輕輕地承受我的體重。

騎士拿起放在旁邊的皮革袋子，拔開栓子後喝了一大口。然後直接把袋子遞給我。這時對方是ＮＰＣ的意識已經消失了八成，我很自然地道謝並接過袋子。

在嘴邊稍微傾斜皮革袋子後，有些濃稠的液體就流進嘴裡。一開始有點酸酸甜甜的味道，喝下去後就有強烈酒精焚燒喉嚨的爽快後勁。

把皮革袋子還回去後，基滋梅爾就伸出右手，把裡面剩下來的酒全部倒在蒂爾妮爾的墓碑上。

「這是妹妹最喜歡的，月淚草的紅酒。這是我為了給她驚喜，偷偷從城裡帶來的……但她連一口都沒喝到……」

空的皮革袋子從她右手上滑落，在草地上發出細微的聲響。騎士緩緩把手收回去，雙膝一起立起來，然後用手臂緊緊抱住。

「……昨天志願參加奪回鑰匙的任務時，我已經有了必死的覺悟。不對，應該說我甚至希望能夠失去生命。事實上，我最多也只能和那個森林精靈同歸於盡，不然就是會敗在他手上。但是……在我陷入絕境時，命運帶領你們來到我身邊。雖然說這個世界上應該沒有任何神存在了……」

低聲說完後，基滋梅爾瞄了我一眼。注意到她縞瑪瑙色的眼睛蒙著一層淡淡的淚水後，我終於不知道該怎麼反應才好了。因為基滋梅爾與妹妹蒂爾妮爾真的是這個世界的居民，她們都為了種族而賭上了唯一的生命，但我說起來只是暫時的來訪者……

不對。到了現在也不是這樣了。我和亞絲娜被囚禁在無法登出的死亡遊戲裡，也跟基滋梅爾一樣只有一條命而已。但我在插手她和森林精靈的戰鬥時，竟然愚蠢地不把它當一回事。我告訴自己雖然打不過森林精靈，但是HP減半後黑暗精靈就會犧牲自己來救我們，所以沒有關係。

我不應該在那種心態下拔劍。不論知不知道接下來的發展，為了保護我、亞絲娜以及基滋梅爾的性命，我都應該要全力作戰。

內心暗暗感到懊悔的我開口表示：

「……這不是什麼神的引導。我和亞絲娜是因為自己的意志而到那個地方。所以，我們會陪妳到最後。一直到基滋梅爾能回家的時候。」

結果騎士輕輕微笑了一下，接著點頭表示：

「這樣的話，在直到分道揚鑣之前，我也會一直守護你們。」

二〇二二年十二月十五日，週四。

我，等級14的單手劍使桐人與暫時的小隊成員等級12的細劍使亞絲娜，以及活動Ｍｏｂ等級15的黑暗精靈騎士基滋梅爾，為了開始新的冒險之旅而離開野營地。

嚴格來說，天根本還沒亮。時間是凌晨三點，森林裡的樹木都還靜靜沉睡在藍白色月光底下。至於為什麼會在這種時間出發嘛，是因為當深夜外出的我和基滋梅爾回到帳篷時，原本應該熟睡當中的亞絲娜已經做好萬全準備等著要出發了。

細劍使看見身上沒有任何武器與防具的我，隨即像是很受不了般說「你不是去做出發的準備嗎？」下一刻，穿著單薄衣物的基滋梅爾也進入帳篷，注意到這一點的亞絲娜，看著我的眼神馬上變得有些冰冷，於是我只能挺起胸膛表示「我早就準備好了」。

離開帳篷走在野營地裡頭時，亞絲娜一直用懷疑的眼光看著我，不過離開山谷再次進入

「迷霧森林」後，這種情形就消失了。月光下，長了青苔的巨樹以及在低處流動的帶狀霧氣都變成了藍色，這種模樣比白天時更像幻想世界，就連以前應該看過這種景象的我都忍不住發出細微的讚嘆聲。首次看見的亞絲娜似乎更加感動，在低聲呢喃了一句「真漂亮」後，就有將近三十秒的時間沒有任何動作。

雖然已經不是第一次因為黑暗精靈騎士的行為舉止感到驚訝，但這段時間裡不只是我，連基滋梅爾也一直默默等待著。從「等待玩家反應的ＮＰＣ」的角度來看，這樣的反應可以說極為平常，但我認為她是理解亞絲娜的心情，才會默默地在旁邊等待。

最後亞絲娜終於回過神來，騎士等她回過頭時便開口表示：

「看來那個女孩也喜歡夜晚的森林。那麼……我們走吧。」

在「翡翠祕鑰」之後，司令官給予我們的任務是「討伐毒蜘蛛」。內容是森林裡出現了許多毒蜘蛛型的怪物，造成部隊執行任務時的阻礙，所以希望我們找出怪物的巢穴。

當然我也完成過這個任務，很可惜的是巢穴的地點是亂數配置，所以當時的記憶派不上用場。只能一邊和毒蜘蛛戰鬥，一邊尋找在森林某處的巢穴了。

當然，任務進行中中毒的次數不是一兩次就能了事。在ＳＡＯ眾多的異常狀態中，「傷害毒素」是最為常見的項目，雖然等級1的微中毒與等級2的輕中毒都還不算太危險，不過也僅限於確實做好對策的情況下。

我一邊走在森林中，一邊向亞絲娜確認。

「妳有幾瓶解毒藥水？」

「嗯……」

細劍使打開的視窗發出了「叮鈴鈴」的效果音。

「腰包裡有三瓶，道具欄裡有十六瓶。」

「我也差不多，這樣應該就夠了。」

點了點頭後，我忽然想到藥水和水晶道具不同，不能讓其他人使用。這也就表示，基滋梅爾要是中毒，她就得自己飲用解毒藥水——

基於這份擔心，我便對著走在稍微後面一點的精靈騎士問道：

「那個……基滋梅爾，妳有多少瓶解毒藥水……」

「為了以防萬一帶了幾瓶，但基本上我不需要藥水。因為我有這個。」

可能是錯覺吧，感覺她有些自豪地這麼說道，然後抬起戴著合身皮手套的右手給我看。她的食指上戴著從手套上看起來相當大的戒指。在朦朧月光下也能發出強烈光芒的寶石，顏色是跟解毒藥水十分相似的綠色——

「……這戒指是？」

「我敘任為近衛騎士時，女王陛下與軍刀一起賜給我的物品。十分鐘就可以使用一次解毒咒語。」

「……太……」

太棒了吧——！

我差點就這麼大叫，不過最後還是忍住了。正式開始營運後就不用說了，包含封測時期在內，我從沒有聽過或是看過能夠毫無限制地使用解毒技能——雖然需要冷卻時間——的首飾。如果是連等級5的致死毒都能一瞬間解毒的話，那就真的是可以加上三個「超級」來形容的稀有道具了。

——雖然沒有發出聲音，基滋梅爾似乎還是從臉部的表情看透了我的超高速思考，只見她乾咳了一聲並且表示：

「就算露出那種表情，我也不能把它讓給你。首先呢，這只戒指是以我們留斯拉人民血液裡殘留的些許魔力做為咒語的泉源，所以你們人族大概無法使用吧……」

差點反問「……大概？」的我，急忙搖著頭否認。

「沒……沒有啦，我一點都沒有想要的意思。只要基滋梅爾有解毒的準備就可以了。」

我爽朗地否定了邪惡的物欲後，亞絲娜也帶著滿臉微笑做出了評論：

「就是說啊。再怎麼樣你也是男生，應該不會做出向女生要戒指的行為吧。」

「那……那還用說嗎……等等，妳這種說法，好像女生就可以這麼做的樣子……」

聽見我忽然開始抱怨後，亞絲娜臉上的笑容就消失了。

「我才沒那種意思呢！我什麼時候跟你要過戒指了！」

「我……我也沒說亞絲娜這麼做啊！」

我和亞絲娜停下腳步，氣沖沖地瞪著對方，騎士大人則是用莫名困擾的表情對我們說：

「桐人、亞絲娜。抱歉在暢談時打擾兩位……」

唔唔唔唔。

「好像有東西靠近了，腳步聲聽起來不是精靈也不是野獸。」

唔唔唔唔唔。

「而且是前面和右邊各來一隻。前面的敵人就交給你們了。」

唔唔唔……咦咦？

我和亞絲娜結束互瞪，把視線移往前進的方向。結果看見一道在樹蔭下高速移動的影子。

高度雖然只到我們的腰部左右，但幅度相當寬。許多隻細長的腳沙沙移動著，像滑行般接近過來。

下一刻，視界裡就出現了顏色浮標。顏色大概處於粉紅與紅色之間。ＨＰ條下面的名字是

「Thicket Spider（灌木叢蜘蛛）」。

「亞絲娜，準備戰鬥！」

當我切換思緒，一邊拔劍一邊這麼大叫時，亞絲娜的右手也抽出了腰上的風花劍。亞絲娜已經決定一面進行任務一面收集素材道具，接下來回到野營地時就把它鍛鍊成新的劍，所以這個任務也是從第一層就擔任亞絲娜的伙伴，一路戰鬥到現在的綠色細劍最後的活躍舞台。

「直接攻擊的手段就只有用利牙撕咬，要是碰到牠從屁眼發射出來的絲，行動就會受到阻礙！」

「了解！」

簡短回答完後，亞絲娜一瞬間瞪了我一下。當浮現「這次又怎麼了？」的念頭時，我才注意到自己用詞遣字的失態。

「抱歉，不是屁眼……呃……」

「算了，什麼都好了啦！」

亞絲娜大叫完就踩著華麗的步伐避開飛撲過來的毒蜘蛛利牙，然後隨著吼叫聲以「線性攻擊」刺進牠巨大的單眼。

雖然有毒的利牙與黏性絲絕對不容小覷，但是在第三層之前出現的蟲型怪物裡，「灌木叢蜘蛛」已經是比較容易對付的了。牠不會飛、不會逃，也沒有堅硬的外殼。而且全部都是單發攻擊，切換的時機也不會太難抓。

亞絲娜馬上利用劍技與通常技減少了毒蜘蛛四成多的ＨＰ，這時她為了暫時拉開距離而瞄了我一眼。看見交替的眼神指示後，我便準備插手戰鬥。如果這裡不是森林而是荒野或草原的話，亞絲娜自己一個人應該也可以在幾乎不受傷的情況下打倒怪物吧，但蜘蛛時常從屁股發射出來的絲會黏在周圍的樹木上幾十秒的時間，一直在同一個地方戰鬥的話，迴避空間就會越來越窄。當然那個時候也可以移動到沒有絲的地方再繼續戰鬥，但就會產生又碰上其他Ｍｏｂ的危險。何況這座森林還會湧出很難分辨是真正的枯木還是怪物的樹妖。

發出「嘰沙啊啊！」這種很像蜘蛛（當然是遊戲世界裡的）的叫聲後，灌木叢蜘蛛就衝了過來。亞絲娜對準牠長著巨大毒牙的嘴巴，使出單發下段攻擊「傾斜突刺」。它的攻擊範圍比「線性攻擊」窄，但加上體重後往下砍的威力則比較強。利牙與細劍產生劇烈撞擊，雙方隨著華麗的特效光大大地往後彈。

「切換！」

我叫了一聲後，就從大蜘蛛後方砍向牠柔軟的腹部。雖然是普通攻擊，但蜘蛛屁股上的絲疣是牠的弱點，在該處遭到痛擊後，牠便發出短短的悲鳴並轉了過來。並排在頭部前方的單眼露出憤怒的神色，被毒液濡濕的巨大下顎也急促地動著。

以蜘蛛型怪物來說，牠的體型已經算小了，但左右腳前端的距離還是有一公尺半左右的軀體依然充滿魄力。對於討厭昆蟲的人來說，光是這樣的外表就足以造成嚴重的精神壓力了吧。我因為從小就在家裡附近的神社境內看過大大小小、各式各樣的蜘蛛，所以已經習慣了——甚至還有臉直接衝進人面蜘蛛巢穴裡的經驗——在戰鬥時也就不會有什麼障礙，不過仔細一想就會覺得喜歡洗澡且看起來像在都市長大的亞絲娜，竟然可以在絲毫不害怕的情況下跟牠戰鬥。

因為想到了這些事情，所以視線忍不住就看向拉開距離後關注著戰局的細劍使，結果蜘蛛就像是趁著這個空檔般展開了行動。包覆著灰色剛毛的八隻腳縮了起來，然後一口氣跳躍。被這飛撲攻擊推倒而陷入翻倒狀態的話，就會被從上方咬中好幾次並且中毒，所以一定得避開這招才行。

「唔……」

一開始的動作已經落後的我，判斷已經來不及用腳步回避或者以重劍技迎擊，於是隨著沒什麼魄力的聲音故意由背部往地面倒去，稍微忍耐了一下才用力把右腳往上踢。靴子尖端產生黃色光芒，然後在空中畫出半圓的弧形。這是特別技能「體術」的踢技「弦月」。本來是由站姿往後空翻時施放的技巧，但只要踢腿的動作符合招式，即使倒在地上也能夠發動。

也就是說，這是能從仰躺狀態出招的便利攻擊技能，不過揮空的話就會陷入翻倒再加上攻擊後硬直這種相當令人困擾的狀態，所以風險相當高。承受著恐懼來誘敵靠近終於有了成果，蜘蛛降到我右腳上的八隻腳根部被我用力踢中了。「滋喀」的爽快聲響過後，蜘蛛一邊迴轉一邊飛了出去。

利用踢技的餘勢站起來往後看了一眼，發現蜘蛛在稍遠處的樹根處整個翻轉過來，然後腳不停地亂踢。由於沒有翅膀的昆蟲型怪物都要花不少時間才能從翻倒狀態恢復過來，我便一邊告訴自己不要慌張，一邊把韌煉之劍擺在腰間。略黑的劍身包裹著鮮豔的藍色光芒，身體同時開始加速。

「——嘿呀！」

隨著吼叫聲往地面一踢，然後揮出手中長劍。從左邊水平揮出的劍刃，一直線撕裂灌木叢蜘蛛圓滾滾的大肚子。拔出劍的瞬間，手腕就翻轉過來，換成右邊往左的斬擊。這是水平二連擊技「平面連斬」。

腹部弱點被從左到右深深刺入的毒蜘蛛，就這樣一邊噴著綠色體液一邊飛得老遠，然後再次仰躺著滾落到地面，八隻腳也縮了起來。緊接著，巨大的軀體就爆散成無數的碎片。

我從把愛劍擺在腰間位置往左前方刺出的姿勢裡緩緩站了起來。往左右兩邊甩了一下劍後，就把它收進背後的劍鞘。接著轉過身，和往這邊靠近的亞絲娜四目相對，我立刻反射性地為了與她擊掌而舉起右手。

當然對方並沒有打算這麼做，只見她一瞬間露出微妙的表情，幸好最後還是沒有無視我的右手，啪一聲輕輕跟我擊了一下掌。當我正覺得拿她沒辦法時，馬上就有抱怨傳過來了。

「你剛才在戰鬥時心不在焉對吧？」

「……是……是的。」

「你到底在想什麼啊？」

被狠狠瞪了一眼後，我才開始回想剛才究竟在想些什麼，最後才想起是在思索眼前的細劍使竟然不怕蜘蛛的事。當我又因為不知道該不該說出實情而更加煩惱時，從右邊也傳來了聲音：

「不論敵人再怎麼弱，掉以輕心還是會讓自己身陷險境喔，桐人。」

一轉頭往旁邊看，就發現似乎比我跟亞絲娜早許多把另一隻灌木叢蜘蛛打倒的基滋梅爾已經雙手抱胸站在那裡，而且表情還跟亞絲娜一樣嚴厲。覺得好像同時被班上女同學與女班導指責的我，反射性說出藉口：

「啊，我沒有掉以輕心啦，是因為忍不住想了些事情……」

「所以我才問你在想什麼啊。」

「呃，嗯……這個嘛……」

無法立刻想出把事情矇混過去的藉口，於是我只能放棄掙扎說出實話：

「……亞絲娜完全不怕蜘蛛和蜜蜂讓我覺得有點意外啦……」

「啥？就在想這種無聊的事情嗎？」

「是……是的。」

點了點頭後，細劍使的柳眉就倒豎了一陣子，最後才唉一聲嘆了口氣。

「……軀體那麼龐大，蟲子跟野獸也差不多了。只要用看怪物的眼光來看牠們，就不會特別害怕了。」

「這……這樣啊。」

我再次點了點頭，亞絲娜則像要表示真受不了你般搖著頭——這時基滋梅爾發出了簡短的笑聲。嚇了一跳的我把視線移過去，就發現黑暗精靈騎士正用特別溫暖的眼神看著身高比自己矮不少的亞絲娜。

「真是勇敢。那個孩子……我妹妹蒂爾妮爾也一樣，只要是有實體的怪物，不論是蟲還是泥巴怪都不會感到害怕……」

聽見後半像是在呢喃的發言後，不只是我，連亞絲娜都微微伏下視線。亞絲娜雖然沒有看見蒂爾妮爾的墓碑，但我在路途上已經偷偷跟她說過，基滋梅爾有個叫這個名字的妹妹了。

看見我們的表情後，基滋梅爾立刻小聲說出「抱歉，我太多話了」來向我們道歉，接著又像要轉換氣氛般抬起右手。

「對了，你們剛才做的那個動作是什麼意思？」

說完後，隨即輕輕把手往前揮。而我則是再次陷入沉思。思考著告訴黑暗精靈的……應該說SAO世界的NPC基滋梅爾，現實世界的擊掌代表什麼意思真的沒關係嗎？但在我做出結論前，亞絲娜就帶著滿臉笑容說道：

「是人族互相稱讚對方驍勇善戰時打招呼的方式喲。」

說完她也舉起右手，以比跟我擊掌時快了七成的速度拍了基滋梅爾的右手。啪一聲清脆的聲響過後，基滋梅爾便放下手注視著手掌好一陣子，最後又像是要保存感觸般輕輕握拳。

「原來如此。我們精靈不常和其他人有身體接觸……但這是不錯的打招呼方式。」

她認真說完後又再次舉起右手，這次則是把身體面向我。到這個時候也不能再有所顧忌，於是我也用力拍打了她的手掌。輕脆聲響再次響起，我的手掌一瞬間有發燙的感覺。

這時候，我腦袋裡重新浮現一個記憶。

甚至覺得已經是遙遠過去的，這款死亡遊戲開始當天……不對，那個時候SAO還不是死亡遊戲。正確來說是三十九天前的十一月六日週日下午，我和來到這個世界後首次交到的朋友，名為克萊因的曲刀使一起在第一層起始的城鎮郊外，悠閒地狩獵適合初學者的藍色山豬怪物。

看見克萊因不知道該如何發動劍技後，我好不容易教會他擺出起始動作的訣竅，他終於打倒第一隻山豬後，我便用力地和他擊掌慶祝。但那也是我最後一次和他接觸了。

因為我在茅場晶彥做完殘酷的說明之後，就比任何人都還要快趕到下一個村莊去了。直接把幾乎是初學者的克萊因留在起始的城鎮。不對——應該說捨棄了他才對。

「……桐人先生？」

「怎麼了嗎，桐人？」

在亞絲娜與基滋梅爾的同時呼喚下，我驚訝地抬起頭來。急忙放下舉在半高不低位置的右手，然後說：

「啊，沒……沒什麼啦。」

擠出僵硬的笑容後，兩個人以疑惑的表情看著我，一陣子後基滋梅爾才緩緩點頭說道：

「這樣啊。那我們快點走吧。那些傢伙的巢穴應該就在剛才那兩隻蜘蛛出現的方向。」

「好……好吧。也就是說……嗯，咦……」

「是這邊。」

再次露出「真受不了你」表情的細劍使，立刻用手指指著西北方向。

再次開始移動後，走了大概三十秒左右，亞絲娜便把嘴巴靠近我耳朵旁邊低聲說道：

「那個……剛才基滋梅爾說過『只要是有實體的怪物』對吧？」

「咦？嗯……是啊。」

「那也就是說，這裡也有沒有實體的怪物囉？」

「啥？妳的意思是……像幽靈那樣的嗎？」

反問之後，亞絲娜一瞬間露出相當微妙的表情並點了點頭。

「嗯，就是那樣的。」

「這個嘛……怎麼說呢，至少我在封測時期沒有見過。說起來，沒有實體的怪物能不能用劍打倒也是個謎……」

「這樣啊，那就好。」

不知道哪裡好的我雖然露出疑惑的表情，但亞絲娜已經不再多說什麼，只是減低速度和後面的基滋梅爾走在一起。在沒辦法的情況下，我只能持續快步朝著可能是蜘蛛巢穴所在的方向走去。

在又和「灌木叢蜘蛛」以及比牠高等的怪物「雜樹林蜘蛛」進行了四次戰鬥，然後每次都些微調整前進方向後，我們終於發現前方有一座小山丘。

藍色月光照耀下的山丘側腹，可以看見天然的洞窟張開漆黑的大嘴。蹲在樹林的陰影處凝睛一看，可以發現入口附近有十隻左右的小型蜘蛛（不過也有現實世界的狼蛛那麼大）到處亂跑。那一定就是我們在尋找的毒蜘蛛巢穴了。

「……那些小蜘蛛也要一隻一隻地打倒嗎？」

在我頭部上方看著巢穴的亞絲娜發出覺得很麻煩般的聲音，我聳了聳肩並且回答：

「不用啦，那些是Critter吧。」

「Critter？會發出噹啷噹啷的聲音嗎？」

「…………？」

這次換成我露出狐疑的表情，於是細劍使便用宛如老師的口氣說：

「『Critter』是英文表示『噹啷噹啷』的擬聲詞對吧。」

「這……這樣啊……我想不是這個意思。MMO裡的Critter呢，是指怪物之外被當成背景的小動物才對……像是在附近飛的蝴蝶，還是在街上的貓之類的。」

「原來如此……——每件事情都問實在太麻煩了，你下次做一張俚語一覽表之類的東西出來嘛。」

「咦咦咦……」

拜託亞魯戈這種情報販子的話一定會被大敲一筆，當我準備這麼說時，站在背後的基滋梅爾已經用帶著笑意的聲音呢喃道：

「你們的語言到現在都還沒統一嗎？古時候發生『大地切斷』時，人族被分成九個國家，所以或許這也是沒辦法的事。」

「…………」

這樣讓我和亞絲娜只能從上方與下方看著彼此的臉。

如果是「大切斷」的話，那應該就是指一個月前發生的事情。許多玩家忽然陷入連線中斷的狀態，大約過了六十分鐘才恢復連線。後來聽說每個玩家都一定會發生一次斷線，讓拚命提昇等級的我也只能在遇到之前強迫自己躲在旅館裡頭待機。雖然當初有許多玩家因為這原因不明的斷線而產生混亂，但現在已經推測出現實世界的肉體應該是在那六十分鐘裡被從自家送到醫院去了。

但是基滋梅爾所說的「大地切斷」明顯指的是另一件事。因為她是這個世界的居民，不像我和亞絲娜使用NERvGear與網路線潛行到ＳＡＯ。那應該跟她之前也提過的，浮遊城艾恩葛朗特的誕生有關……………

想到這裡時，我瞬間思考了幾個如何對基滋梅爾提出相關疑問的模式，但正準備開口時黑暗精靈騎士就往前踏出一步。

「走吧，我們去調查那個洞窟。還需要更確定一點的情報，才能向司令報告發現蜘蛛的巢穴了。」

根據我快要無法保值的封測時期記憶，這個「討伐毒蜘蛛」任務分成兩個階段。第一個階段是在發現的洞窟地下一樓裡找到黑暗精靈偵查兵的遺物，然後把它拿回野營地就算成功。第二階段是再次前往洞窟，和棲息在地下二樓深處的女王蜘蛛戰鬥。

所以就算確定發現的洞窟是蜘蛛的巢穴，還是沒辦法滿足完成任務的條件。無論如何都得潛入那個潮濕的洞窟兩次才行。

「……我不喜歡這種天然系的迷宮……」

亞絲娜一邊很厭惡地用皮靴踩著淺水灘一邊這麼呢喃著。為了表示贊成，我也用力點了點頭。

「至少要亮一點吧……」

如果是以迷宮塔為代表的人工型迷宮，牆壁上就會設置油燈或者螢光石之類的東西，所以在照明上不會感到困擾。不過這座蜘蛛的巢穴只有四處能看見一些發出微光的蘚類，幾乎和一片黑暗沒有兩樣。因此我和亞絲娜左手都握著小小的火把，但它的照明範圍狹窄，而且掉到水灘裡就會熄滅，可以說相當不可靠。何況我們平常左手都是空無一物，在發動劍技時也會有不太對勁的感覺。雖然跟必須把盾換成火把的持盾戰士比起來已經好多了，而且在戰鬥前得先丟下火把——當然是丟在乾燥的地板上——的雙手武器使用者一定會很想大罵「你們有什麼好抱怨」吧。

在這種情況下再次讓人感到很可靠的，就是擁有黑暗精靈族的特性——暗視能力的基滋梅爾小姐了。和森林裡多是蠅虎科蜘蛛不同，洞窟當中是以能夠高速行走的盜蛛科蜘蛛為主，而在這些蜘蛛Ｍｏｂ進入火把的照明範圍前基滋梅爾就會警告我們，所以能有足夠的時間擺出戰鬥姿勢。

我們以慎重但確實的步調探索著地下一樓的每一個房間，有時會因為發現寶箱而微笑，有時又會撿到能做為亞絲娜新劍素材的礦石道具，最後當整個樓層都快被我們踏遍時——亞絲娜才提出了一個遲來的問題：

「話說回來，這座迷宮是之前你說的那個……暫時性？沒錯吧？還是……」

「暫時性迷宮的相反詞應該是公開性迷宮吧，然後這裡應該是公開性迷宮。」

這樣的對話要是傳進走在前面的基滋梅爾耳裡，她又會做出人族語言沒有統一性的評語，所以我就靠近亞絲娜左耳然後輕聲地回答：

「至於為什麼叫公開性嘛，是因為除了我們正在進行的『討伐毒蜘蛛』任務之外，這裡也是另外幾個任務的主要地點。」

「這樣啊，比如說有什麼任務？」

「呃～可以在穿越森林後的村莊接受的尋找寵物任務，還有可以在主街區裡接受的……」

說到這裡，我忽然閉上嘴巴。雖然橘色光線照耀下的亞絲娜臉部露出訝異的表情，我還是把視線從她身上移開然後凝視著後方。

來處幾乎完全被黑暗吞沒，目前沒有任何人在的氣息……不對，現在好像傳來什麼聲音了？似乎是細微、尖銳的金屬聲？

「喂喂，到底怎麼了？」

「……亞絲娜，我們來到第三層後經過幾個小時了？」

「睡了一覺了，嗯……應該十四小時左右了吧。」

「嗯……不妙，剛好就是這個時候了。」

「到底是什麼剛好啦！」

我再次確認一下後方，才快速呢喃道：

「這裡是能在主街區接受的重要任務的主要地點。因為進行路線有好幾種模式，所以不一定會來這裡，但進行那個任務的玩家裡，應該會有許多人來這裡拿主要道具。雖然會依照小隊的規模而有所不同，不過大概是接受任務的十到十五個小時後……」

這時──

我再次聽見細微的金屬聲。走在前面的基滋梅爾也倏然停下腳步，證明我剛才聽見的不是錯覺。可以看見她繃起側臉並且注意了一陣子後方的氣息，然後才看著我們說：

「桐人、亞絲娜。看來除了我們之外還有其他訪客。」

「嗯嗯。一定是玩……不對，是人族的戰士。基滋梅爾，我們因為一些事情，所以不想和那些人碰面。」

「哦？其實我也是一樣。」

笑了一下後，精靈騎士就指著剛好在旁邊的牆壁凹陷處說：

「那我們暫時躲在這裡，等他們走過去吧。」

「咦咦？就算躲在這裡，只要被火把照到就會被發現……」

亞絲娜一瞪大眼睛，基滋梅爾就再次點頭微笑。

「我們森林居民，可是擁有許多奇術喔。」

基滋梅爾碰著我和亞絲娜的背，把我們推進深一公尺左右的凹陷後，又讓我們緊靠著深處的牆壁，然後自己用身體覆蓋住我們。劃出豐滿曲線的胸甲與緊實的腹部、光滑的大腿肌膚緊貼在我身上各處，讓我一瞬間湧起「不行呀基滋梅爾小姐，這樣下去會觸犯性騷擾防範規則」的想法，不過系統似乎可以允許ＮＰＣ自己緊貼過來的情況。不知道我內心想些什麼的騎士一臉嚴肅地呢喃道：

「把火把熄掉。」

我們按照指示把左手的火把扔到地板的水灘裡。周圍被黑暗籠罩後，基滋梅爾打開背上的披風來整個蓋住三個人。

不可思議的是，從外面看就只是一般紡織品的披風，從內側竟然能看到外面的光景。當然外面幾乎是一片黑暗，不過還是可以看見覆蓋在正面牆壁上的發光蘚類發出綠色微光。

而且讓我驚訝的現象還不只是這樣而已。明明沒有使用「隱蔽」技能，視界下方卻出現了

「隱蔽率」指標。而且數字還是驚人的95%。這也就表示，基滋梅爾的披風上施加了能夠發動隱蔽技能的魔法……不對，應該是咒語。她身上還有那個解毒戒指，實在是太讓人羨慕了……

「……對了，桐人先生。關於剛才那件事……」

我的左側是同樣被基滋梅爾推進來的亞絲娜，這時她以極小的音量打斷了我充滿物欲的思考。我想了一下剛才的話題才開口表示：

「啊啊，對了。從後面來的傢伙呢，接受的任務就是那個喔。前線組的傢伙等待以久的『組織公會任務』。」

「…………！」

細劍使可能想起有這回事了吧，她在黑暗中的栗色眼睛瞪得老大。似乎還想說些什麼時，基滋梅爾就做出簡短的警告：

「安靜。他們馬上要經過了。」

我和亞絲娜同時吞了口口水，然後緊閉起嘴巴。

過了十秒鐘左右，首先可以聽見金屬鎧甲喀嚓喀嚓的聲響。重裝型的戰士至少有兩……不對，三個人。接著就是幾道腳步聲。小隊的預測人數上昇為五到六人。

最後——出現了一道即使在迷宮裡也毫無顧忌的男性叫聲：

「為什麼！為什麼寶箱全都被打開了！」

那是與其說似曾相識，倒不如說感覺上剛剛才聽過的聲音。實際上，和那個男人分開後已經過了將近十五個小時，不過可能是我們沒有到主街區去，或者他吵雜刺耳的聲音實在太有個性了吧，聽見後總是會讓人忍不住有——「怎麼又是你！」的感覺。亞絲娜應該也有了同樣的感慨吧，只見她在黑暗裡依然能稍微看見的白皙臉龐上浮現出微妙的表情。

就這樣屏住呼吸等待了幾秒鐘，第一名玩家終於經過我們伸手可及的地方。

來者穿著略厚的鱗甲，另外還戴著遮住頭部的鎖子頭罩。在陰暗的環境下無法分辨緊身衣與長褲的顏色，不過一定是暗綠色吧。武器是圓盾與在前線比較少見的單手斧。這時還用右手手指靈活地轉動著造型粗獷的武器。

下一個人也拿著類似的盾牌與單手武器，而第三個人則跟我們一樣沒有戴頭盔。相對的，類似某種打擊武器的尖刺狀髮形則相當引人注意。他露出銳利的目光嘴角扭曲，身上裝備了鋼鐵胸甲，武器則是單手劍。

男人的名字是「牙王」。從第一層魔王攻略戰前就跟我有過不少爭執的男人。打著反封測玩家主義的他凡事都有視我為敵人的傾向，在這種迷宮裡和他碰面，他一定會說個三四句諷刺的話來刺激我。

經過我們前面的瞬間，牙王眼角吊起的眼睛往我們躲藏的凹陷處瞄了一眼，讓隱蔽率下降到90％。幸好還不至於被識破，讓我內心鬆了一口氣。接著又有三名玩家經過，然後喀嚓喀嚓的吵雜腳步聲漸漸遠去，最後完全消失。

等了幾秒鐘後基滋梅爾就撐起身體，把攤開的披風放回背上。和我同時呼出一口氣的亞絲娜，臉上依然維持著複雜的表情並低聲說道：

「……怎麼覺得比遇上怪物時還緊張啊。」

「同感。其實就算被發現，也不會開始戰鬥對吧。」

我一這麼回答，細劍使的脖子就歪到不像點頭也不像搖頭的角度。

「但是可能會要我們把寶箱裡的道具拿出來平分喔。」

「哎呀～就算是那傢伙也不會……說那種話，我是這麼想的啦……」

可能是聽見我吞吞吐吐的回答了吧，注意著六人小隊離去方向的基滋梅爾回過頭來對我們說：

「剛才的小隊有你們認識的人嗎？」

「啊～嗯，是啊……不過關係稱不上友好就是了……」

「哦？我聽說在這座城堡裡生活的人族長久以來都保持著和平。」

「當……當然不至於揮劍相向啦。和巨大怪物作戰時也會互相幫忙……但還稱不上是朋友，大概就是這樣吧。」

由於跟基滋梅爾說明原封測玩家與非封測玩家之間的爭執也沒有用，所以我只能做出極不明瞭的說明，不過黑暗精靈騎士似乎這樣就可以接受了。她輕輕點了點頭，露出些許苦笑。

「原來如此。就像我隸屬的槐樹騎士團與守護王都的檀樹騎士團一樣嗎？」

……懷數是什麼東西啊？

我才剛露出疑惑的表情，亞絲娜就發出開朗的聲音：

「好棒喔，用樹名來做騎士團的名稱啊。還有其他的嗎？」

「還有重裝部隊的枸橘騎士團。我們和他們的關係也不是很好。」

「這樣啊……那如果要加入的話，我也要選槐樹騎士團。」

這時基滋梅爾再次露出苦笑。

「很可惜，我聽說從來沒有人族從留斯拉女王那裡接到過成為騎士證明的劍。不過……只要你們立下足夠的功勳，說不定就可以謁見女王……」

「真的嗎？那要更努力一點了！」

亞絲娜一直表現得很積極，但有許多多餘知識的我忍不住就到處游移著視線。封測時期挑戰這個活動任務時，雖然到了黑暗精靈在第九層的城堡外市鎮，但任務也在那時候結束，通往城內的大門到最後都沒有……

「好吧，我們也差不多該走了！」

不曉得是否馬上就覺得自己變成「槐樹騎士團」的見習生一般，亞絲娜用力往我的背後拍了一下。中斷思考回了一聲「是是是～」後，我就從地上撿起兩根火把，然後把其中一根交給亞絲娜。雖然掉到水裡熄滅了，只要還有耐久度就還能使用。在牆上一擦點著火後，基滋梅爾也同樣從凹陷處探出頭來，對著六人小隊消失的方向豎起耳朵。

如果牙王他們是在進行組織公會任務的話，他們的目的就是地下二樓吧。一樓的蜘蛛類怪物已經先被我們清除完畢了，所以他們現在可能已經走下樓梯。地下二樓當然會出現更強力的Ｍｏｂ，但有六個人的話應該就不會陷入危險狀態。

我揮了一下右手叫出視窗來確認一樓的地圖。目前已經標記了八成，只剩下兩個反白部分。其中一個是下樓的樓梯，而另一個就是放有主要道具的房間了。決定先探查遠離牙王等人前進方向的那個地方後，我就把視窗關上。

「那先從這邊開始……」

當我說到這裡，就和看著我的基滋梅爾四目相對。想了一下「怎麼回事」後，才注意到身為ＮＰＣ的她，是怎麼解釋我叫出來的選單視窗呢？還是說會裝成沒看見呢？

「……好久沒看見這個人族的咒語了。」

「咦？咒……咒語？」

「嗯。那是幾乎喪失所有魔法的人類，現在還流傳下來的少數咒語之一，『幻書之術』對吧？不只是知識，連物品都能收藏在幻影之書裡……」

——聽她這麼一說，就覺得揮手就能叫出紫光平板的行為的確只能用魔法來解釋了。我一邊想著「原來如此」，一邊點了點頭。

「對……對，就是那個。根據畫在幻書裡的地圖，這邊我們好像還沒有調查過……」

聽見我彆腳的回答，基滋梅爾身後的亞絲娜隨即露出忍笑般的表情。

我們輕鬆地打倒剩下來的兩個房間當中，棲息在第一間裡頭的蜘蛛後，在深處的牆壁邊發現了閃動的微弱光芒。我靠了過去，把劍收回劍鞘並撿起該樣物品，發現是樹葉模樣的銀製飾品。底部類似珍珠般的白色寶石正發出光輝。

抬起頭的我，看了一下基滋梅爾左肩上閃耀的別針。不論是外型或是色澤都跟我手上的一樣。

「……那是槐樹騎士團的徽章。應該是屬於來調查這個洞窟的偵查兵。至於持有人大概已經過世了……」

我把徽章遞給發出沉痛聲音的基滋梅爾，但騎士卻輕輕搖了搖頭。

「就由桐人交給司令吧，我們先回去報告情況。」

「……知道了，那就先交給我保管吧。」

一把徽章收進腰包裡，視界左端就出現宣告任務記錄更新中的訊息。

封測時期進行這個任務時，當花費一番心力找到偵查兵遺物的瞬間，小隊成員全都握拳擺出興奮的姿勢。但是現在實在沒有那種心情。從十幾個小時前在森林裡救了基滋梅爾的瞬間，任務與ＮＰＣ這兩個名詞所代表的意義就一點一點產生變化了，我一邊有了這樣的意識，一邊跟在兩人後面離開房間。

迷宮的Ｍｏｂ再湧出的速度通常都比練功區快，所以入口附近的蜘蛛應該已經復活了吧。依然左手拿火把右手拿劍的我，隨即豎起耳朵傾聽是不是有節足動物的腳步聲。

但是……

數秒鐘後，我聽見的不是Ｍｏｂ喀沙喀沙的奔跑聲，而是男人們的叫聲。

「糟糕……那傢伙從樓梯上來了！」

「快跑快跑！直接逃到入口！」

接著就是喀鏘喀鏘的鎧甲金屬聲以及凌亂的腳步聲。再加上——有如枯木摩擦的，大型Ｍｏｂ的咆哮。

「我……我沒聽說有超級大的蜘蛛呀！到底是怎麼回事啊！」

隔了十幾分鐘後再次聽見的牙王聲音，已經帶著比剛才的焦躁還要強烈一倍的狼狽。

我重新轉向兩名女性，立刻想開口詢問：

「怎麼……」

「怎麼辦啊，桐人先生？」

「就交給你決定吧！」

「麼……辦……」

——我可不記得自己變成了小隊的隊長啊！

雖然在內心這麼大叫，但明顯已經太遲了。

在沒辦法的情況下，我只能思考該怎麼解決這種突發狀況。

理想的發展應該是，我們↓躲起來，而牙王他們↓成功逃到迷宮外，然後超級大蜘蛛↓失去目標而回到B2F的固定位置上。但我必須說事情如此發展的機率相當低。迷宮出口附近應該重新湧出不少移動速度相當快的盜蛛科Mob了，所以牙王的小隊成員很難直接衝到外面的森林。一個不小心的話，可能前後都會被Mob堵住。而所謂的超級大蜘蛛一定就是這座迷宮的魔王女王蜘蛛了，如果前後都被堵住的話，他們會陷入極危險的狀態中。

這麼一來，次佳的發展就是牙王等人停下腳步和逼近的大蜘蛛戰鬥。根據我的記憶，平均等級10左右的六人小隊對上女王蜘蛛，要在不出現死者的情況下將牠打倒絕不是什麼困難的事。不過必須在小隊所有人都能冷靜對應女王蜘蛛特殊攻擊的前提下。牙王所率領的「艾恩葛朗特解放隊」打著不依靠封測玩家主義，應該沒有成員知道首次遇見的魔王怪物有什麼樣的攻擊模式。

花了兩秒鐘左右想到這裡的我，又再花了〇・五秒的時間，看了一下騎士基滋梅爾緊繃的側臉。

先不管自己和牙王他們是否合得來，他們怎麼說都是攻略死亡遊戲ＳＡＯ不可或缺的戰力。雖然沒辦法無視他們的危機，但直接從正面插手也令人感到猶豫。而且也完全看不出戰鬥結束後，他們——尤其是牙王注意到身為ＮＰＣ的基滋梅爾存在時，會有什麼樣的反應。

應該不會突然就展開攻擊，但我還是有種強烈拒絕基滋梅爾被他們看見的感覺。因為我在不知不覺間，已經不想讓女黑暗精靈騎士聽見「ＮＰＣ」或者「遊戲」之類的名詞了。

「……等小隊經過之後，我們就把從後面來的蜘蛛拖住和牠戰鬥。把牠拖進那邊的大房間裡，應該就有足夠的空間應戰。」

我迅速低聲說完後，亞絲娜與基滋梅爾一瞬間直盯著我看。深褐色與黑瑪瑙色的眼睛深處應該存在著各自的想法，但在我理解之前兩個人已經迅速點頭並開口說：

「我知道了。那指揮權就交給你了。」

「如果你決定要作戰……」

基滋梅爾也就算了，連亞絲娜都沒有異議多少讓我有些意外，不過現在沒有時間去追問原因了。我在腦袋裡攤開迷宮一樓的地圖，開始預測牙王等人移動的路線。

「好，往這邊！」

我舉起左手上的火把，朝著傳來腳步聲的方向跑去。

移動短短不到十秒鐘的時間，通道就在前方和一條略寬的橫向通道交錯。牙王等人應該會從這裡由左往右跑，而女王蜘蛛則是跟在他們後面。等小隊通過後將女王的目標轉移到我們身上，然後跑回剛才撿到偵查兵遺物的房間和牠戰鬥。他們六個人是一口氣衝向出口，應該會在途中碰上雜魚Ｍｏｂ，所以就算後面的大蜘蛛消失了，大概也會覺得是自己把牠甩開了吧。

我們貼在牆上淺淺的凹陷處隱藏起身形，只留下亞絲娜的火把而把我手上的熄滅掉。然後在濃度增加的黑暗中，計算著往前衝的時機。本來像這樣的引怪行動，最好是用專門的挑釁技能或者利用飛劍技能進行遠距離攻擊，但根本沒有學會這兩項技能的現在當然不可能這麼做。只能等女王蜘蛛出現在兩條通道交錯空間的瞬間，以右手的劍給予牠一擊。而且需要立刻後退，所以不能使用一定會造成技後硬直的劍技。

在我重新握好韌煉之劍時，再次聽見了男人們的叫聲。

「遇到十字路口了！出口在哪邊？」

「剛剛才經過的吧，直走啦，直走！」

六個人的腳步聲與金屬聲越來越大。我把背貼在岩壁上，緊盯著五公尺前方的十字路口。

兩秒鐘後，一整群男性跑過我的視界。最前面的斧頭使依然轉動著斧頭，跟在後面的幾個人則露出拚命的表情。從強敵手裡逃跑時，輕裝玩家總是容易和重裝玩家拉開一段距離，這群人之所以能確實配合腳程最慢者的速度，靠的應該是牙王的指揮能力吧。

小隊跑過右側後，這次換成枯樹摩擦般的怪物咆哮聲傳進耳裡。雖然幾乎聽不見腳步聲，但大型怪物跑動時特有的震動已經透過靴子底部傳了上來。距離牠通過還有三秒……兩秒……

——就是現在！

我默默往地面踢去，以輕巧的姿勢揮出韌煉之劍。雖然不需要給牠很大的傷害，還是得賺取足以讓對方轉移目標的憎恨值。開始斬擊的瞬間，就有一團巨大塊狀物從視界左側跳出來。正圓形的單眼拖著紅光橫越我的面前，接著就是跟大樹一樣粗的腳出現，最後則露出圓滾滾的腹部。

「……！」

我隨著無聲的喊叫，將愛劍砍向大蜘蛛的側腹部。由於是稍微留手的普通攻擊，所以沒辦法一口氣撕裂腹部，但劍尖總算是刺進發出些微紫光的外殼，讓牠從身體裡濺出綠色體液。

「嘰沙嘰沙啊————！」

我把劍收回來的同時，大蜘蛛也發出憤怒的吼叫聲停了下來。我不等待怪物轉換方向就直接往後飛退，一口氣逃向後方亞絲娜她們等待的地方。

當我回過頭時，剛好女王蜘蛛也完成右迴旋九十度，我的視線就和牠燃燒著鮮紅火焰般的數隻單眼撞在一起。浮在上面的兩條HP條，第一條已經稍微減少了一點。顯示的專有名稱是「Nephila Regina」。Reginaa是表示「女王」之意的單字，所以應該是「涅菲拉女王」的意思吧。了解字面意思後再看著牠，就會覺得從牠帶著光澤的紫色身體上浮現的那些銀色圖案醞釀出一股高貴的氣息。

「……看來是成功讓牠轉移目標了。」

亞絲娜低聲說完後就離開牆壁。結果八隻腳的女王陛下可能是不喜歡亞絲娜手上的火把吧，只見牠的單眼裡出現怒氣，巨軀也跟著蹲低。下一刻——

「嘰沙啊！」

吼叫了一聲後，牠猛然衝了過來。當然我們也不可能默默待在現場看好戲。女王蜘蛛的右邊第一隻腳開始行動時，三個人就一起往後跑去。面對擁有阻礙移動系特殊攻擊的對手時，絕對不能在狹窄的通道與其對戰。

再次跑了十秒鐘左右，前進方向右側的牆壁上已經能看見大房間的入口。毫不猶豫地衝進去後，其他兩人便以我為中心大大地散開。在我轉頭再次點著左手的火把時，女王蜘蛛也衝進房間來了。牠完全沒有停下腳步，一直線對著我猛衝。

我站在現場抬頭看著牠高高舉起的兩根步足。如果跟封測時期一樣的話，女王蜘蛛的攻擊模式有左右腳往下突刺、毒牙噬咬、由尾部噴出黏著網以及垂直跳躍產生的振動波。踩到黏著網的話鞋子就會黏在地板上，如果被從頭罩住的話就有一陣子無法揮劍。振動波是和第二層的牛頭人族同種類的攻擊，腳被波及的話就會踉蹌或者跌倒。

因為已經沒有時間把這些情報傳達給亞絲娜她們，所以只能在戰鬥中即時指導。我一邊瞪著女王的腳一邊大叫：

「腳往下突刺的二連擊會先從尖端震動的那隻腳開始！一定要跳向外側來躲避，否則第二擊就會被刺中！」

話剛說完蜘蛛的右前腳就開始不停地震動，於是我立刻跳往左邊。巨大鉤爪「滋鏘！」一聲貫穿我剛才站的地方，遲了一會兒後左前腳也跟著揮落，但剛才刺下來的腳形成阻礙，讓牠沒辦法追擊我。在牠兩隻腳插在地上的瞬間，我大聲做出指示：

「來一招劍技！」

兩名女性絲毫不懼怕首次碰見的魔王怪物，剛做出指示就有所回應，兩人的愛劍各自纏著必殺的光輝。我一邊用眼角注意著兩人的情況，一邊也對著女王的腳轟出單發水平攻擊「平面斬」。三重的光芒與聲響包圍蜘蛛的巨大身體，而牠的第一條ＨＰ也隨著悲鳴減少了三成以上。因為基滋梅爾的一擊帶有強大威力，才能面對魔王還能如此豪邁地減少對方的ＨＰ吧。

照這樣的速度，就算重視安全性而只使用單發劍技，三個人也只要各使出六七招劍技就

能打倒女王蜘蛛。不過我沒有因此而掉以輕心，依然瞪著從硬直狀態恢復過來並重新開始行動的涅菲拉女王全身。雖然主宰的迷宮只有地下兩層，但牠依然是魔王怪物。只要和樓層魔王一樣，攻擊模式與封測時期有所不同的可能性在，那就不能錯過任何一點小動作。

女王在原地不停地踱步後，八隻腳一口氣縮了起來。

「牠要跳了！落地之前我們也要跳起來，我會倒數跳躍的時機！」

巨大身軀在讓空氣產生震動的情況下垂直跳起，最後到達天花板附近，在開始降落的瞬間，我接著大叫：

「二、一、零！」

當我們朝著女王跳去，腳邊就有波紋狀的震動特效經過。剛剛落地，我們就又賞給對方一記劍技——

在絞盡所有觀察力與判斷力的戰鬥當中，我不知不覺就忘記了，身為可靠伙伴的女性騎士，其實不是真正的人類而是ＮＰＣ的事實。

ＮＰＣ不是按照給予自己的演算規則，而是依身為玩家的我省略到極限的言語指示來戰鬥，這本來是絕對不可能的事。但這時候的我，完全不覺得基滋梅爾戰鬥的模樣有什麼奇怪的地方。

在ＶＲＭＭＯ裡，要靠體感來正確計算戰鬥時間是一件非常困難的事。通常在戰鬥之後都會因為「才不到一分鐘嗎！」或者「已經花了一小時啦？」而驚訝。

因此大型蜘蛛型怪物「涅菲拉女王」隨著華麗的特效爆散開來，視界出現獲得ＬＡ獎勵的訊息時，我立刻打開視窗確認現在的時間。

上午四點二十分。反推回去後，就能知道戰鬥只進行了短短三分鐘左右，不過這已經足夠讓牙王等人發現魔王的氣息消失並走回來了。就算真是這樣，也可以選擇再次利用基滋梅爾的光學迷彩披風躲起來，但是如果魔王戰的華麗特效音被聽見的話，就很難成功躲過他們的目光。

消除視窗的我，轉向再次準備擊掌的兩名女性劍士，然後把食指放在嘴唇上。幸好黑暗精靈族似乎也看得懂「安靜」的手勢，兩個人的右手沒有互擊就直接放了下來。我接著又做出「等等」的手勢，然後躡手躡腳地從成為戰場的大房間移動到入口處。我把背貼在牆壁上，豎起耳朵聽外面通道的聲音，不過目前沒有聽見其他聲音與腳步聲。

——話說回來，現在才剛過凌晨四點，那麼那些傢伙究竟是什麼時候離開城鎮的？等等，也很有可能是熬夜進行公會任務。

我就帶著對「解放隊」的勤奮一半覺得誇張一半覺得佩服的感想等了三秒鐘左右，不過好像真的沒有人靠近這裡。應該是碰上洞窟入口附近的雜兵Ｍｏｂ然後開始戰鬥了吧。我呼一聲鬆了口氣，然後回到亞絲娜她們身邊。

「牙王他們好像沒有發現。那些傢伙應該會為了進行公會任務而再次回到地下二樓。我們就趁那個機會離開洞窟吧。」

對於我的提案說了聲「也好」並點了點頭的亞絲娜，像是忽然注意到什麼事情般加上了這樣的疑問：

「剛才的魔王蜘蛛，要花幾分鐘才會復活？」

「嗯……」

我正準備搜尋封測時期的記憶，但基滋梅爾已經早一步回答：

「從那種大小來看，至少要花上三個小時，才能藉由洞窟裡盈滿的靈力產生新的洞窟主吧。」

看來基滋梅爾他們是這樣解釋Ｍｏｂ的再湧出。雖然也想問問看「靈力」與她說的從艾恩葛朗特消失的「魔力」究竟有什麼不同，但這次又被亞絲娜搶先發言了：

「有這麼多時間的話，牙王先生他們也可以安全地探索地下二樓了。總覺得……好像暗地裡幫了他們一把，有點不太能接受呢。」

「哈哈哈，不是有句話說『森林注意善行，蟲子注意惡行』嗎？你們一定會獲得聖大樹的恩惠喔。」

「……說……說得也是。順帶一提，人族的國家是以『善有善報』來形容這種情形。」

「哦，那我可得把它記住。」

即使看著進行著這種對話的亞絲娜與基滋梅爾，存在我腦袋裡的還是「把剛才撿到的遺物送回野營地給司令官讓任務進行下去後，還得再次回來跟魔王蜘蛛作戰真的很浪費時間耶～」這種極為現實的思考。但我馬上就發現腳邊的地板上掉了某樣黝黑又有光澤的物品。撿起來一看，原來是從「涅菲拉女王」嘴裡長的巨大利牙。為了慎重起見我還是用手指碰了它一下，結果就浮現「女王蜘蛛的毒牙」這樣的道具名。

順利的話，把遺物交給司令官並接受下一個討伐女王的任務之後，說不定馬上就能用這個道具完成任務了。如果可以這樣就太好了，我一邊這麼想一邊把它收進道具欄裡，順便又看了一下時間，發現已經超過四點半了。牙王他們也差不多該回到地下二樓了吧。

「那我們先回野營地去吧。」

話剛說完，基滋梅爾與亞絲娜就同時轉向我並同時點了點頭。

兩人的長相完全不同，何況基滋梅爾是有著淺黑色肌膚與長耳朵的黑暗精靈族——最重要的是她根本是NPC，但站在一起的兩個人卻很不可思議地給了我像是姊妹的印象。

正如我們的期待，在沒有遇見牙王他們的情況下順利回到地上後，我們三個人便極力避免戰鬥，然後快步朝向森林南邊的野營地前進。

當可以看見濃霧後幾面飄揚的旗幟時，從浮遊城外圍照進來的些許淡堇紫色光芒，讓我們知道早晨已經來臨。如果是在現實世界裡，十二月中旬的天亮之前，不穿上毛衣加羽絨外套的話實在提不起勁走到外面去，但異世界早晨的冷空氣卻讓激戰而殘留著熱氣的身體感到舒服。當然，冷熱的感覺都只是NERvGear創造出來的感覺訊號而已。

通過藉由「森林隱形咒」創造出來的魔法濃霧，順利進入山谷之間的野營地後，三個人就一起深深吸了一口氣。我拋開緊張的心情，順便解除了一定程度的重武裝。

和玩家不一樣，無法使用道具欄的基滋梅爾，看著我和亞絲娜叫出——被他們稱為「幻書之術」的視窗，再次做出「真是方便」的評論後，隨即把視線移向野營地深處。

「——桐人、亞絲娜。可以幫我把在洞窟裡找到的徽章送去給司令嗎？」

「嗯，嗯嗯……是沒關係啦……」

「那就拜託了。喪命的偵查兵是司令的親戚……我實在不想待在報告的現場。抱歉提出這麼任性的要求。」

說完基滋梅爾便伏下長長的睫毛，這時根本不用再問她是不是想起過世的蒂爾妮爾了。和我同時點了點頭的亞絲娜，像是要安慰精靈騎士般輕碰她的左臂，低聲對著她說道：

「知道了，我們會好好跟司令報告，妳放心吧。基滋梅爾……妳接下來要做什麼？」

「我想回帳篷休息一下。需要我幫忙時，隨時可以來找我。」

帶著淡淡微笑並這麼回答的基滋梅爾往後退一步時，視界左上角的一條HP條就隨著有些寂寞的效果音消失了。同一時間，傳達騎士離開小隊的小小系統訊息也隨之出現。

基滋梅爾振動鎧甲行了一禮，接著便朝野營地右邊深處走去，看著她的背影離開後，我才瞄了旁邊一眼。正如我所預料，亞絲娜的側臉出現有些寂寞又有些不安的表情，於是我忍不住小聲安慰她道：

「別擔心啦，只要再跟她說一次話……她隨時都會再加入我們的小隊……應該啦。」

原本以為她會像以前那樣生氣，結果得到的卻是……

「……嗯。」

這樣簡短的回答。

細劍使像是要轉換心情般，用撥到背後的大兜帽蓋住頭部說：

「那我們去報告任務吧。」

把樹葉的徽章交給黑暗精靈先遣隊司令官後，他的表情也沒有多大的改變。配置在這個野營地裡的NPC，果然只有基滋梅爾被賦予特別突出且精良的AI，但和她在一起這麼長一段時間後，很不可思議地就會覺得司令官沒有改變的態度底下似乎藏著深切的悲哀。

遞交偵查兵遺物後任務紀錄就繼續進行，當司令官拜託我們潛入洞窟深處討伐魔王蜘蛛時，我便畏畏縮縮地取出「女王蜘蛛的毒牙」放在司令官前面的大桌上。幸運的是這樣就算滿足了成功的條件，我們不用再次探索洞窟，直接完成了活動任務第二章「討伐毒蜘蛛」的任務。任務今後也會繼續下去，光是第三層就有第一章直到第十章的任務，所以還有很長一段路要走。

心懷感謝地收下做為報酬的珂爾、經驗值與道具——我和亞絲娜都選擇了擁有讓容量比外觀大許多這種魔法效果的腰包，又接受了第三章的任務後就離開了司令官的大帳篷。

不知不覺間天色已經完全亮起，往來於野營地的黑暗精靈人數也增加了，但裡面沒有看見基滋梅爾的身影。在大帳篷前的廣場停下腳步的我，對著再次只剩下一個的小隊成員問道：

「……怎麼樣？雖然隨時都可以找基滋梅爾加入小隊……」

「嗯…………」

亞絲娜像在考慮事情般微微低下頭，接著又輕輕搖了搖頭。

「再等一下吧。這麼說好像有點奇怪……不過總覺得，暫時讓她自己一個人比較好……」

「這樣啊。其實不會很奇怪啦，雖然基滋梅爾是NPC……但她早已是我們的伙伴了。」

「我不記得自己什麼時候變成你的伙伴了。」

「…………是我錯了。」

當我們進行著這樣的對話時，稍遠處的食堂帳篷裡已經開始傳出某種香味。我漫步準備往那個方向踏出腳步，但亞絲娜忽然用力拉住我的袖子。

「吃飯之前，先陪我去一個地方。」

「去哪裡？」

「喂喂，不會才過一個晚上就忘記了吧？已經累積足夠的素材了，不是要去鐵匠那裡讓他幫我打造一把新劍嗎！」

存在於ＳＡＯ的所有武器與防具，入手方式大概可以分成三大種類。

首先是打倒包含魔王在內的Ｍｏｂ所獲得的「怪物掉寶」。和從迷宮內寶箱裡獲得的「金庫掉寶」並稱為「掉寶品」。

接下來是完成任務後獲得的「任務報酬」。

最後則是玩家或者ＮＰＣ鐵匠、皮革工匠利用素材道具製作出來的「店製商品」。

死亡遊戲開始到現在雖然已經過了一個月又一週的時間，但目前這三大種類的物品在性能上還沒有太大的差異。我的愛劍「韌煉之劍＋６」是第一層的任務報酬，而亞絲娜的「風花劍＋５」則同樣是來自第一層的怪物掉寶。我想等級層上昇後任務報酬以及ＮＰＣ製武器的性能應該就會降低，強力武器將會以掉寶品以及玩家製為主，但ＳＡＯ不知道到幾個月之後才會出現這種狀況……希望不要耗費好幾年的時間才好。

我茫然轉著這些念頭，微微低著頭走在讓兜帽斗篷隨風飄揚的亞絲娜身後。

可能是天色仍暗時就進行了負擔相當重的任務吧，昨天晚上明明睡了整整七個小時，一照到早晨的陽光，就又有濃厚的睡意襲上心頭。這時細劍使卻與我完全相反，跨出去的腳步顯得相當堅定，不知道是本來就擁有網路遊戲玩家不可能出現的完全晨間型能力構成，還是想藉由靴子的鞋跟將從腳邊爬上來的不安踢開呢？

「別擔心啦，一定會很順利的。」

睏得眼睛快睜不開的我，幾乎是在無意識中丟出了這樣的話，結果一．五公尺前方的短靴忽然停了下來。差點撞上對方背部而急忙煞車的我，耳朵裡聽見帶著七分怒氣以及另外三分莫名感情的聲音：

「……我才沒擔心呢。」

就算腦部處於低電壓模式，這時還是有不能說出「別騙人了～」的判斷力，於是我只有簡短地回答：

「這樣啊。」

「對啊。話說回來，之前的戰鬥裡應該已經存夠素材了吧。我可不想因為素材不足又要再去收集……」

一邊回頭一邊說到這裡的亞絲娜，忽然閉起嘴巴，然後才又用稍微和緩的語氣說道：

「……不能一直這樣下去呢……」

「啥？妳在說什麼？」

「就是……製作武器需要的素材種類、怪物的攻略法等事情不能老是問桐人先生，自己也得想辦法去了解才行。」

「啊～……但……但是在第二層的主街區遇見妳時，妳不是連素材道具的種類和會掉下這些素材的怪物都很清楚了嗎？」

把一週前的再次相遇，像是陳年往事般從記憶裡挖出來的我一這麼說，亞絲娜就在兜帽深處露出有些苦澀的笑容。

「那只是把亞魯戈小姐的攻略冊裡自己用得上的地方背下來而已，所以攻略冊裡沒寫的事情我什麼都不知道也不了解。跟來到這個世界前的我完全相同。」

「…………」

我不知道該如何回答這出乎意料之外的發言，猶豫了一下後才輕輕搖了搖頭。

「這一點我也一樣啊。只是封測時期的知識目前還派得上用場而已。等有效期限過了，我也不知道怎麼辦才好……」

「錯了，從書上獲得的知識跟實際經驗獲得的知識果然還是不同。光是要製造一把武器就感到如此不安，就是因為沒有過這種經驗的關係。」

在談話當中好不容易趕走睡意的我，放棄了提出「果然還是在擔心嘛」的指責，維持著認真的表情說：

「那接下來好好體驗各種事情就好啦。現在最重要的，就是活著繼續往前進……就這麼簡單。為了活下去，能夠利用的東西就盡量利用。不論是亞魯戈的攻略冊還是我的知識。像這樣每多活一天，數字之外的經驗值也會不斷增加啊。」

雖然是真心話，但不符合自己個性的發言還是讓我有點不好意思，於是我抬頭看向剛才走出來的大帳篷後方。結果就看見開始從附近的外圍部分照射進來的曙光，正染紅了上一層的底部。

「…………說得也是。新的一天會像這樣重新開始呢…………」

感覺亞絲娜的呢喃聲裡，剛才那種緊繃的感覺變淡了之後，我才一邊點頭一邊暗暗鬆了口氣。我再次把視線移回細劍使身上，輕鬆地加了一句：

「啊，還有一件事我可能忘了說了……」

「咦……？」

「和武器的強化不同，製作時基本上是不會失敗的。所以根本不用感到不安……」

聽到這裡的瞬間，亞絲娜就用幾乎快造成傷害的力道戳了一下我的側腹，然後用極為憤怒的聲音低吼：

「為什麼不早點說呢！」

跟用著簡直要踩碎地面般的力道往前進的細劍使保持兩公尺左右的距離走了一陣子後，就看見黑暗精靈野營地裡規模不大的商業區域。

沿著道路並列的四張帳篷，從前面開始掛著道具店、裁縫店、皮革工藝店以及打鐵鋪的小旗子。看見店頭擺滿了人類城鎮的商店絕對買不到的各種稀有道具後雖然很興奮，但每一種都是讓剛來到第三層的我無法負擔的價格。拚命壓抑購物欲望經過那些商店後，在打鐵鋪前面停了下來。

NPC鐵匠通常是長著鬍鬚的肌肉壯漢，不過這裡真不愧是精靈的村莊，只見對著鐵砧揮動鎚子的，是一名把長髮綁在後面的高瘦大哥。看起來是鐵匠的外在標記，就只有黑色皮革圍裙以及長度到手肘的手套而已。不過他右手上的高級鐵匠鎚子，已經顯示出他武器製作技能的熟練度遠高於第三層主街區的NPC工匠。在第二層認識的，公會「傳說勇者」的涅茲哈已經轉職為圓月輪使的現在，應該不存在打鐵技術超越眼前精靈的玩家了。

不過，唯一的問題就是──

即使我和亞絲娜在帳篷前停下腳步，黑暗精靈鐵匠那淺黑色的精悍臉孔也只是瞥了我們一眼，然後用鼻子發出「哼」一聲後就又埋首於自己的工作了。感覺身旁開始有負面氣息發生的我，忍不住就輕輕拉著她斗篷的下襬。這整個野營地都是在「圈外」，要是做出任何犯罪者的行為，就可能被像鬼一樣強的衛兵圍毆，並淪落被追放的下場。而且眼前的鐵匠看起來也比我們強多了。

幸好亞絲娜沒有因為店主惡劣的態度而回嘴或出手，只是狠狠地瞪了我一眼。

「……真的沒問題嗎？」

我點了點頭回應由細微聲音提出的問題。如果委託的工作是武器強化的話就無法保證絕對成功，但正如剛才對亞絲娜所說的，製造新武器時不可能出現完全失敗的情形。當然，是要在製作者擁有充足技能熟練度的前提下。

我放開斗篷之後，亞絲娜就往前走了一步，以還算客氣的態度對精靈鐵匠搭話道：

「抱歉，想請你幫忙打造武器。」

雖然回答是第二次的「哼」，但亞絲娜面前也出現了ＮＰＣ商店特有的選單視窗。玩家經營的商店基本上是藉由口頭來做買賣，不過對象是ＮＰＣ的話，有時候會出現言語無法順利傳達的情況，所以也準備了輔助用的視窗。

我一邊想著「對精靈來說，這視窗也是什麼咒語嗎」，一邊把頭伸過去後，亞絲娜就碰了一下視窗角落把它變成可視狀態。纖細的食指接著準備按下打鐵鋪專用選單上「武器製造」按鍵，但最後一刻又停了下來。

「……對喔，在製造前還有事情要做。」

她以細微的聲音呢喃著，我則是暫停了一下才回答：

「那不是必要的程序，要不要做就看亞絲娜的決定了。」

「嗯……但是──我已經決定了。」

以微小但堅定的聲音這麼宣布後，亞絲娜就停止操作商店選單，用左手將腰上的細劍──收在綠色劍鞘裡的「風花劍＋5」解下來。

這把造型簡單但相當美麗的武器歷經了第一層的對樓層魔王戰、第二層的堅苦攻略，並且在來到第三層後就一直陪她戰鬥到現在。這時亞絲娜用雙手緊緊抱住它。用我聽不見的聲音簡短地對它說了一些話後，就把它交給精靈鐵匠。亞絲娜不使用視窗，特別以聲音拜託對方說：

「請將這把劍熔成鑄塊吧。」

原本以為聽見她這麼說的精靈打鐵匠會再次丟出「哼」一聲，結果這次不知道為什麼只是默默把右手伸過來而已。

我想他應該不是顧慮到亞絲娜的心情，但還是用相當小心的動作接過風花劍，然後緩緩把它從劍鞘裡抽出來。全新時像鏡子般的光輝已經黯淡了一些，不過劍身也纏繞著穩重、深邃的光澤。精靈鐵匠撿查了一下這樣的劍身，點了一下頭後雙手就以獻祭般的手勢捧著劍，然後把它輕放在背後的熔鐵爐上。

那不是涅茲哈所使用的攜帶型熔鐵爐，而是用煉瓦堆疊成四方形的正式熔鐵爐。雖然沒有提昇火力用的鼓風器，但冒出來的火焰帶著不可思議的藍綠色，所以應該也是利用精靈擅長的魔法動力吧。火焰立刻讓銀色劍身變得火熱，劍尖到柄頭的部分隨即開始發出炫目光芒。旁邊的亞絲娜則是在胸前緊握住雙手。

不久後，劍綻放出更加強烈的閃光，一口氣收縮成長二十公分左右的立方體。

光線消失後，精靈就用只戴著手套的右手從火焰裡拿起立方體，接著迅速遞了出來。在朝陽照射下，鑄塊發出了純淨的銀色光芒。艾恩葛朗特裡除了鐵與銅等真實存在的金屬之外，也存在祕銀等虛構的金屬，鑄塊的種類可以說相當繁多，就連我也無法光看外表就辨別出道具名稱。不過還是可以知道由亞絲娜愛劍變成的鑄塊是相當罕見的道具。

「謝謝你。」

向精靈道謝並且用雙手接下銀色塊狀物後，亞絲娜就像要確認重量般持續抱著它好一陣子，最後才打開選單視窗把它收進道具欄裡。關上視窗，把剛才打開的商店選單移到身體前面，然後再次開始操作。

她這次終於按下「武器製造」按鈕，在選單裡選擇了單手武器↓細劍↓選擇素材等選項。結果亞絲娜道具欄裡的各種道具中，能夠做為素材使用的道具被過濾出後浮現在另一個小視窗，於是她便按照類別來加以選擇。

武器強化時只會使用「基材」與「添加材」，但製造武器時必須再加上「心材」也就是鑄鐵。雖然從蜘蛛的洞窟裡收集到的礦石也能夠鎔鑄成鑄塊，但這次只把它來當成基材。我根本不用開口，亞絲娜的手指就不斷選擇各種素材，最後指定原本是風花劍——道具名稱是「鍺銀鑄塊」——的心材。需要的道具全部選好了之後，隨著所需工資出現了要求最後確認的YES／NO對話框。

亞絲娜再次看了一下精靈鐵匠，說出「拜託你了」並行了個禮後就按下YES按鈕。

「咻哇哇」的效果音響起，鐵匠身邊的作業台上出現了兩個皮袋與剛才看見的白銀鑄塊。精靈默默伸出手，把裝有基材與添加材的兩個袋子丟進熔鐵爐裡。兩個袋子立刻被燒掉，裡頭的道具群也開始被燒得火紅。

「……作……作業的手法怎麼有點隨便啊……真的沒問題嗎……」

我小聲地這麼呢喃著，結果亞絲娜像是很受不了般也壓低聲音回答我：

「說製造武器不會失敗的人是你吧？再來就只能相信對方，把一切交給他了。」

——跟在第二層把風花劍交給涅茲哈強化時比起來，這個人的膽子也變得大多了。

我忍不住就這麼想，不過其實還存在一件我故意沒跟亞絲娜說的事情。

製造武器時沒有完全的失敗——也就是不可能出現所有素材道具消滅，而且劍也沒有完成的情形。但同時也無法確定製造出來的結果。玩家能決定的就只有武器的種類而已，在成果出現之前，都不知道武器的外形與名稱。換句話說，完成品的性能也有幾種不同的幅度。

但以這次的情形來看——完成品應該不會比原來的風花劍還要弱才對。精靈鐵匠的態度雖然超級差，但技能熟練度很高，基材與添加材的質、量也都達系統的上限，最重要的是心材上還灌注了亞絲娜的心意。或許有人會說這樣根本是超自然現象了，但我相信即使是在一切全是數位檔案的這個世界裡也有這種力量。

當我一瞬間想了這麼多事情時，火焰裡的素材群已經熔解、變形，火焰的顏色也變成亮白色。鐵匠立刻把鑄塊丟進火焰當中。冰冷的金屬塊慢慢開始發出炫目的光芒。

「分我支援效果。」

忽然間聽到這樣的聲音，接著右手食指、中指與無名指的第二指節以下就被柔軟的手掌緊緊包住。

——她雖然這麼說，但我身上現在也沒有任何支援效果，而且就算握手效果也不會移動。

壓抑住內心這樣的聲音後，我就把姆指放在亞絲娜手背上，接著默默祈禱能打造出一把好劍來。

精靈鐵匠像是專心於作業上一樣，完全不看死命盯著他的我們，當鑄塊充分受熱後就用戴著黑手套的左手抓住它，並將它移動到鐵砧上。鐵匠轉了一下手上的鎚子，然後以兩秒一下的速度有節奏地敲打起鑄塊。清澈的鎚聲就這樣響徹於早晨的野營地當中。

敲打的次數就越多，製作出來的武器性能越高。像初期裝備的「普通細劍」或是「小劍」就是比強化時還少的五下。與「風花劍」同等級的武器大概是二十下左右。也就是說鎚聲持續越久，就能製作出越強的武器，所以數敲打聲是製作武器時最大的樂趣，同時也是最緊張的瞬間。

十下。十五下。鎚聲依然持續著。

當超過二十下時，我才悄悄呼出憋在胸口的氣息。這樣幾乎可以確定完成品的性能超過風花劍了。

但是，金屬音超過二十五下時，我的肩膀再次繃緊。甚至沒有發現自己不知不覺間已經緊握住亞絲娜的手，只是緊盯著爆出橘色火光的鑄塊。

我的愛劍韌煉之劍是只能從任務裡獲得的報酬，而跟它同等級的劍大概要鎚打三十下左右。鐵匠的鎚子輕鬆地超過了三十下並持續敲打下去，甚至超過了三十五下，數到四十下時才停了下來。

發出純白光輝的鑄塊開始緩緩變形。它變得又細又長，又銳利又美麗。最後再次放射出強烈的閃光，當閃光消失後，可以看見鐵砧上橫躺著一把整體發出白銀光輝的細劍。

在默默看著這一切的我和亞絲娜面前，鐵匠握住上頭有細緻雕刻的劍柄，然後把劍拿了起來。他左手的指尖滑過細長劍身，最後驚人地說出一句評語：

「……這是一把好劍。」

他的左手朝後方的架子上伸去，從放在上面的無數劍鞘裡拿出亮灰色的劍鞘，啪嘰一聲把細劍收進劍鞘後，就把它遞給亞絲娜。

到這時候我才終於發現自己還緊緊握住亞絲娜的左手，於是急忙把手放開並插進長大衣的口袋裡。亞絲娜以非常微妙的表情瞥了我一眼後，隨即從精靈鐵匠那裡接過細劍，然後低頭說道：

「謝謝你。」

這次的回答果然又是「哼」了。

亞絲娜露出些許苦笑，準備把新劍掛到腰帶的掛鉤上時，我再一次抓住她的左手。即使她已經納悶地皺起眉頭，我還是不顧一切地拉著她移動到商業區前方的小廣場裡。

我才剛停下腳步，亞絲娜就把手抽回去，然後微微鼓著臉頰說道：

「喂喂，你到底想做什麼？新劍不是都順利打造出來了嗎？」

「沒有啦，我不是要雞蛋裡挑骨頭。不過，那個……妳先把劍給我看一下。」

我一伸出右手，亞絲娜就噘著嘴把新打造出來的劍放在我的手掌上。

一拿到的瞬間，手掌就感受到密度極高的重量。光是這樣就能知道它不是把普通的劍，不過我還是迅速點了它一下叫出屬性視窗，然後和亞絲娜一起觀看內容。

表示在最上面的道具名是「Ｃｈｉｖａｌｒｉｃ　Ｒａｐｉｅｒ」。Ｃｈｉｖａｌｒｉｃ……應該是「騎士的」這樣的意思吧。強化值當然是＋０。而旁邊的強化次數上限有——15次。

「怎咪……」

我的嘴巴裡發出意義不明的怪聲。

雖然表現出來的反應就只有這樣而已，但我內心其實受到想一邊大叫「怎麼可能！」一邊奮力跳上天空，等頭撞上上層底部才再次跌落到地上的衝擊。

根本不用看視窗底下寫了一大堆的攻擊力（ＡＴＫ）還是攻擊速度（ＳＰＤ）等等詳細性能了。十五次強化次數上限幾乎是韌煉之劍八次的兩倍之多。也就是說，單純一點來看，這把騎士細劍比韌煉之劍強上一倍。用樓層來衡量的話，大概是可以用到第五、六層左右的武器。

當然應該大大地感到高興。武器性能與戰鬥的勝率有直接關係——不對，這個世界裡勝率已經沒有意義了。在這個無論如何都不能死，也就等於所有戰鬥都得獲勝的世界裡，就算獲得再怎麼強大的力量都嫌不夠。

但事情當然不可能這麼單純。因為我們不是被關在單機ＲＰＧ，而是被囚禁在ＶＲＭＭＯＲＰＧ這種名稱不常出現的遊戲裡。

握著從劍鍔到劍柄，甚至連護手都是白銀製造的美麗武器，我忽然有某種預感——或者應該說敬畏的感覺，覺得這把細劍說不定會改變亞絲娜這名稀世細劍使的命運，於是我只能暫時默默地站在現場。

「……怎麼了嗎？」

再次被詢問後，我才終於從沉思中醒了過來。我抬起頭，認真地看了一下亞絲娜的臉，然後才急忙搖頭回答：

「啊，沒什麼事啦……不對不對，不是沒事。這……這把劍超強的喔。」

「哦～？超強？」

「嗯，超強。」

當我們進行著這種類似小學生的對話時，亞絲娜忽然發出了竊笑聲。雖然逗笑她並非我的本意，但這時我的思考才終於恢復正常，乾咳了一聲後把細劍還給她。

等待亞絲娜再次把灰色劍鞘掛到腰帶上，我就開口表示：

「那個……還是要先恭喜妳完成主要武器更新。我覺得……風花劍確實活在那把劍當中，不過信不信有這回事就要看個人了……」

這說到最後連自己都沒有自信的蹩腳發言讓亞絲娜的笑容變成苦笑，不過她不像平常那樣嚴厲地吐嘈我，只是點了點頭說：

「嗯，謝謝。我也是這麼想的……感覺應該可以和這個孩子繼續戰鬥下去。」

「這……這樣啊。」

「……桐人先生也還記得吧……」

亞絲娜說到這裡就停頓了一下，接著才在嘴角透露出些許哀戚的情況下繼續說：

「……離開起始的城鎮，以迷宮區為目標開始戰鬥的時候，我覺得武器是用完就丟的東西。買了好幾把便宜的『鋼鐵細劍』，完全沒有強化與保養，等不再鋒利就把它丟在迷宮的地板上。但是……那同時也是我對自己的想法。我覺得……只要死命一直往前衝，等到氣力放盡就倒下來等死……這樣就可以了……」

她抬起左手，用指尖劃過新細劍的護手。然後像把銀的感觸直接變成言語般，斷斷續續地說著：

「……老實說，我現在還是沒有抱持多大的希望。一百層好遠啊……實在是太遠了。但是……被你指責後，得到風花劍並加以強化，然後從用它來戰鬥，我就開始覺得自己一點一點改變了。跟攻略遊戲或者回到現實世界無關……而是要抱著希望活過今天這一整天。為了實現這一點，我就有了珍惜自己的劍與防具，學習各種知識，以及……也要好好保養自己的想法。」

「…………保養自己嗎……」

SAO就不用說了，這根本是亞絲娜第一次玩MMORPG遊戲，以現狀來說我應該比她多懂了不少東西。但我還是覺得亞絲娜的這番話教會我非常重要的事情，於是就在無意識中低頭看著自己的右手。

不去看完全攻略遊戲的困難度，而且變得有些自暴自棄。我心中恐怕也有這樣的部分。因此才會自稱「封弊者」，讓自己跟攻略集團的主流派保持距離。抬頭看著遙遠的第一百層，就會覺得牙王率領的「艾恩葛朗特解放隊」以及凜德所率領的「龍騎士」，往該處前進的勇氣應該都比我還要多才對。我之所以會持續戰鬥，唯一的理由就是要拚命地強化自己。

三十九天前，降臨到起始的城鎮中央廣場的茅場晶彥宣告死亡遊戲開始之後，我就立刻朝著下一個村莊跑去。並不是為了攻略遊戲。而是為了搶在聚集在一起的一萬名玩家前，讓自己一個人存活下去。

但是，連這樣的我也在不知不覺間遇見了不少人，構築了與他們的關係與關聯性。

像情報販子「老鼠」亞魯戈、斧戰士艾基爾、鐵匠轉職為圓月輪使的涅茲哈等人，甚至是在第一層魔王戰裡殞命的迪亞貝爾以及任務ＮＰＣ基滋梅爾都和我有了關聯。當然，現在在我眼前的細劍使亞絲娜也一樣——

我可能負有某種責任。某種必須活著為相遇的人們持續戰鬥的責任。已經無法覺得麻煩就拋下責任或者拒絕戰鬥。因為他們持續在這個世界裡生存的模樣，也讓我在不知不覺間受到鼓勵與安慰。

「……對啊。」

當我凝視著自己的手時，亞絲娜忽然用前所未見的，不再咄咄逼人，甚至可以說溫柔的聲音對我說：

「要保重你自己啊。痛苦、悲傷的時候，不要只悶在心裡，試著向別人傾訴也很重要喔。」

「咦……嗯，嗯……」

稍微抬起頭，眼睛往上看了一下露出平穩微笑的亞絲娜後，我抱著姑且一試的心態問道：

「那個……說出心裡話會怎麼樣呢？」

結果細劍使毫不猶豫地回答：

「我隨時都可以請你吃熱騰騰的『塔蘭包子』喔。」

「……這……這樣啊。」

差點湧出攻勢被對方巧妙躲開的失落感時，我急忙在內心強調著「等等，我可沒有那種期待喔」。而且，我還滿喜歡第二層的名產塔蘭包子的味道，不過要先放涼就是了。

「那等哪一天我強化失敗就拜託妳了。然後呢——現在開始才是重點……」

轉換心情的我一這麼說，亞絲娜極為罕見的微笑就像被太陽照到的雪花般消失了。

「啥？剛才的風花劍還活著的話題不是重點嗎？」

「沒錯。」

我乾咳了一聲，用手指著亞絲娜腰間的新伙伴說：

「剛才就說過了，第三層幾乎不可出現像那把『騎士細劍』這麼強的武器。只要稍微強化一下，一擊的攻擊力就會超過我的韌煉之劍＋6了吧。這當然是件很好的事，問題是為什麼能製造出如此強力的劍呢？」

「呃……」

亞絲娜微歪著頭，越過圍著廣場的臨時柵欄，看著十幾公尺外的鐵匠帳篷。這時我也跟著她移動視線。從這裡雖然看不見鐵匠的身影，但還是經常能聽見悠閒的「鏘、鏘」打鐵聲。

「那個鐵匠雖然態度很惡劣但技術很高超對吧？只要委託他的話，隨時都能製作出這種等級的武器吧？雖然態度很惡劣。」

「等……等等，我覺得不可能。來到第三層後也經過了不少場戰鬥，Ｍｏｂ的強度和封測時期幾乎沒有兩樣。如果只有能入手的武器經過加倍的強化，遊戲的平衡度就會崩壞啦。」

「這樣的話，會不會主街區的鐵匠沒什麼改變，只有那個黑暗精靈先生被變更成能製造出強力的武器呢？雖然態度很惡劣。」

「嗯………」

我把視線從帳篷上移開，環視了一下整座野營地。

不知不覺間天色已經完全亮了，深邃的山谷籠罩在爽朗的朝陽下。一長串晨靄後方，衛兵、騎士與錙重兵們緩緩地左來右往，食堂帳篷裡開始飄出烤麵包的香味。這些景象與封測時期見到的完全一樣。

「……只要在森林裡接受『翡翠祕鑰』任務，任何人都可以來到這座野營地。從這一點來看，似乎和主街區沒有什麼太大的差別……」

「真是的，根本找不出答案嘛。不論理由為何，如果因為製造出強力武器而讓遊戲平衡度崩壞的話，那不是求之不得嗎？不過反過來的話就很困擾了。」

「嗯～妳說得是沒錯啦……」

亞絲娜的意見完全正確。因為我們不是為了用堂堂正正且紳士的態度攻略遊戲而待在這裡。不論是Bug還是作弊，只要是能利用的手段我都會高興地去做。

不過其中還是存在一個問題。

如果騎士細劍是因為系統異常才出現的非正規道具，那麼營運者——雖然不知道這個世界除了茅場以外有沒有其他GM——知道它的存在後，就可能採取「對策」。這裡所說的對策，指的是把它換成原本應該被製造出來的武器，或者是直接把武器刪除。

不對，可能不只有這個問題而已。我們之後還是會和攻略集團會合，然後挑戰第三層的迷宮區與魔王，那時所有聯合部隊成員都會為了亞絲娜新劍的威力而感到驚訝吧。如果那些驚訝只是純粹的感嘆就好了……

「那我們來檢驗吧。」

「咦？」

突然的發言讓我呆呆望著細劍使的臉。

「再次委託他製造一把劍，然後確認這種現象會不會再次出現不就得了？」

「啊～原來如此…………等等！」

點了兩三次頭之後，我用食指指著自己的鼻子說：

「咦，妳說的再委託他製造一把劍，難道指的是我嗎？」

「我製造兩把劍做什麼？又不能雙手拿劍作戰。」

「是……是沒錯啦……嗯……」

我一邊發出沉吟聲一邊無意識地移動右手，準備用伸直的食指撫摸背後愛劍的劍鍔，這時候才想起來已經把它收近道具欄裡了。結果無事可做的手只能往上舉來搔了搔頭。

要檢驗能否重現當時的現象，也就是態度惡劣的黑暗精靈鐵匠是否可以每次都製造出高性能的劍，就得湊齊跟亞絲娜當時同樣的條件。除了要大量使用高品質的基材與添加材之外，做為心材的鑄鐵也必須是由經過鍛鍊且經常使用的武器熔化而成。那當然就是，死亡遊戲開始後就和我一起奮戰一個月以上的韌煉之劍＋6了。

老實說，拿它來當主武器也差不多快到極限了。如果剩餘的兩次強化次數都能成功，讓它變成＋8的話，就還能撐到第四層為止，不過如果同以＋0等級來看的話，第三層的NPC商店裡甚至已經販賣著比韌煉之劍還要高級的劍了。當然價格不便宜就是了。

韌煉之劍不過是——雖然很不想用這種說法——任何完成任務的人都能獲得的報酬武器。等級無法跟伺服器裡只有幾把的稀有武器相提並論。

之所以無視這種情況，想把它用到極限為止，應該是因為我很喜歡這把粗獷的單手直劍吧。不只是因為性能、外型或者方便性。還有只帶著初期裝備的小劍就衝出起始的城鎮到達下一個村莊，然後在那裡也沒有更新武器就直接接受任務，歷經千辛萬苦後做為任務成功報酬順利把它拿到手的達成感。以及雙手承受和小劍完全不同的重量時，內心湧現的感覺。和封測時期同樣選擇單手直劍技能的理由之一，就是因為努力一點就能在初期獲得韌煉之劍的緣故。

但從另一方面來看，環繞在我們這些玩家周圍的狀況，已經和封測時期完全不同了。只能在不允許任何死亡的嚴苛規則中，盡可能快速地攻略樓層。這種情況下應該重視的是效率與合理性。對需要不斷替換的道具產生個人的感情可能是最先應該捨棄的行為。我自己不是就在第二層的旅館裡這麼對亞絲娜說過了嗎？我說為了攻略死亡遊戲而持續在最前線戰鬥的話，就一定得不停更換新的武裝。還說MMORPG就是這樣的遊戲……

——看來要在這裡跟你分別了，伙伴。

我在心裡暗暗向道具欄中的愛劍這麼說道。

確實需要檢驗黑暗精靈的技術，而且韌煉之劍的更新時期也的確越來越近了。這樣的話，現在應該就是更換的時機了。下定決心……

「我知道了……」

準備點頭同意的時候。

細劍使卻一邊聳肩，一邊輕鬆地說：

「不過，你不想換的話就算了吧。」

「什……麼？」

「心情不是會對武器製造有所影響嗎？在心不甘情不願的情況下打造新的武器，好像也不會有什麼好的結果。」

「嗚……咿？」

「我雖然也猶豫了一下，但要拜託鐵匠時就已經下定決心了。但你臉上已經寫著，想和現在這把劍一起作戰到最後一刻為止。」

「哦………」

「那就想別的檢驗方法吧。而且仔細一想就覺得，光試一次也沒辦法檢驗出什麼。真的要檢驗的話，就得準備一大堆材料，最少也得打造一百把劍，然後調查出現超強武器的比例……

而且這樣也算是很粗略的資料了……」

一口氣說到這裡的亞絲娜，一瞬間露出陷入沉思的表情，接著就一直把臉對著打鐵舖帳篷的方向。

「……但是，總覺得不能對那個鐵匠……不對，應該說不能在這座野營地裡做出這種事。因為鐵匠和其他士兵都是認真地在進行自己的任務。這樣還委託他打造一百把根本不會使用的劍，根本就是在妨礙人家作生意，而且也是侮辱了工匠的專業……當然我這麼說好像也有點奇怪……」

淡褐色眼睛從像是有些不好意思而伏下的兜帽深處往上凝視著我，這時我思考了一下應該怎麼回答才好。結果，說出口的是……

「嗯，那就算了。」

這種愚蠢的弟弟被聰明的姊姊開導後會說的一句話。

不過這樣就讓事情結束實在很丟臉，於是我硬是提高腦子的運轉速度後又加了一句：

「不過還是有事情要委託鐵匠。想把亞絲娜那把細劍在這裡提升到+5左右，而且我的劍要繼續用的話也得再強化一下才行。」

但姊姊馬上就提出了我理論上的缺失：

「想強化是沒關係啦，但基材和添加材都不夠吧？我的細劍也就算了，桐人先生的韌煉之劍＋6我記得八次強化次數裡還剩下兩次對吧？還是把素材加到上限，把成功率提升到最大值比較……喂喂，為什麼出現奇怪的表情。」

「沒有啦……只是覺得亞絲娜小姐竟然有了這麼大的成長……什麼硬背下來的知識根本無法持久，這在妳身上已經不適用啦……」

我自認為只是把內心湧現的感概老實地表現出來而已，但聽見我這麼說的亞絲娜也露出奇怪的表情，幾秒鐘後就丟出一聲不輸給打鐵匠的「哼」。

「我的事情不重要啦。倒是你有什麼打算？現在就出發去收集素材嗎？」

「沒有必要，因為有這個。」

我無聲地笑了一下後就打開視窗，迅速捲動道具欄並且將目標物實體化。出現的是外表沒什麼特別的黑色皮革袋子，不過側面烙了一個徽章。一看見徽章，亞絲娜就像覺得很可疑般繃起了臉。

「那不是第二層牛頭男軍團的徽章嗎？裡面不會裝什麼奇怪的東西吧。」

「很可惜，裡面的東西一點都不奇怪。」

把視窗消除的我，從左手抱住的袋子裡把內容物一一拿出來。那是三公分×十公分左右，黑色且有光澤的金屬板。表面也刻有牛的徽章。

「什麼嘛，只是普通的金屬片啊。不過，沒看過這種顏色耶……不是鐵也不是鋼……」

也難怪亞絲娜會露出疑惑的表情。金屬板主要是將天然系迷宮裡採取到的礦石熔解後所做成的素材道具，除了可以直接用來強化或者製造之外，也可以變成大型的鑄塊。我拿出來的雖然是金屬板，但是它絕不普通。我無聲地笑著，然後表明有牛頭男徽章的原因：

「這是在第二層魔王戰裡對戰的『公牛上校．那托』的最後一擊獎勵喲。強化未滿＋10的武器時，只要使用一塊金屬板，就能讓成功率上升到最大值而且還能自由選擇強化性能，可以說是相當方便的……」

眼睛和嘴巴都張得老大的亞絲娜，所說的第一句話……

「早一點說好嗎！」

就是相當熟悉的發言。

態度惡劣但技術高超的黑暗精靈打鐵匠，在看見我們從廣場回來後依然只會發出「哼」一聲，但是卻讓最高成功率只到95％的七次武器強化全都成功了。

結果亞絲娜的騎士刺劍從＋0提升到＋5。

而我的韌煉之劍則從＋6提升到＋8。

皮革袋子裡裝了十個牛頭徽章金屬板，剩下來的幾個我決定保留下來以備不時之需。把袋子放回道具欄後，我拔出期盼已久的完全強化，銳利度＋4、耐久度＋4的愛劍。厚實的劍身上多了深邃的光澤，同時有讓人發冷的迫力。這樣的話，不要說第三層了，應該戰鬥到第四層終盤都還綽綽有餘。

感到滿足的我喀一聲把劍收回劍鞘裡，結果旁邊也響起同樣的聲音。互相看著對方後，同時發出「呵」一聲充滿自信的笑聲。會因為武器強化而興奮，可能就是劍士的業障吧。

比我早一些回過神來的亞絲娜，一邊把細劍放回左腰，一邊乾咳了一聲說道：

「使用的五片金屬片，我一定會把錢付給你。」

「啊～反正妳有幫忙打倒那托上校，錢就算了吧。何況當時誰都有可能拿下ＬＡ啊。」

「是嗎……？那就把下一次的稀有掉寶讓給你好了。」

她這時壓低聲音，在我耳邊輕聲呢喃：

「但是這樣的話鐵匠的技術就還是個謎啊。如果有辦法能查出究竟是不是系統異常就好了……」

「說得也是……嗯……」

我把劍放到背上後，雙手抱胸低聲沉吟了一陣子。下大量的訂單來取得數據的方法已經被打回票，又不能直接問他本人——

等等。

「啊……對喔，說得也是。」

抬起頭後，我就啪嘰一聲輕輕彈了一下手指。

「直接問熟悉這個野營地的人不就好了。」

黑暗精靈的野營地建構在幾乎是圓形的山谷裡，它的東側是食堂等生活與商業設施，西側則聚集了兵舍與倉庫，另外還有一條寬大的道路貫穿中央。規模與作工的精細度也足以匹敵一座小村莊，實在很難相信是有多少支小隊在進行任務就會生成多少數量的暫時性地圖。

我和亞絲娜離開商業區域後，橫越主要道路進入兵舍區域，最後站在靠近南端的某座帳篷前面。接著稍微掀起幾個小時前剛鑽出來的，由黑色毛皮所製成的帷幕，然後對裡面搭話道：

「午安，我是桐人，現在可以進去嗎？」

結果馬上有……

「請進，我剛好準備完早餐。」

這樣的聲音傳了出來。和亞絲娜同時說著「打擾了」並進入帳篷裡的我，首先就被充斥在帳篷裡類似牛奶的香味奪走了心神，接著又因為從深處的坐墊上站起來的女性騎士基滋梅爾那種模樣而心動。

雖然昨天傍晚目擊了五秒左右的黑色緊身內衣模樣已經具有相當大的衝擊性了，但今天早上的基滋梅爾小姐只在淺褐色皮膚上罩了一件薄絹袍子，而且前面的衣襟還相當寬鬆。

——我記得ＳＡＯ的確是被分類為適合十二歲以上玩家的遊戲。還是說，死亡遊戲化之後什麼青少年規範之類的東西就變得模糊了呢？

當腦袋裡瞬間浮現這樣的思考時，我就感覺到右斜後方傳來某種壓力，於是我以極自然的動作把視線從騎士外露的肌膚上移開並表示：

「抱歉在吃飯時打擾妳，因為有點事情想拜託基滋梅爾……」

「要進行新任務的話，我很樂意跟你們同行。」

「這我們當然很高興，不過還沒有要出發。在那之前，想先請教妳一件事。」

「哦？這樣的話就邊吃邊說吧。我準備一下，你們先坐。」

基滋梅爾用右手指了指鋪著毛絨絨毛皮的地板，接著就轉向設置在帳篷中央的火爐。由於這時候要是說「不用麻煩」的客套話，對方很可能會當真，所以我老實地說了聲「謝謝」並且低下頭來。看見亞絲娜也一邊拉下兜帽一邊說著「那就不客氣了」，就知道她似乎跟我一樣在意火爐上的鍋子所發出來的香味。

一起在毛皮上坐下來後，我茫然盯著基滋梅爾拿起鍋蓋攪動內容物的模樣，結果旁邊就傳來低沉的呢喃聲：

「再繼續看的話，性騷擾防範規則就要發動囉。」

「咦，那不是接觸才會發動嗎？」

低聲回答完後，我才發現剛才的情況應該要回答「我沒看」才對，不過已經來不及了。

性騷擾防範規則是對ＮＰＣ或者玩家持續一定時間的「不適切」接觸後就會發動，算是和禁止犯罪指令有些類似的系統。一開始只是會隨著警告出現反彈的力量，重複好幾次犯行的話最後就會被強制轉移到第一層起始的城鎮「黑鐵宮」裡頭的牢獄區。

攻略集團之間曾經認為這個系統可以用在陷入危機狀況時的緊急避難，於是便研究了一陣子。因為要從練功區或者迷宮瞬間移動的話，原本只有靠極為稀少的「轉移水晶」才有可能實現。只不過下層根本就無法獲得水晶道具。

——但是研究好像完全失敗了，喵哈哈哈。把情報賣給我的情報販子亞魯戈說到這裡就愉快地笑了起來。

要讓系統發動強制轉移處置，除了必須承受類似電擊的不舒服反彈力——可惜我到現在仍未體驗過——並重複許多次的不適切接觸之外，對方還得是異性玩家才行。戰鬥中有時間悠閒地觸摸對方，倒不如直接逃走就好了，而且ＳＡＯ裡男女比例的不平衡早已是眾所皆知的事實。雖然對象也可以是ＮＰＣ，但危險的迷宮深處不可能那麼剛好有道具店的大姊姊存在。

再加上有人說被轉移到牢房後不是那麼容易就能出來，而且轉移時還會發生遺失道具的情況，最後想善加利用性騷擾防範規則的想法就這樣被擊潰了。我之所以向亞魯戈購買這個情報純粹是出於興趣，絕對不是想找出系統的缺陷成為什麼技術高超的性騷擾魔人，不論如何我記得光是視線——應該不會發動規則才對。

但是正坐在旁邊的亞絲娜還是繼續呢喃：

「唉～要發動了。倒數五秒、四、三……」

「咦……咦？咦咦？」

當感到有些驚慌的我，視線在基滋梅爾從短袍下襬露出來腿部與冒出熱氣的鍋子間往返時，倒數依然無情地繼續著。

「二、一、規則發動。」

喀滋。

亞絲娜的龍頭拳已經刺進我的右側腹。

心裡一邊想著為什麼這樣真正的規則還不發動，一邊把身體轉回來後，基滋梅爾也轉過來微笑著表示：

「你們的感情還是這麼好。」

精靈騎士招待我們的，是用牛奶熬煮介於米與麥之間的穀類，然後以鹽調味並加了堅果與乾燥水果的食物。我非常喜歡這明明是西式，或許應該說艾恩葛朗特式，卻帶有某種懷念滋味的食物，可惜的是份量實在太少了。當我用木製湯匙，珍惜地吃著裝在同樣是木製小盤子裡的食物時，亞絲娜就用感慨良多的口氣說道：

「真好吃……沒想到能在這裡吃到燕麥粥。」

「燕……燕麥粥……是這種東西嗎？」

只聽過名字的我這麼問完後，細劍使便輕輕點了點頭。

「嗯。口感有點不同，但風味完全一樣。」

「這樣啊……」

這時基滋梅爾也對覺得感動的我說道：

「哦……人族的城市裡，早餐也是吃奶粥嗎？這我倒不知道……哪一天……」

騎士說到這裡就閉上嘴巴，我和亞絲娜則同時看向她的臉，不過還是無法解讀出浮現在她美麗臉龐上的表情。

騎士像是要轉換心情般快速吃完奶粥，或者可以稱為燕麥粥的食物後，隨即回看著我們說道：

「話說回來，桐人、亞絲娜，你們不是有事情要問我嗎？」

「咦……啊，對喔。嗯……那個……」

考慮了一下應該怎麼說才好後，我就單刀直入地詢問她，對於在野營地裡開店的鐵匠技術有什麼樣的評價。

基滋梅爾表現出來的，是參雜著苦笑與讚賞的複雜表情。她表示，鐵匠的技術雖然很好但個性相當隨性，偶爾會打造出相當優秀的武器，不過對於不客氣的命令或是輕率的委託，就只會打造出一點都不鋒利的武器——

聽她這麼說完後，我和亞絲娜就稍微看了一下對方，暫且用視線點了點頭。

現在掛在亞絲娜腰上的騎士細劍就是基滋梅爾所說的「非常優秀的武器」吧。也就是說，那不是系統的Bug，而是機率雖然不高，但還是基於正常手段所出現的道具。

這雖然是個天大的好消息，但令人擔心的是「輕率的委託」這句話。無論怎麼想，為了檢驗鐵匠的能力而只用低品質的素材訂下幾百把劍絕對是輕率的委託。那時候只能打造出低品質武器的話，根本就不可能進行實質的檢驗了。

這時亞絲娜已經委託對方打造出有點強過頭的劍，而我的劍也成功地完全強化了。對我們來說，應該不需要再繼續檢驗下去了才對，但是事情並沒有那麼簡單。身為攻略集團的一員，我們有義務向其他領先集團的玩家提供獲得的情報。像是有可能在精靈的野營地裡，獲得第六層等級的強力武器。以及在「翡翠祕鑰」任務裡，讓某一方的精靈騎士存活下來的可能性——

一邊這麼想一邊動著湯匙的我，這時候才注意到盤子在不知不覺間已經空了，於是我帶著「糟糕，應該更用心一點品嚐才對」的心情向基滋梅爾道謝：

「謝謝招待，基滋梅爾。粥真的很好吃，妳的情報也給我們很多幫助。」

接著亞絲娜也低頭表示：

「我也覺得很好吃，真的很謝謝妳。」

「那真是太好了，明天早上我多做一點吧。」

隨著微笑這麼說道的基滋梅爾，把我和亞絲娜的木製盤子收回去後，隨即正色道：

「那接下來有什麼打算？可以繼續在野營地裡準備，當然立刻出發去進行任務也沒關係。」

「……等等。」

我靜靜地搖了搖頭，甩開猶豫後這麼回答：

「我和亞絲娜得先回人族的城鎮去一趟。」

4

對表示要用精靈的魔法，不對，應該說是咒語將我們傳送到主街區附近的基滋梅爾表達深深的感謝後，還是謝絕了她的好意。接著我和亞絲娜穿越即使太陽升起也還是籠罩在濃霧下的峽谷，離開了做為第三層主要練功場的深邃森林。

一回過頭，就微微看見滯留了長達十五小時的黑暗精靈野營地的旗幟正在山谷深處隨風微微飄動。不過只要再往前走幾十公尺，旗幟應該就會被霧遮住而看不見了吧。亞絲娜似乎和我有同樣的想法，只見她有些不安地說：

「……我們應該可以回到這裡來吧？」

「我想……應該沒問題。地圖上也確實有標記了。」

「應該沒問題？」

由於亞絲娜臉上懷疑的神色越來越濃，我為了小心起見還是打開視窗，把地圖標籤叫了出來。占據第三層南半部的「迷霧森林」大部分依然是反白，能看見的就只有我們經過的路線。不過昨天從第二層樓梯上來時的涼亭、女王蜘蛛潛伏的洞窟以及黑暗精靈野營地的入口都標示著光點，應該不會完全找不到路才對。大概啦。

讓亞絲娜放心後，我們就先朝有著往返樓梯的涼亭走去。如此一來就得進入沒有道路的森林當中，而讓我心底深處盤據著一絲不安的理由當然不只是這樣而已。連我自己都沒想到，能力卓越的NPC，不對，正確來說是精英等級的Mob「黑暗精靈．皇家侍衛」基滋梅爾不在身邊，竟然給了我精神上的衝擊。

——早知道會這樣，乾脆就兩三天後才回城鎮，然後一直和基滋梅爾進行任務就好了。

我想應該不是被我傳染了膽小症，不過這時從旁邊傳來的聲音似乎沒有什麼精神。

「我說啊……基滋梅爾小姐什麼時候會……」

但是聲音在成為確實的問題前就越來越小聲。我把視線移過去後，依然將兜帽撥在後面的細劍使，臉上隨即浮現混合著幾種言外之意的微笑，然後低聲說：

「……不應該像這樣一直倚靠她對吧？因為總有一天會分開……」

「……說得也是。」

點了點頭後，我有點誇張地伸開雙臂，然後加了一句：

「而且我的封弊者的知識根本無法解釋基滋梅爾的情形。在活動一開始的戰鬥中，亞絲娜打倒森林精靈的大哥後，就和我所知道的路線完全分歧了。」

「等等，別說得好像是我自己一個人打倒的一樣。」

「不是吧，對方有八成的ＨＰ是被妳打掉的……」

當我說到這裡時，感覺前方傳出了異常的音效，我立刻舉起右手停下腳步。這時亞絲娜也閉上嘴巴，擺出備戰姿勢。

喀沙、喀沙的聲音越來越大，幾秒鐘後，可以看見有一道壓低身體的修長黑影從一大片濃霧深處靠了過來。那看起來不像人類的模樣。應該是昆蟲……不對，是野獸。迷霧森林裡雖然有五種野獸型怪物出沒，但那種大小的怪物只有一種。

我一邊將右手朝背上的韌煉之劍＋８伸去，一邊小聲地說明著：

「那是狼。雖然沒什麼棘手的特殊攻擊，但ＨＰ剩下一半時就會發出嚎叫聲來呼叫同伴。等ＨＰ條變成黃色，就要用劍技一口氣消滅牠。」

「了解。」

亞絲娜簡潔地回答時，我也拔出了愛劍。像是被尖銳的出鞘聲刺激般，撕裂濃霧的灰影已經衝了過來。牠有著從頭部一直延伸到背部的鮮豔黃色鬃毛，還有以狼來說又細又長的鼻梁。那無疑是封測時期讓我感到有些棘手的「咆哮狼」。

看來被盯上的人是我，於是亞絲娜迅速離開我的攻擊範圍。狼在衝刺途中縮起身體，然後猛然跳起，直接從我的正上方襲擊過來。如果只是防禦這全長兩公尺的巨大身軀，將有很高的機率被推倒，然後在陷入翻倒狀態的情況下連續遭到噬咬攻擊。這時必須拉開一大段距離來躲避或者以劍技來迎擊，但劃出由下往上軌道，也就是所謂的對空技算是單手直劍比較弱的部分。就現狀來看，「圓弧斬」的第二擊算是角度最高的攻擊，但初擊揮空後要讓次擊命中的難度實在太高了。

我放下一度舉起的愛劍，身體微微往下沉。一邊瞪著從上空猛然衝過來的狼一邊計算時機，然後用力往地面一踢。這時右腳取代長劍發出特效光，全身也被看不見的力量加速。一面向後空翻腳一面垂直往上踢，體術技能「弦月」踢中咆哮狼的脖子底端，狼在發出「嗚——！」的悲鳴後就被彈回正上方。

在隱居於第二層的鬍子師父門下歷經雙重意義的辛苦修行才學會的體術，是使用上相當自由的優秀攻擊技能。但因為當成武器的手腳不能強化，所以給予敵人的攻擊力比不上武器攻擊。奮力的一擊即使反擊了咆哮狼，牠的ＨＰ依然剩下八成左右。

雖然不知道來不來得及在狼重整態勢前用劍加以追擊，不過在換手之前還是得再減少一些牠的ＨＰ才行……這麼想的我進入了著陸狀態。但是，當我和狼還在空中時……

「切換！」

我便聽見了這樣的聲音，接著細劍使就從右側拖著斗篷衝了出去。她一邊跑一邊把騎士刺劍擺在右側腹，開始了二連擊技「平行刺擊」的起始動作。當我才剛浮現「劍的重量改變了，沒問題嗎」的擔心時，過去曾讓我聯想到流星的銀色光芒一閃，快到眼睛幾乎看不見的突刺技就擊中了快落地的狼。

傳出「滋喀喀！」的厚實聲音後，咆哮狼就一邊在空中打轉一邊被轟飛了出去，最後劇烈地撞上遠方的樹木。咆哮狼表示在我視界的ＨＰ條急速減少，從殘餘七成降到六成——最後進入黃色區域。

「……啊。」

依然維持著落地姿勢的我低聲這麼呢喃，刺出細劍的亞絲娜也發出「哎呀」一聲。

下一刻，我們兩個人同時往地面踢去，但狼這時已經撐起身體，擺出坐姿揚起頭後，隨即震動細長喉嚨發出「啊嗚嗚嗚嗚嗚～～」的狼嚎。緊接著森林中的各個地方立刻傳出「嗚哦哦哦哦哦～」的回答聲。

停下腳步的亞絲娜稍微瞄了我一眼，然後聳了聳肩說：

「因為我沒想到兩擊就能讓牠減少那麼多ＨＰ嘛。」

我們花了將近十分鐘，才把聚集過來的狼群全部收拾掉。雖說與擁有「呼朋引伴」能力的Ｍｏｂ纏鬥是相當危險的行為，但現在的位置的話，只要狀況不對就可以選擇逃回後方的野營地去。雖然基滋梅爾一定會覺得我們很誇張就是了。

幸好不必用上那個最後的手段，也沒有讓牠們再呼叫新的伙伴就打倒了五匹狼，這時我們才鬆了一口氣並把劍收回劍鞘裡。

韌煉之劍＋8雖然發揮出超乎期待的性能，但最恐怖的還是亞絲娜的騎士刺劍＋5。細劍明明是以出招數多為賣點，但她發出的每一招連續技都跟雙手槍一樣沉重。而且竟然還有10次強化次數。等到哪一天完全強化了，究竟威力會達到什麼樣的地步呢？

而細劍使大小姐本人卻像是完全不在意我的戰慄一般，只是快步走在透過樹葉照射下來的陽光底下。對她來說，重要的一定不是劍的數值性能，而是手感與平衡感等感覺上的要素。還有就是能不能和這把劍一起戰鬥下去的信賴感吧。

使用者的感覺當然相當重要。NERvGear獲得實用化前，即使是在平面螢幕上遊玩的遊戲，包含我在內的玩家們也非常在意滑鼠與鍵盤的操縱感。我的網路遊戲同伴裡，也有不少人因為停止生產會相當困擾這樣的理由而購買了好幾個喜歡的硬體做為庫存。

但是，我也覺得VRMMO裡感覺優先於理論的情況包含著某種危險性。當然我沒有任何的根據，真的就只是有這種「感覺」而已……

「等等。」

走在前面的亞絲娜突然這麼低聲說道並停下腳步，讓我差點就撞上她的背部。我以不自然的姿勢停了下來，然後急忙注意周圍的情況。雖然腦袋裡想著事情，但我不認為自己的注意力變得散漫。目前無論是眼睛還是耳朵，都沒有感覺到怪物的氣息……

等等。

好像聽見遠方發出「鏘」的尖銳金屬聲。接著又是一聲，然後又一聲。雖然不規則，但是毫不間斷的這道聲音是——

「劍與劍的戰鬥……？」

亞絲娜一邊這麼呢喃一邊轉過頭來，我則是迅速對她點了點頭。

這裡怎麼說也是Sword Art Online刀劍神域，劍與劍的碰撞聲並不是什麼稀奇的事。

問題是，這座「迷霧森林」裡不會出現第一層的狗頭人或者第二層的牛頭人那種能操縱武器的普通Ｍｏｂ。要說可能性的話，大概不是森林精靈對黑暗精靈，就是精靈對玩家的活動戰鬥——又或者是玩家對上玩家，也就是所謂的ＰｖＰ。

我寧願相信不會出現最後的情形。很難想像雙方會同意在這種危險的練功區進行決鬥，如果不是決鬥，那就是……

我這時中斷思考，小聲地提議著：

「為了慎重起見，我們還是去看看情況吧。」

「……好吧。」

戰鬥效果音傳達的範圍會因為地形、天候以及聽者的能力而有所不同，不過原則上來說都不算太遠。彎低身子往聲音的方向移動了幾分鐘後，就在前方樹林深處看見明亮的閃光——劍技的特效光斷斷續續地閃爍著。

再往前走了幾公尺，和亞絲娜一起把背靠在一棵老樹樹幹上，然後悄悄從左右兩邊窺看。

首先看見的是，背對著我們圍成半圓形陣形的五名玩家。他們身上都穿著藍底搭配上銀色的緊身衣。那無疑是凜德所率領的「龍騎士」成員。站在五人中央，將藍色長髮綁在腦袋後面的瘦高男子應該就是凜德本人吧。他高舉著右手的「蒼白彎刀」，似乎正在計算做出指示的時機。但是，待機的五人前方依然傳出劇烈的戰鬥聲。

想看清楚到底是誰，又是在和什麼戰鬥的我墊起腳尖，這時半圓形陣深處的情況才總算進入視界當中

首先可以看見的是，整個隨風飄揚的綠色披風與黃金色長髮，以及從頭部兩側伸長的耳朵。那當然不是玩家，而是森林精靈的男騎士——而且長相與體型就跟昨天傍晚我和亞絲娜戰鬥過的「森林精靈・聖騎士」完全一模一樣。擁有雪白肌膚的精靈背對著凜德等人，似乎正在和什麼人劇烈地對抗著。他對背後完全沒有防備，但五名玩家只是保持待機狀態而沒有任何行動。這也就是說……

「那些人也在進行『翡翠祕鑰』的任務……？」

背靠著背站在一起的亞絲娜低聲這麼詢問，而我則輕輕點了點頭。

「應該吧……而且是站在森林精靈這一邊。也就表示，和那個精靈戰鬥的對象是……」

這時候，從互碰的裝備上傳來猛烈的震動。亞絲娜也做出跟我一樣的推測了。結論就是在龍騎士的五名成員與精英森林精靈面前戰鬥的，是擁有黑色肌膚與紫色頭髮的「黑暗精靈・皇家守衛」……也就是第二名基滋梅爾。

這本來就是可能發生的事。應該說，這根本是必然的發展。每個人都能接受從第三層開始的活動任務，換言之，成為任務起點的森林精靈對黑暗精靈的戰鬥，將在這座森林裡不斷地重複。雖然「會有好幾名基滋梅爾」的概念讓我有非常不對勁的感覺，但也不能就因此要求其他玩家不准進行這個活動任務。我們能做的，就是眼睜睜看著森林精靈的男騎士與黑暗精靈的女騎士一起殞命——

等等，這樣不對。我早已經知道了。能夠迴避兩名精靈同歸於盡，讓自己幫忙的那一邊存活下來的可能性。

昨天之所以能注意到這件事，是因為和亞絲娜一起行動的關係。如果只有我一個人，就會受限於封測時期的知識，不會認真去打倒森林精靈，只會專心於防守吧。但亞絲娜卻異常認真，用盡全力來挑戰實力遠超過自己的精英Ｍｏｂ，並且成功打倒了他。當然敵人大部分的ＨＰ都是被基滋梅爾砍掉，我也真的是非常努力地進行攻擊，不過沒有亞絲娜的奮鬥的話，就不可能有那樣的結果。

在這樣的前提下看著眼前的情況，就能知道凜德率領的藍衣集團似乎已經獲得這個任務的情報。雖然不知道是轉移門開通才過了一天，「亞魯戈的攻略冊·第三層篇ｖ０１１」就已經開始發送，或者是靠別的途徑獲得情報，但凜德他們不強行插手戰鬥而只是在旁邊待機，一定是知道讓敵人精靈發動大招↓伙伴精靈將犧牲性命加以反擊然後同歸於盡這樣的流程。

——怎麼辦呢？

剎那間的猶豫讓我咬緊了嘴唇。

應該衝進戰場給凜德「盡全力的話就能打倒精靈，這樣活下來的伙伴精靈就會變成強力護衛」的建議嗎？但在這種情況下，跟牙王同樣對我感到不信任的凜德真的能接受我的建議嗎？

而且——那個時候，我和亞絲娜就等於幫助他們殺害了第二名基滋梅爾。

當然，這只是極為無謂的感傷。因為我們昨天也沒有任何理由就幫助基滋梅爾，無情地殺害了敵對的森林精靈。精靈的兩個種族沒有善惡之分。假如昨天一個轉念決定站在森林精靈這邊，我和亞絲娜就會殺掉基滋梅爾，然後在森林精靈的招待下在他們的野營地度過一晚，並且和男騎士締結友誼吧。何況我自己幾分鐘前，才剛覺得這個世界裡讓感情優先於理論將會招致危險不是嗎？

但是……

當我更加用力地咬住嘴唇時。從後面傳來跟平常不同的沙啞聲音：

「抱歉……就交給桐人先生來決定吧。」

雖然只是短短一句話，裡面卻已經透露出濃濃的躊躇。亞絲娜也跟我一樣陷入二律背反的矛盾裡了。

——任務這種東西真是難搞。

這不停重複的抱怨在我心底深處變成苦澀的泡沫並破裂。

昨天晚上我才剛和亞絲娜討論過，ＭＭＯＲＰＧ的世界包含在任務這種東西裡的兩難困境。在這個有龐大數量的玩家同時連線的世界裡，不可能存在所謂的唯一的勇者。每個人都有在任務裡體驗自己當主角的權利。在ＳＡＯ變成死亡遊戲的現在依然……或許應該說，正因為變成死亡遊戲才更是如此。

但有時候不同玩家正在進行的不同物語會不小心互相交錯。今天早上在洞窟裡擦身而過的牙王，以及目前站在十幾公尺外的凜德，原本都是不應該和我們遭遇的人。因為碰面的瞬間，故事就會喪失唯一性了。

接受任務的瞬間，該名玩家或是小隊就會被隔離到暫時性地圖裡，在完成任務前不會遇見其他玩家。這才是理想的處理方式吧。但要同時生成幾十、幾百個廣大的練功區與迷宮根本是不可能的事。光是那個精靈野營地是暫時性地圖就已經夠驚人了。而且過於使用暫時性地圖，也會讓ＭＭＯ失去身為ＭＭＯ的必然性。

在我咬牙想著這些事情的期間，精靈騎士們的戰鬥也越來越激烈。從HP條的殘量來看，想試著說服凜德的話，已經沒有時間讓我猶豫下去了。

不對……其實這種場面根本不需要猶豫。優先的不應該是保全故事性，而是離開變成死亡遊戲的SAO。只要能提高這個可能性，什麼事情都應該去做。

「……走吧。」

我小聲呢喃著，感覺亞絲娜也點了點頭，就在這個瞬間。

不停互擊的兩名精靈騎士，站立的位置轉換了九十度，剛才一直被綠色披風遮住的黑暗精靈終於現出了身形。

黑暗精靈身上穿了黑色與紫色的輕金屬鎧甲，手上拿著長軍刀與小型鳶型盾。另外還有著淺黑色肌膚與藍紫色頭髮。這些特徵都與基滋梅爾完全相同。而相同的——就只有這些了。

「咦……？」

亞絲娜短促地喘息，我也因為驚訝而瞪大了眼睛。

頭髮整個往後平梳的黑暗精靈騎士，身高與敵對的森林騎士幾乎沒有差別。他的兩條手臂上有許多肌肉，臉孔也俊美且凶狠。也就是說，那無論怎麼看都是一名男性。

在我茫然凝視的前方，黑暗精靈男騎士猛力踏步躲過森林精靈的長劍，並讓往上砍的一擊擊中對方。金髮騎士被擊飛了數公尺遠，發出呻吟聲後倒了下去。

黑暗精靈不繼續追擊森林騎士，反而用充滿敵意的雙眸看著凜德等人。高舉在左上方的軍刀綻放出紫色的光芒。凜德放下曲刀，一邊擺出左手的圓盾一邊大叫：

「所有人，防禦！」

剩下來的四個人也各自舉起盾牌或大型武器擺出防禦姿勢。我們已經完全失去插身而入的時機了。這時從後面飛奔出去的話凜德等人會產生動搖，可能會造成他們防禦失敗。

黑暗精靈從正面對著聚集在一起採取守勢的五名玩家使出劍技。如滑行般的衝刺瞬間縮短雙方的距離，接著軍刀以肉眼難見的速度由左至右掃過。每當紫色特效光劇烈碰撞凜德等人的盾牌或武器，就會發出巨大的聲響與火花。不過倒是沒有人倒下來。

撐住了——原本浮現這樣的念頭，但騎士的劍技還不只是這樣而已。他的身體就像陀螺一樣旋轉，再次以同樣的軌道橫掃過來。之後又重複了一次同樣的攻擊。三連續範圍攻擊，我記得這應該是叫作「三重鐮刀」的高等單手曲刀劍技。

第二擊擊潰凜德等人的防禦，第三擊就將所有人往後轟飛一大段距離。

他們隨著盛大金屬聲落下的地方，只距離躲在大樹後的我和亞絲娜六七公尺而已。並排在視界裡的五條ＨＰ，一起來到了黃色警戒區域。

我知道接下來會有什麼樣的發展，我想凜德他們也跟我一樣。但無法壓抑的心跳還是越來越快，雙手也慢慢滲出虛擬的汗水。從倒在地上看著黑暗精靈騎士緩緩靠近的五個玩家身上，可以感覺到幾乎快陷入恐慌狀態的緊張感。

感覺到背後的亞絲娜動了一隻腳，我急忙伸出右手抓住兜帽的邊緣。同一時間，停下腳步的黑暗騎士已經發出如鋼鐵般銳利的聲音：

「遵從警告離開的話，就不會發生這樣的事情了。愚蠢的人類啊……因為自己的愚蠢受報應吧。」

這是跟封測時期的「翡翠祕鑰」任務完全相同的台詞。黑暗精靈對準五人中央的凜德，高高地舉起了雙手握住的軍刀。凜德反射性舉起左手的盾，但我不認為這樣就能擋住接下來的攻擊。

精靈的劍隨著「鏗——」的振動聲開始發光，就在這個瞬間。

「留斯拉的騎士，你的敵人是我！」

不知道什麼時候站起來的森林精靈，已經隨著銳利的叫聲踢向地面。他的長劍發出綠色光輝，然後以恐怖的速度砍了出來。黑暗精靈無法迴避，只能用軍刀抵擋砍擊。從雙方刀刃接觸點擴散開來的衝擊波把凜德等人再次壓倒在地面，甚至連我們藏身的大樹樹幹也開始震動了起來。

兩名精靈騎士就在劍發出摩擦聲的情況下互相抵住對方好一陣子。但是HP條已經變紅的森林騎士一點一點地被向後推。當軍刀逼進到他眼前時，森林精靈再次大叫了一聲：

「卡雷斯・歐的聖大樹啊！請授予我最後的祕蹟吧！」

下一刻，森林精靈的胸口附近迸發出鮮豔的黃綠色光輝。光芒包圍騎士全身後，隨即發出「咻啪！」的聲音往周圍擴散。雖然不像是攻擊引發的現象，但黃綠色光芒完全奪走黑暗精靈的ＨＰ，同時也讓森林精靈的ＨＰ歸零。兩名騎士就在持劍互抵的姿勢下緩緩癱倒在地。

一切都按照我的記憶來發展。封測時期，我已經看過這個光景多達三次——第一次是我自己的任務，其他二次則是以助手的身分參加別人的小隊。不論站在黑暗精靈還是森林精靈那邊，劇情發展與台詞都跟當時一樣。

當時我沒有太多的感慨，甚至覺得是「經常看見的老梗」，但現在不知道為什麼有一種胸口被用力衝撞的感覺，只能維持緊握住亞絲娜兜帽的姿勢，不停地急促呼吸。

倒在地面的瀕死森林精靈對凜德等「龍騎士」的五個人交待完遺言後，就和黑暗精靈一起變成光粒消失了。凜德伸手撿起殘留在草地上的小小皮革袋子。

這時候，我記得在「龍騎士」裡似乎擔任副隊長，名字叫作「哈夫納」的雙手劍使當場坐到地上大叫著：

「嗚哇～真是嚇死我了！」

我清楚地記得，第二層魔王攻略戰結束後，哈夫納逼近說出自己犯罪行為的鐵匠涅茲哈，

並對他說「竟然用賣掉我的劍所得到的錢來享受美食」。從他的樣子來看，應該是獲得了跟劍同等的物品做為補償了吧。五個人裡面，也能看見同樣被強化詐欺所騙的闊劍使席娃達的身影。雖然不知道剩下來的兩個人叫什麼名字，但我曾經看過其中一人的臉。

這名右手拿著帶有鐵鍊的打擊武器——也就是所謂連枷的男人，這時左手迅速地拍了拍哈夫納的肩膀並說：

「別擔心啦，哈夫先生。剛才那是所謂的必敗事件。」

「嘴裡雖然這麼說，你自己也嚇得要死吧，那卡。」

「當然還是會害怕啊。那個精靈，浮標已經由紅轉黑了。我還是第一次看到這種浮標。」

「就是啊，那真的很恐怖。」

從對話內容聽起來，他們應該都不是原封測玩家。在稍遠處進行談話的凜德與席娃達一定也不是。我一邊想著「這樣的話……」一邊把視線移到第五個人身上。

那是一名瘦削的男性，武器跟我一樣是韌煉之劍。用鎖鍊編成的頭罩整個蓋住眼睛，所以只能看見嘴巴以下的長相，不過應該是沒有參加第二層魔王戰的玩家。我還是第一次看見這名使用韌煉之劍的男子，但他散發出來的氛圍卻讓人相當在意。

雖然很想跟亞絲娜確認，但五個人目前距離我們隱藏身形的大樹只有十公尺的距離，就算是呢喃聲也有可能被聽見。其實就算走出去向他們說「安安」，他們應該也不會揮劍相向，但我也沒有自信他們會用友好的態度來對待我們。雖然很想乾脆使用隱蔽技能躲起來，但是用了又被識破的話，情況將會更加麻煩。

幸好那五個人似乎完全沒有注意到我們的存在，在凜德做了個手勢後就聚集起來開小組會議。由於音量不大，所以只能聽見斷斷續續的聲音，不過還是能大概聽出凜德發言的內容。

「……所說，之後是到位於森林北邊……讓任務進行下去…………因為接下來的目的地和公會任務是共通的，我們就先進行那邊…………傍晚在主街區舉行第一次全體會議，在那之前要先把公會…………」

我在內心發出「…………嗯。」的聲音並點了點頭。

從剛才的說話內容聽起來，任務的情報不是來自於亞魯戈的攻略冊，而是從原封測玩家那裡得到的。這樣的話，不知道名字的韌煉之劍使用者很可能就是封測玩家了。我在腦袋裡寫下向亞魯戈購買那傢伙情報的筆記，接著又豎起耳朵。

不過接下去就主要是如何應付在森林裡出沒的怪物，並沒有什麼新的話題。五個人最後微微舉起拳頭，然後就朝向北方離開了。

等到聽不見喀嚓喀嚓的大量腳步聲時，右肩後方才傳來一聲有點尖銳的「放開我」。回過頭一看才發現，自己的右手依然緊緊抓著亞絲娜的兜帽。

「抱……抱歉。」

一面道歉一面迅速放手後，細劍使就用鼻子輕哼了一聲然後再次把兜帽戴好。表情也從憤怒模式轉變成疑惑模式，然後小聲地呢喃：

「……剛才那是怎麼回事……？」

思考了一下她口中的「剛才」，指的到底是一連串發生的事情當中的哪一部分，然後我才聳肩回答：

「我也不知道。我也認為會出現第二個基滋梅爾……結果完全是另外一個人……」

「森林精靈就是同一個人……」

「這就是重點了。如果兩個人都不一樣，那就是每次發生活動時ＮＰＣ也會改變……這樣就還算能接受。」

雙手抱胸的我這麼說完，亞絲娜便從兜帽深處往上瞄了我一眼。

「封測時期每次都是同樣的人吧？」

「是啊。我實際參加活動戰鬥也只有三次，每次森林精靈都是金色長髮的男性，黑暗精靈則是短髮的大姊……也就是基滋梅爾。當然只有外表是而已。」

「這樣啊……」

聽見我的回答後，亞絲娜就露出陷入沉思的表情，一會兒後才輕輕搖了搖頭說：

「至少還得看過一次剛才的事件，才能有點頭緒。總之……我們也移動吧。開始起霧了。」

聽見她的話後我就看了一下周圍，發現西側的樹林深處已經逐漸染白。要是被「迷霧森林」特有的濃霧捲進去，視界會僅僅剩下五～六公尺，遭遇到怪物時的危險度也會增加。幸好我們的目標往返階梯是在東北方向，所以不用衝進霧裡或是左右繞路。

「了解。剛才說全體會議是傍晚召開對吧？這樣應該不用急，我們就盡可能迴避戰鬥吧。」

這麼回應完後就離開大樹樹幹，往前走了幾步後發現亞絲娜沒有跟過來，於是我停下腳步回過頭去。

細劍使一直凝視著幾分鐘前進行過活動戰鬥的空地，不過立刻就轉身小跑步追了上來。原本想開口問她在看什麼，最後還是打消了這種念頭，輕輕對她點了點頭就再次朝深邃的森林走去。

因為沒有被霧氣纏上，而且也把與怪物的遭遇減少到只有兩次，結果我們竟然一下子就到達目的地的涼亭。

長滿青苔的地板中央上，通往第二層的往返階梯正打開它黑漆漆的嘴巴。從這裡爬上來後也只經過十七、八個小時，不知道為什麼就好像是幾天前的事情一樣。可能是有同樣的想法吧，亞絲娜一邊低頭看著往下的階梯一邊丟出這麼一句話：

「那個精靈野營地……時間經過的速度……應該不會和別的地方不一樣吧？」

「哈哈，就算是NERvGear也沒辦法影響到時間啦。」

我笑著這麼回答，結果亞絲娜就從兜帽深處狠狠瞪了我一眼。

「我可沒那麼說。只是覺得它可以傳達給我們的五感這麼多的真實情報，說不定也能操縱時間感覺而已。」

「只有感覺嗎……也就是說實際上只過一天，但是卻讓我們感覺像是過了三天……？」

「嗯嗯……啊，還是當我沒說過吧。不要有這種機能比較好。」

「啥？」

搞不懂究竟是怎麼回事我露出狐疑的表情，亞絲娜則像是在思考該怎麼解釋般眨了好幾次眼睛，最後才放軟語氣回答了一句：

「我不想用虛假的希望來逃避。」

聽到這裡我終於了解了。亞絲娜一定是在想，死亡遊戲ＳＡＯ開始到現在的三十九天，其實在現實世界裡是更短……比如說十天或者一天，甚至是短短一秒鐘裡發生的事情就好吧。如果那是真的，心情不知道會輕鬆多少。

但很可惜的是，讓完全潛行中的感覺與思考加速幾百倍怎麼想都是不可能的事。就連不太清楚NERvGear運作原理的我都能如此斷言。

我沒有回答「這的確是逃避的想法」，反而直接把自然從胸口湧出來的話說出口：

「……活過今天。剛才聽亞絲娜這麼說，我就覺得這是很棒的一句話。因為我沒有過……將日子一天一天累積下去的想法。」

結果細劍使再次露出搜尋應該說什麼的表情，然後露出些許微笑說：

「你該不會是不喜歡每天用功讀書的那種人吧？」

「還用說嗎？考試前我才會哭著臨時抱佛腳，考完之後馬上就全忘光了。」

「果然是這樣。不過多虧了你把記憶容量拿來用在SAO封測時期的資料上才幫了我許多忙，所以我得跟你道謝才行。」

「……我可以認為這是一種稱讚嗎？」

「那是當然。那麼，我們差不多該到主街區去了。離這裡很近對吧？」

雖然還是有點無法接受，但我還是點了點頭。

「嗯嗯。從這條前面會分歧的道路往東走馬上就能看見了。名字叫作，嗯……好像叫斯……斯什麼的……」

我為了讓消失的記憶復甦而沉吟著，亞絲娜則露出受不了的表情並做出這樣的評論：

「……我收回剛才的稱讚。」

離開涼亭，在森林小徑上前進了五分鐘左右，前方就出現了由圓木並排起來所構成的牆壁。話說回來，人足跟精靈城鎮的分別方式就是有沒有使用裁切過的木材啊，我心裡一邊這麼回想著一邊靠了過去。

小徑就這樣被巨大的鑄鐵大門吞沒，門後則傳來人類城鎮特有的熱鬧聲音。封測時期從精靈野營地回到主街區時會覺得鬆了口氣，但不知道為什麼現在這種感覺卻變淡了。

看見旁邊的亞絲娜把兜帽拉得更低後，我就考慮起是否應該裝備第二層時愛用的變裝用頭巾，但想到這個時間街上的玩家應該不多，就直接繼續往下走。來到大門口時，我就對高舉著大型斧槍的衛兵——耳朵當然不長——搭話道：

「請問這個城鎮叫什麼名字？」

長相威嚴的的ＮＰＣ低頭瞪了我一眼，然後像低吼般說了句：

「這座城鎮叫『茲姆福特』。」

「謝謝。」

迅速道完謝，從鐵製大門踏進隧道狀的通道時，亞絲娜也不忘記吐嘈我說：

「連個斯都沒有。」

「名……名字只要問別人就可以了吧？重要的是城鎮的什麼地方有什麼設施……」

「那馬上就請你介紹一下推薦的旅館吧。」

「是是是。有什麼需求呢？」

聽見我的問題，亞絲娜就露出認真的表情考慮了一陣子才回答：

「雖然很想說要有浴室……不過反正晚上就要回野營地，所以就算了。那就有高級床鋪，周圍又安靜，然後視野又好的，其他就沒什麼了。」

「…………還能有什麼『其他』的條件嗎……」

雖然小聲地抱怨了一下，不過就茲姆福特這個城鎮來說，滿足安靜景觀又好這種條件的地方並不是太難找。因為構成整個城鎮的不是普通建築物，而是三棵靠在一起的參天巨木。就像巨大猴麵包樹一樣的樹幹直徑達三十公尺，高度則有七十公尺。由於是把樹的內部全部刨空後建立的城市，所以越往上視野當然越佳，同時也能夠遠離地面的噪音。

一穿越連接大門的隧道，眼前就出現三棵份量十足的超巨大樹，亞絲娜看見後眼睛立刻瞪得老大。

「嗚哇……好棒，就像大廈一樣……」

「裡面完全就是大廈喔，我記得最高應該是二十樓吧。從最高樓往外看的景觀真的很棒，不過有一個問題就是了。」

「……什麼問題？」

「這裡沒有電梯。」

這時亞絲娜展現心胸寬大的一面，直接說了句「這點小事有什麼關係」，所以我就朝著以「∴」符號狀配置的三棵參天巨大猴麵包樹當中的右下角那一棵走去。

被三棵巨樹包圍的空間是茲姆福特的轉移門廣場。有效化後到現在已經將近一天的時間，發出搖晃藍光的門還是每隔幾十秒就會有人影冒出來。可以看見有不少初期裝備或者完全沒有武裝的玩家，他們應該是從第一層起始的城鎮到這裡來觀光的吧。我心裡想著「可別到外面去啊」的我，同時也為選擇留在圈內的人們也逐漸有心情到剛開通的樓層遊玩而稍微感到放心。

轉移門廣場北側有一座跟第一層托爾巴納相似的半圓形會議場，凜德所說的「第一次會議」應該就是在那裡舉行。我一面看著左手邊目前只有觀光客的廣場，一面走近東南的巨大猴麵包樹。

可以看見有寬廣的階梯一路延伸到樹根上方一點的入口處，階梯旁邊還立著留言板。當然，板子上貼的是羊皮紙，並不是網路上那種留言板。結果根本不用特別尋找，貼在正中央的大張告示馬上就映入眼中。

「攻略會議下午五點才開始。現在距離五點還有很長一段時間……」

對如此低聲說道的亞絲娜表示「先去租房間再考慮吧」，然後我就爬上十階左右的階梯。

穿越利用自然的樹洞形成的正面入口，眼前就是一整片一樓大廳的光景。玩家以及ＮＰＣ

一邊談笑，一邊往來於擦到讓年輪圖案清晰浮現出來的光亮地板上。大廳外圈主要是由許多食品販賣店所構成，中央則是有一座巨大的螺旋階梯直接貫穿屋頂。

「哇啊……」

一邊發出細微的讚嘆聲一邊靠近樓梯的亞絲娜，認真地看著直接連結地板木紋的踏板與扶手，然後說道：

「這整棟建築物是由一棵樹打造而成的對吧？要雕出這樣的形狀一定很辛苦吧。」

就連身為重度遊戲玩家的我，也知道這時候不應該說出「因為是虛擬世界的物體，所以什麼都有可能」這種掃興的話。於是只是一本正經地發出「嗯」一聲，並用右手敲了一下扶手。

「之後有時間去後面的那棵巨大猴麵包樹……設定上的名字好像是『紫杉樹』，然後和在那上面的鎮長聊天的話，他就會跟妳說一大～堆雕刻這棵樹是多麼辛苦的故事。那就是公會任務的第一件工作。」

「這樣啊……公會和雕木頭有什麼關聯？」

「說起來話就長了，簡單來說呢，就是很久以前各自雕著三棵樹的三個團體經常吵架，然後有一個戰士兼鐵匠兼木工的超厲害大叔整合了他們來完成這個城鎮，而某層裡的國王就因為這個功績而給他公會會長的印章……」

「原來如此。」

「然後呢，那個大叔的子孫從此就代代世襲這個城鎮的鎮長，但到了這任鎮長時重要的印章卻被偷走了，把那個印章奪回來就是公會任務大致上的內容。」

「哦……」

「那個……亞絲娜小姐對加入公會沒有興趣嗎？」

「目前沒有。」

堅定地回答完，細劍使又扭曲著姣好的嘴唇繼續說道：

「因為亞魯戈小姐的書裡面有稍微解釋公會的內容，公會成員賺來的錢有幾成會自動被徵收掉對吧？」

「對……對啦。應該說那就是會長印章最棒的機能……」

「我不是愛錢才不願意加入，只是討厭那種強權式的逼迫感。」

「原來如此。」

除了覺得應該是這樣之外，她的反應也讓我有某種危險的感覺。

感覺好像是很久之前的事情了，不過我曾經在第一層的魔王房間爬上第二層的樓梯入口處這麼對亞絲娜說過。我說哪一天有值得信賴的人邀妳加入公會就不要拒絕，因為獨行玩家還是有絕對的極限在。

我也理解亞絲娜不是那種會由衷景仰某人或者宣誓忠於某人的類型。但我同時也認為她潛藏著我所沒有的資質。那種資質就是領導眾人的才能，也就是統御力。雖然很難想像她自己擔任公會會長的情景，不過如果能擔任大規模公會的幹部，即使是現在這個時間點也能綻放比別人多出一倍的光芒吧……

當我想著這不符合自己個性的事情時，依然噘著嘴的亞絲娜直接反問：

「那你呢？封測時期時加入過公會嗎？」

「沒有……我沒加入……」

感覺許多心思都被對方看透的我，以含糊的聲音吞吞吐吐地回答後，才又不死心地再加上一句：

「但我不是因為討厭自動徵收，或者不想屈居人下才不參加公會，純粹是因為……」

「效率的問題？」

再次完全被對方看透的我，像是要表示投降般輕輕舉起雙手。

「是啊。SAO在MMO裡算是少見的，單人或者搭檔比一整個小隊還能賺取經驗值的遊戲……當然可能只有一開始是這樣啦。因為封測時期我只想著這一個月裡能衝多遠而已。」

這時我又想繼續對剛才在腦海裡復甦的過去發言——「獨行玩家的絕對極限」加以說明，不過馬上又覺得現在還沒有這個必要。

「原來如此。」

不知道她心中如何解釋我的回答，只見輕輕點了點頭的亞絲娜這才把嘴角移回平常的位置。她看起來似乎還想說些什麼，不過馬上就閉起嘴唇仰頭看著螺旋階梯，然後像是要轉換心情般用短靴的腳跟敲了一下地板。

「……我們差不多該挑戰爬樓梯了。我記得最上面是二十樓對吧？住宿費會因為樓層而不同嗎？」

「不會，只會因為房間大小與有沒有窗戶而有所不同。雖然越往上視野越好，但上下樓梯很麻煩……」

「了解……話先說在前面，我可不要比賽誰先爬到頂樓喔。」

「我……我才不會說要比賽哩！」

亞絲娜趁我提出抗議時抄捷徑輕盈越過樓梯的扶手，然後以很快的速度往上爬。我急忙追了上去，雖然趕到她身邊，但在螺旋階梯上絕對有利的內側已經被對方占據，所以只要一掉以輕心似乎就會被拋下。而且ＳＡＯ的移動速度基本上是由裝備重量與敏捷值來決定，這時速度型的亞絲娜依然踩著優雅的腳步往上爬，而身為平衡型的我必須非常努力，才能讓自己跟在她身邊。最後有一半是為了賭一口氣而爬完二十樓的階梯，當我明明沒有必要這麼做卻還是把雙手撐在膝蓋上喘氣時，比我早一秒鐘到達終點的亞絲娜用輕鬆的聲音說：

「是我贏了，獲勝者有權利可以決定要租哪一個房間。」

「太……太狡猾了吧，明明自己說……不比賽的……」

「哎呀，我可沒有跑喔。嗯……旅館的人在……啊，有了有了。」

我只能無奈地看著以輕快步伐走在寬廣大廳的細劍使背影。

「…………嗯？」

然後露出懷疑的表情。雖然發現剛才的發言有些奇怪的地方，但當事人已經快一步向NPC搭話，然後叫出選單視窗了。一般來說，旅館都是在一樓（或者相當於一樓的地方）的大廳辦理住宿登記，不過像這種大型設施也可能在各個樓層都配置NPC——等等，現在不是想這些事情的時候。

不知道為什麼自己要躡手躡腳地靠過去後，發現亞絲娜正一臉認真地瞪著空房一覽表，最後一邊發出「這裡！」的宣言一邊按下視窗。接著設定住宿天數並且付帳。她隨即消除視窗，轉過頭來，以難得一見的笑容說：

「我訂了南側看起來相當不錯的房間。雖然有點貴，不過現在是半價應該沒關係吧。來，在這邊！」

她推著我的背部，迅速開始移動。呈正圓形的樓層中央有著梯廳，客房則是以雙重圓形的形狀配置在梯廳外側。也就是說，內側的房間沒有窗戶。

亞絲娜所選的當然是外側的房間。來到標示「2038」的門前握住門把，系統就辨識出入住對象並且自動解鎖。晃動的斗篷消失在打開的門後，猶豫了兩秒鐘左右的我也跟在後面走了進去。

跟我至今為止住過的房間比起來，這裡的視野確實是無可比擬。除了寬敞之外，南側的牆壁是一大片窗戶，可以從離地六十公尺的高度眺望第三層的蒼鬱森林以及更後方的外圍部分。把頭上兜帽撥下來的亞絲娜，立刻就貼在窗戶上，發出短短的歡呼聲後就轉頭大叫：

「好棒喔桐人先生，好像可以看見所有的迷霧……森林………」

興奮的聲音之所以到了途中就減速，一定是因為到現在才掌握狀況的緣故。凍結的笑容漸漸消失，先是嘴唇緊抿成一直線，然後從脖子附近一口氣紅到臉部。她開合嘴唇兩三次，像是在找什麼般往左右張望，發現旁邊桌子上放著歡迎來賓的謎樣果實後就握住其中一顆。

她隨即以漂亮的上肩投法將果實全力往我臉部丟過來，同時用刺耳的音量大叫——

「……為什麼你會在這裡！」

我確實是一個有許多事情都思慮不周的人。但是，只有現在這一刻，我覺得自己可以有這樣的想法。

實在太不講理了。

不知道該說是幸運還是不巧，有著粉紅色的外皮與紫色條紋的果實相當硬，準確擊中我的

額頭後沒有粉碎，只是裂成兩半而已。當然，因為是在「圈內」，所以就算遭受衝擊也沒有數值上的損傷。

我用左右兩隻手接住果實，先拿起一邊咬了一口。乳白色果肉給人相當清脆的口感，像蘋果與荔枝混合起來的味道也十分美味。

亞絲娜一邊在距離五公尺遠的地方瞪著一直默默大口吃著水果的我，一邊急促地喘息了好一陣子，最後應該是了解讓事情變成這樣其實自己要負一半以上的責任了吧。她一點一點地縮起肩膀，忸忸怩怩地踏步了一會兒後，才小聲地道歉：

「…………對不起。怎麼想都不是你的錯。」

「哎呀，我默默跟著妳過來也是不對啦。」

抱著想讓她欠我一個人情的打算這麼回答完，就發現依然紅著臉的亞絲娜像是巴不得找洞鑽進去一樣，結果忍不住就又安慰她說：

「我還帶著昨天傍晚住在基滋梅爾帳篷時的心情，所以不小心就走進來了……這裡是亞絲娜租的房間，我一開始時就應該先確認一下才對。」

「沒有啦，是我把你拉過來的……——抱歉，用那個丟你。」

感情特效終於變淡的亞絲娜，再次道完歉後才像注意到某件事般歪著頭說：

「……我記得小隊成員好像就可以自由進出旅館的房間吧？」

「嗯。」

「……那住宿費要怎麼算？會自動平分嗎？」

「啊啊，那還得要看租房時的設定。視窗上有住宿人數的輸入欄對吧？那裡如果是一個人的話就得自己付全額，兩個人以上就是平均分攤。」

「……」

沉默的亞絲娜表情之所以透露出微妙的言外之意，應該是因為記得設定是兩個人的緣故吧。也就是已經從我這裡扣除了一半豪華客房的住宿費，不過這也不是沒辦法彌補的問題。

「沒關係啦，只要解散小隊，我就可以去租其他房間了。當然，要請妳把付出去的珂爾還給我就是了。」

「…………」

即使聽見我帶著開玩笑口氣說出的回答，細劍使還是有好一陣子都閉著嘴巴，最後才像下定決心般說道：

「……今天晚上沒有要住在這裡，只是休息到傍晚開會為止吧？」

「嗯……嗯，我是打算這樣啦……晚上就想回黑暗精靈營地去了……」

「那麼……算了，就直接這樣子吧。」

「直……直接這樣的意思是？」

「……這裡是兩個人分攤才有這樣的價格吧？沒有要過夜的話，一個人付那樣的金額實在太浪費了。」

這麼宣布完，亞絲娜的視線就開始左移右往，最後指著設置在房間兩側的兩張床當中東邊那一張說：

「我就用這邊這張床。還有為了小心起見，我還是把話說在前面，這邊就是國境線，請不要越界了。」

她用腳尖在房間中央畫了條直線。接著走進自己的領土，迅速解除了左腰的騎士刺劍＋5與胸甲、兜帽斗篷、手套以及靴子等裝備。輕鬆多了的身體就在床上坐了下來，然後抬頭看著依然站在原地的我說：

「我要小睡一下，桐人先生也休息一下比較好喔。」

「嗯、嗯……」

我只能如此回答並點了點頭。

她說的一點都沒錯，能省錢的地方就要省，該休息的時候就要休息，而且昨天晚上，還有今天晚上應該也會睡在同一間房——不對，應該說同一頂帳篷裡。所以現在不是陷入「混亂」異常狀態的時候了。不對，ＳＡＯ裡根本沒有混亂這種異常狀態吧。

於是我就先移動到對方給予的領土，解除背上的韌煉之劍＋8、長大衣與其他防具。由於在床上坐下來的話就會變成與亞絲娜面對面的狀態，於是感到莫名害臊的我就直接躺了下去。

這裡不愧是高檔的房間，不論枕頭還是床墊都相當鬆軟，即使在這種狀況下睡意依然迅速襲上心頭。現在回想起來，今天凌晨兩點就起床了。把未能處理的問題丟到一邊，暫時睡一下應該沒關係才對……

「對了，關於剛才的話題……」

這樣的聲音從房間另一側傳過來，我把不知不覺間已經快闔上的眼瞼睜開七成左右。

「剛才的……什麼話題？」

一邊以模糊的口氣反問一邊把視線移過去後，發現亞絲娜依然坐在床鋪邊緣。她晃動著脫掉靴子的腳，嘴裡說出意想不到的發言：

「就是跟小隊比起來，獨行或者搭檔賺取經驗值的效率比較好那件事。」

「……？那又怎麼樣呢？」

傾斜稍微抬起的頭後，我才想起一件事。記得在第一層的螺旋階梯前談到這件事時，感覺上亞絲娜好像露出欲言又止的表情……

「嗯……那獨行和搭檔的話又是哪邊呢？」

「什麼哪邊……啊啊，哪邊能獲得比較多的經驗值嗎？」

當細劍使微微點頭時，我已經再次把頭放回枕頭上。眨了好幾次眼睛趕走睡意，稍微思考了一下後才開始表示：

「嗯……那很難一概而論。人員全滿的小隊之所以不太能賺取經驗值，是因為目前很容易陷入浪費戰力的情況。六個人圍住小型Ｍｏｂ也沒辦法盡情揮動武器，而且分成各三個人的話也很難抓住切換的時機。如果出現大量湧出大型Ｍｏｂ的地圖的話就又另當別論了……當然，人比較多的話，安全性也會增加。」

說完這些前提後，我才回答亞絲娜的問題：

「要拿獨行與搭檔比較的話，老實說基本上是一樣的。兩人組成搭檔，只要狩獵的速度比獨行時多出一倍，那麼獲得經驗值的效率就比較高。不過要做到這一點其實相當困難。至少用完劍技後的切換要直接能連上劍技……」

說明到這裡後，感覺我終於了解亞絲娜究竟在意什麼事情了。再次轉向她時，兩個人剛好四目相對，我反射性地把視線移往天花板，非常刻意地乾咳了一聲。

「那……那個……這怎麼說也是理論，搭檔要做到這樣天衣無縫的切換也需要時間，何況目前的情形是安全比效率更重要。綜合這幾點來看呢，跟獨行比起來，還是搭檔比較……」

「桐人先生。如果覺得我礙手礙腳的話，一定要告訴我。」

這以沉靜但凜然的聲音說出來的宣言，讓我不由得屏住呼吸。

細劍使以剛才慌張的模樣像是在騙人般的堅毅表情看著我，雙拳則是持續放在併攏的膝蓋上。

「在托爾巴納的時候也說過，我是為了保有自我才會到起始的城鎮外面去。但是……說不定我已經在不知不覺間慢慢忘記那種心情了。自從在第二層的烏魯巴斯再次相遇，就一直和你一起作戰……如果因為這樣而增加你的負擔，或者是讓你提昇等級的速度變慢，那並非我的本意。」

「…………」

為了保有自我。

對於人心所知甚少的我，實在沒辦法確實地理解這句話的意思。因為我連自己是如何看待這個極為異常的死亡遊戲世界都不了解了。我當然感到害怕，也想早點獲得解放。同時也有不想死的心情以及憎恨著造成這一切的茅場晶彥。

但要把如何把這樣的感情轉變成行動呢……這就是我不知道的了。

結果我從正式營運那一天開始，就只以讓自己變強為目標。在重視效率、拚命收集情報，探索角色能力構成最佳答案的行動之外，我也捨棄了許多東西。

所以現在我像這樣和名為亞絲娜的細劍使一起行動，也不過是判斷這樣有助於活下去與變強的結果。除此之外就不存在任何理由了。應該不存在——才對。

「……妳真的很強。」

經過簡短的思考，我直接把內心的想法說了出來：

「完全沒有礙手礙腳這種事。如果加上騎士刺劍的性能，妳每秒的攻擊力(DPS)已經比我還高了吧。不對……不只是數字而已，不論是戰鬥時的動作還是劍技，都沒有我可以挑剔的地方。所以……妳如果願意繼續和我搭檔，我反而會獲得不少幫助。」

我很沒禮貌地躺在床上把這些話斷斷續續說完後，亞絲娜暫時挺直了背桿保持著沉默，忽然間纖細的身體看起來就像是開始震動一樣。

──咦，剛才那是什麼反應？

我才剛這麼想，對方就冷冷地丟回一句話：

「這樣啊。那就暫時維持這樣囉，接下來也請多指教。」

「嗯……嗯，請多指教。」

這應該是輕輕握一下手的場面吧，這麼想的我把頭從枕頭上抬了起來，但這時候亞絲娜已經躺在自己的領土，不對，是躺在自己的床上，然後一路滾到牆壁邊去了。她就以背對著我的狀態，再次迅速呢喃著：

「那我就小睡到中午囉。晚安。」

「嗯……嗯，辛苦了。」

想著「到底是怎麼回事」的我把頭放了回去。雖然覺得有許多事情應該思考一下，但是卻無力抵抗再次襲上心頭的睡意，我硬撐著設定好起床鬧鐘後就閉上了眼睛。

在立刻擴散開來的意識表面，幾道思緒變成了小泡泡並破裂。

——才一天就發生了許多事。

——照這樣下去，第三層的攻略似乎會相當忙碌呢。

——不過有個能守護自己背後的人，感覺也相當不錯嘛……

這個時候我完全沒有想到。

短短七個小時後，我和亞絲娜就因為不可抗拒的外在因素而面臨了拆夥的危機。

5

「我們也很清楚這是非常不講理的要求。」

把藍色頭髮綁在身後的曲刀使——成為公會「龍騎士旅團（DKB）」初代會長的凜德，在緊急搭建的講台上沉重地宣告：

「但希望你們可以諒解。領先集團的玩家像這樣分裂成兩派的現在，我們必須永久維持兩個公會間的友好關係，同心協力來攻略遊戲。」

和打下ＤＫＢ基礎，目前已經亡故的「騎士」迪亞貝爾比起來，凜德的表情與表達方式都算是僵硬，不過還是足以讓人感覺到十天以來指揮一大團體的氣勢。

同樣正式成為公會的另一個集團，「艾恩葛朗特解放隊（ALS）」的率領者牙王也頂著刺蝟頭待在講台上。不過和凜德不同的是，他依然坐在椅子上，同時交叉雙手與雙腳並保持著沉默。即使站在旁邊的凜德結束發言，他還是緊閉著嘴巴沒有任何動靜。

因為凜德的話並非對牙王所說。曲刀使銳利視線注視的，是在不屬於ＤＫＢ與ＡＬＳ的少數攻略玩家中也算是極少見的異類，唯一公開承認自己是封測玩家的「封弊者」——

也就是我了。

大約五個小時又三十分鐘前，在雙重意義上都算高檔的房間裡小睡之後，恢復了隱藏的數值——精神與幹勁後，亞絲娜和我再次走下長長的螺旋階梯——這次沒有賽跑——前去購買食物與藥水類物品，並且把茲姆福特所有單次任務接受下來後就離開鎮上。我們不是為了回到黑暗精靈野營地，而是隔了幾天後首次要認真地賺取經驗值。

RPG裡的工作可以說就是賺取經驗值，因此每個玩家的堅持就會表現在賺取經驗值的方法上。我想大致上可以分為「重視任務派」與「重視狩獵派」吧。如果說前者的類型是在練功區到處奔走並使勁解決任務來賺取獎勵經驗值的話，後者就是停留在狹小區域裡埋頭狩獵再湧出的Mob了。

至於我是哪一種類型嘛，其實我算是定點狩獵派，不過經過第二層的魔王攻略戰後想法就有點改變了。封測時期明明解決「那托上校」與「巴藍將軍」後就該結束的魔王戰，就因為能夠狂噴雷屬性鼻息的「亞斯特里歐斯王」登場而讓聯合部隊陷入差點崩潰的險境。如果不是情報販子亞魯戈務實地解決每一個任務，因此而注意到追加了真正魔王的可能性，恐怕凜德、牙王，還有我和亞絲娜都已經陣亡了。所以絕對不能忘記「在任務裡得到的報酬不只有經驗值」這個教訓。

不過定點狩獵當然也能獲得珂爾與經驗值之外的重要事物。那就是只有不斷戰鬥才能磨練出來的，被稱為玩家技能的東西。在跟操縱真實身體一樣的角色來作戰的ＶＲＭＭＯ裡，玩家技能是跟數值能力同等甚至比它更重要的能力。事實上，即使表示在視窗上的攻擊速度數字相同，熟習該招劍技者與生疏者在劍技的發動速度上就會出現實際的差異。其他像是確切的行動與危機處理能力等，都有很大一部分是依據玩家本人的經驗。

因此我和亞絲娜就在訂下一邊完成討伐、收集系的任務，如果找到效率佳的地點就集中在那裡定點狩獵的貪心計畫後，再次來到練功場。到傍晚為止的五個小時內不知道將多少Ｍｏｂ變成我們的劍下亡魂——正確來說應該是變成多邊形碎片後就回到街上，把完成攻略條件的七個任務全部報告完的結果，我上昇了一級變成15級，而亞絲娜竟然上昇了兩級變成14級了。

在充滿令人感到舒服的疲勞與完成感中到酒吧裡喝了點東西慶祝了一下，然後就在留言板公告的時間——下午五點的十分鐘前，前往參加第三層第一次的攻略集團全體會議。

被三棵巨大猴麵包樹包圍起來的缽狀會議場裡，早就擠滿了許多玩家。由於看見從第一層托爾巴納的會議開始就受到不少照顧的雙手斧使艾基爾，於是便過去打招呼，在被調侃到現在都還跟亞絲娜組成小隊，以及約定好要將從鐵匠涅茲哈那裡得到的，目前寄放在第二層旅館裡的「攤販地毯」贈送給他當中，宣告時間來到五點的鐘聲就響起了。茲姆福特的時鐘，鐘舌與支柱全是從巨大猴麵包樹的樹幹削出，所以會發出木製風情的柔和鐘聲。我一邊聽著宣告傍晚來臨的悲傷旋律一邊按照慣例坐到角落，這時牙王與凜德出現在會場裡的講台上，於是所有人一起拍手。

再次數了一下會議的參加者，發現包含講台上的兩名會長在內總共是四十二人。昨天的第二層魔王攻略戰有四十七，不對，四十八個人參加，現在剛好減少了一隻小隊的人數。沒有出現的，正是公會「傳說勇者」的六個人。

等級未達攻略集團平均值的他們，之所以能在第二層魔王戰裡大為活躍，都是因為全身穿了經過強化的武器防具來提升能力值的緣故。但他們已經坦承為了取得強化資金而進行多次詐欺行為，並且把所有裝備轉讓給攻略集團。雖然需要一段時間才能恢復足以在最前線戰鬥的力量，但只要有堅強的意志，總有一天他們會回到這裡來才對。

當我想著這些事情時，凜德與牙王已經打完簡單的招呼，攻略會議就要正式開始了。

最初的議題是至今為止一直擔任攻略集團主力的藍色與綠色集團終於成為正式公會的報告。老實說，這件事就連我也感到佩服。要入手組成公會需要的印章，就必須進行一連串跑腿、討伐、收集與活動戰鬥——當然跟精靈戰爭的活動任務比起來規模算很小了——然後把這麻煩的連續任務完成才行，我記得曾經聽過封測時期平均需要的時間大概是二十小時左右。由於來到第三層才過了一天，就可以知道牙王與凜德都是廢寢忘食地在進行任務。尤其是應該沒有封測時期情報的「解放隊」竟然不落後於「騎士」，我想凜德應該也感到驚訝才對。

接著就發表了兩公會的正式名稱與三個英文字母的簡稱，以及目前這個時間點所屬的玩家介紹，最後則是進行公會成員的募集活動。只不過，聚集在會議場的四十二個人裡，沒有參加任何一個公會的就只有斧使艾基爾和他的同伴們，以及我和亞絲娜合計六個人而已。

我當然不打算加入任何一個公會，亞絲娜這個時間點也沒有這個意思，我想艾基爾他們應該也一樣吧。六個人誰都沒有舉手的話，這個議題便就此結束——我原本是這麼預測的。

但DKB會長凜德就是在這個時候說出令人意想不到的話：

「在募集公會成員這件事情上，我們決定盡量廣開門戶。當前的參加條件，就只有達到等級10而已。」

這時旁邊的牙王喀噠一聲站了起來……

「我們只要等級9就可以了！」

這麼叫完後就又坐了回去。凜德臉上一瞬間浮出青筋，不過馬上又恢復冷靜繼續說明：

「參加這次的會議，而且又沒有加入任何公會的玩家，我想全都符合這個條件才對。所以只要有人舉手，我們都會歡迎他加入。只不過……只有一名特定的對象必須要加上條件。這是我和牙王先生討論後做出的決定。」

這次換成牙王的眉頭之間出現深邃的皺紋。他應該是在表示「雖然不滿意，也沒辦法了」的意思吧。這時我還悠閒地想著「特定的人？是誰啊？」。所以講台上的凜德筆直地看向我的瞬間，我就差點從樓梯狀的座位上跌下來。

「……桐人先生。」

被用僵硬的聲音呼叫後，理解情況的我終於有了「原來如此，是這麼回事啊」的想法。總而言之，凜德想說的應該是「你是封弊者，我們不會讓你加入公會喲」。到了這個時候，這也不是什麼驚人的發言了，何況我本來就不打算請他們讓我加入。

「嗯嗯，我知道……」

我搶先一步開口。但是凜德這時又把視線往左移，叫出除了我之外的玩家名稱。

「還有，亞絲娜小姐。」

跟平常一樣把兜帽整個往下拉的亞絲娜，肩膀忽然震動了一下。就連坐在身邊的我也沒辦法看清楚她的表情。

凜德依序看著保持沉默的我，以及打從一開始就不打算說些什麼的亞絲娜，乾咳了一聲後才又繼續說：

「你們兩個人要加入公會的話，除了等級之外，還需要另一個條件。那就是必須分別加入DKB與ALS。」

「…………分別加入？」

無法立刻理解對方所說的話，於是我小聲地重複了一遍。旁邊的亞絲娜則沒有任何反應。

再次大聲乾咳的凜德，快速地加上了這樣的說明：

「看了昨天的魔王攻略戰就相當清楚，桐人先生和亞絲娜小姐的實力，即使是在我們這些領先的玩家集團裡也是相當突出。因為你們擁有總共三隻魔王的ＬＡ獎勵。當然我不是在責備你們這一點。只不過，考慮到今後的狀況，還是不希望發生你們兩個人加入同一個公會的事態。那會讓目前戰鬥力可以算對等的兩個公會產生相當大的差距。」

可能是對「可以算」這幾個字感到不滿吧，這次換成牙王額頭上浮現青筋。我一邊事不關己般地看著那種模樣，一邊聽著成為ＳＡＯ首名公會會長的男人繼續說明自己的主張。

「我們也非常了解這是不講理的要求。但是，也希望你們能夠理解……」

我最先浮現在腦袋裡的想法是……

提出這種要求的他們認真的程度究竟有幾分。

凜德與牙王強迫我和亞絲娜接受的條件，就是想加入公會的話兩個人就得分開。但是「想加入」這個前提根本就不成立了。因為我完全不打算加入兩邊的公會。凜德應該也知道這件事才對。至於牙王嘛，如果讓身為封弊者的我加入，那就等於否定了他過去高舉的反封測玩家主義。

他們根本不需要在這種公開場合強迫我們接受這個條件，只要在會議前找我們問一句「有興趣加入公會嗎？沒有啊？ＯＫ」，事情不就結束了嗎？實際上，ＤＫＢ、ＡＬＳ兩公會的成員也有一大半都露出疑惑的表情並發出嘈雜的聲音，坐在前面一階的艾基爾也像是要表達你在說什麼蠢話般大大張開雙臂然後搖著頭。從這一幕來看，凜德他們的聲望應該完全沒有增加才對。這麼做對他們究竟有什麼好處呢？

雖然腦袋裡滿是問號，不過講台上的凜德似乎正在等待我的回答，於是我就先站起來開口表示：

「嗯……承蒙你們稱讚我實力突出，不過很不好意思，我目前還不想加入公會……我想你們應該也預測到會得到這樣的答案了吧。」

結果牙王用鼻子發出哼一聲，凜德則是一瞬間露出苦笑，不過馬上又恢復成僵硬的表情然後輕輕點了點頭。

「了解了。對了──我可以詢問在這種狀況下，你還是下定決心不加入公會的理由嗎？」

「咦？……嗯……」

無法了解他這麼說的企圖，於是我只能先含糊其詞。

這種狀況──指的是ＳＡＯ的死亡遊戲化嗎？也就是說，凜德認為為了達成「完全攻略遊戲」與「存活下來」這兩個相反的目標，建立公會就是最佳的選擇嗎？這樣的話，他的這個前提果然跟我無法相容。但是我沒有在這裡向他詳細說明自己想法的時間，而且也沒有義務這麼做。

「……說下定決心也太誇張了。只不過是……不符合我的個性而已。」

「嗯。那麼桐人先生，我可以認為你目前沒有參加公會，或者是自己率領公會的打算對吧？」

聽見他的話後，這次換成我露出苦笑。

「就是這樣。我連好好成為公會的成員都不願意了，怎麼可能會去考慮當會長這種負擔這麼重的事情……」

……哈哈，原來是這麼回事啊。

自己說的話提醒了我，讓我終於了解凜德真正的用意，於是就在內心點了點頭。

總而言之，凜德就是想在公開的場合讓我說出剛才這句話吧。他這麼做是為了先摧毀我創立第三個公會的可能性。

如果是這樣，那他還真是用了相當迂迴的手段。就算我建立了「黑色封弊者（假名）」這樣的公會，我也不認為會有人想參加，只要面對面問一句「你打算建立公會嗎？沒有這種打算？ＯＫ」，事情就——不對，就算他更直接地要求「你不准建立公會」，我應該也會點頭說好。

不過除了感到驚訝與無奈外，我也可以理解他擔心做出隨便撩撥這種畫蛇添足的行為，反而會讓我想設立公會的心態。這種過於小心謹慎的作法，讓我強烈地想起那個男人。成為公會DBK前的藍色集團，以及全攻略集團的初任領袖，「騎士」迪亞貝爾。

第一層魔王攻略戰即將舉行前，就有人透過情報販子亞魯戈再三想購買我的韌煉之劍。提出委託的人是當時還是一匹孤狼的牙王，而在背後操縱牙王的就是迪亞貝爾了。他為了鞏固自己的領導地位，就想要確實獲得第一層魔王「狗頭人領主・伊爾凡古」的最後一擊獎勵。所以才想減弱他認為是最大障礙的玩家，也就是我的戰鬥力。老實說他真的繞了一大圈——只要跟我要求「把LA讓給我」，我應該就會答應了。當然，我可能會要求他付出相當的代價。

關於迪亞貝爾這樣的手段，我想凜德不論是當時還是現在應該都不知道才對。他這次之所以會選擇類似的手段來進攻我的弱點，應該有一半是偶然，有一半是因為他對迪亞貝爾的感情吧。

講台上的凜德一直用銳利的視線盯著忽然沉默下來的我。

明明認識已經超過十天以上，我才發現這好像是我第一次從正面端詳凜德這個男人的長相。由於牙王的形象太過於強烈，凜德經常會給人沒什麼存在感的感覺，但他上揚的銳利雙眼，深處一直都帶著強烈的光芒。

就我所知，他只有一次在眾人面前爆發過自己最真實的感情。就是伊爾凡古戰結束後，一邊逼近一邊責備我對迪亞貝爾見死不救那一次。

再次遇見他時，凜德已經跟「騎士」一樣染了藍髮，穿上了銀色鎧甲指揮著藍色集團。他之所以選擇這條路，是因為尊敬迪亞貝爾嗎，還是基於想超越他的競爭心呢？又或者——他根本想成為另一個迪亞貝爾？

凜德，第三個選擇很困難喔，我在內心這麼呢喃著。

迪亞貝爾這個男人，是一名隱藏自己是原封測玩家的事實來率領攻略集團的雙面人。雖然是隨時可能被發現，然後因此被眾人唾棄的玩火行為，但他就是這樣才會這麼堅強，也才會有吸引群眾的魅力。

如果ＳＡＯ沒有變成異常的死亡遊戲，那個男人會不會就變成專門與人對戰的玩家（PvPer）了呢……我的心裡隱然有這樣的感覺。雖然這是從亞魯戈那裡得知迪亞貝爾是義大利的方言，而意思是「惡魔」之後，我自己任意的想像而已。如果這是事實的話，那他是用什麼樣的心情與覺悟來自稱是「騎士」呢？我當然無法了解這麼深層的心理，也覺得自認為了解的話是冒瀆了那名亡故的男性。

至少可以確定的是，迪亞貝爾在有很多事情沒有跟伙伴坦承的情況下離開了艾恩葛朗特，我想沒有任何人能夠取代他……

不知道是不是看出我這樣的思緒，凜德的眼神變得更加銳利，然後開口表示：

「你不想和公會有任何瓜葛。我這麼說沒錯吧，桐人先生？」

「……沒錯。當然，還是要請你們讓我參加魔王攻略戰。」

聽見我的回答，曲刀使便輕輕點了兩三次頭。

「了解了。關於魔王戰，我們打算在下一次的會議裡討論。我們想確認的事情就只有這些了。」

由於凜德已經移開視線，於是我呼一聲鬆了口氣坐回石頭製的階梯長椅上。

接著也確認了艾基爾等人是否有加入公會的意願，不過四名巨漢一起婉拒了對方的邀約。雖然覺得他們才有可能成立新的公會，不過凜德沒有提到這方面的事情。結果招募活動就以DKB與ALS各自擁有十八名成員的情況作收。或許今後會爆發激烈的公會成員搶奪戰，但這麼一來攻略集團的陣容也會更加堅強，所以我很歡迎有這樣的情況發生。

覺得無奈的我正放鬆肩膀的力道時——

才終於注意到自己完全沒有確認亞絲娜的意思就擅自回答了對方。依然把兜帽整個拉下來的她，就像發動了隱蔽技能般消除了氣息，所以我才會不自覺地到最後都沒有詢問她的意見。說起來凜德也不應該只問我和艾基爾，也必須確認亞絲娜的意思才對吧。

我在內心一邊把責任推給對方，一邊畏畏縮縮地看向左鄰。

雙手雙腳整齊併攏的模樣和在托爾巴納的首次會議時完全一樣。兜帽底下稍微露出來的側臉看起來相當平靜，不像是正在生氣的樣子。

「那個……」

我小聲地對她搭話，結果馬上就把接下來要說的話吞了回去。因為我注意到亞絲娜瞇起來的眼睛深處，已經燃燒著熾烈的藍白色火焰。

這不只是不高興而已。

目前這個時間點應該擁有在場四十二個人當中最大秒間傷害值的細劍使，心底正燃燒著前所未見、空前絕後的恐怖怒火。

「那我們開始下一個議題吧。從這裡開始，要把主持人的工作交給牙王先生。」

聽見凜德的發言後，牙王像是要表現終於輪到我出場般站了起來，但我根本沒辦法把視線移到講台上，不過也沒辦法輕鬆地直視亞絲娜的側臉，只能一直以半吊子的姿勢僵在現場。

怎麼說也是同一個小隊的成員，而且這幾天都一起行動。她感到無比氣憤這點小事我當然能看得出來。

不過我沒辦法立刻確定她生氣的理由。好不容易才把生氣的原因縮減到①我的錯②凜德的錯③牙王的錯等三個選項，不過接下去就完全沒有頭緒了。

③應該是不可能才對。亞絲娜和牙王雖然不怎麼合得來——今天拂曉前在森林洞窟裡擦身而過時，用誇張一點的表現來說，她的臉已經出現了「噁～」這樣的表情了——但這場會議裡，牙王只是一開始時簡單打過招呼，接著就幾乎一直坐在椅子上。

而我也相信①應該不可能。我的確沒有確認亞絲娜的意思就表明了不參加公會，如果對這一點感到不滿，她就不會靜靜坐在那裡生氣，途中應該會插嘴表達意見才對。而且在兜帽底下發出深邃光芒的雙眸，目前正一動也不動地瞪著距離十幾公尺外的講台某一點。

以消去法來推斷的話，這道視線應該是瞪著選項②的凜德吧。讓亞絲娜如此生氣的理由，很有可能是DKB會長一連串的發言。

在我想著這些事情的期間，ALS的會長牙王正在講台上比手劃腳，威風凜凜地說出一大串話來：

「聽好了，第三層的目標攻略時間是一週！還有四天就要到達迷宮區，然後再兩天就要打倒魔王！為了達成目標，最重要的就是最前線組的人數！要是一直只有四十幾個人的話，不知道要到哪一天才能完全攻略，我們一定要積極地增加願意和我們一起跟這個狗屁遊戲戰鬥的同伴！」

他帶著熱情的雄辯，讓大部分綠色集團的成員發出「沒錯沒錯！」的贊同聲。攻略集團的戰力增加確實是相當吃緊的課題，但增加新成員與攻略速度的提昇是完全相反的目標。以兩個公會為中心的領先集團越是努力前進，和遲一些離開起始的城鎮的玩家們距離就會越大。奧蘭多率領的「傳說勇者」之所以會做出強化詐欺這樣的犯罪行為，就是因為想一口氣彌補這絕不容易縮短的等級差異。

但是沒空管這件事了，因為現在的我有更緊急的任務。我必須想辦法消弭亞絲娜的怒火，迴避她對凜德發飆的狀況。目前她還能用最後的一絲理智壓抑自己，但照這樣下去的話，會議結束的瞬間她很可能就會從位子上衝出去，直接跑過去詰問凜德。這樣的話ＤＫＢ的成員一定不會默不作聲，而目前如果亞絲娜表示想加入，應該會張開雙臂歡迎她的主力公會，態度說不定會就此改變。

我把牙王似乎還要繼續好一會兒的演說從耳朵裡趕出去，然後再次轉向左邊，下定決心要對亞絲娜搭話。

但是在我開口之前，兜帽深處就已經發出沙啞低沉的聲音：

「阻止我也沒有用。雖然至今為止，已經有許多次因為那個人的發言而不高興了，不過這一次要是不反駁他的話我實在嚥不下這口氣。」

「……妳說這一次的意思，是指『想加入公會就得分開』這件事嗎？」

為了慎重起見這麼問道，但亞絲娜沒有回答是或不是——一定是因為沒有說的必要吧——只是用更加僵硬的聲音表示：

「要不要加入公會、要和誰待在一起，這是我自己決定的事情……退一百步來說好了，如果只是態度強硬地做出一堆指示也就還能忍耐，但那個人的心底深處，一直相信自己得負起責任領導他人才行。他相信嚴厲的命令，最後還是會對對方有好處。甚至還認為自己的行為是身為指導者的自我犧牲。」

「…………」

明明知道不是對我說，但這些辛辣的發言還是讓我的背部微微滲出汗水。如果稍微聽見有哪個人對我做出這樣的評價，我一定會躲在旅館裡一週沒辦法出門。

不過如果亞絲娜的指責完全正確的話，那麼凜德之所以用如此迂迴的手段來阻止我設立公會，也不單純只是為了確立自己的領導權，可能也是想引導我這名玩家走向正途囉？穿上DKB的藍色服裝，成為前衛部隊的一員，對身為異端封弊者的我來說才是「健全的更生」，是這麼一回事嗎？

雖然覺得這樣的確有點把責任感的意思搞錯了，但另一方面也覺得會不會是亞絲娜想太多了。可能是感覺到我內心的想法了吧，細劍使以幾乎快聽不見的聲音呢喃：

「……我就是知道。因為在另一邊，我從小就一直聽見這樣的言論。」

「…………！」

我不由得屏住呼吸。亞絲娜提到另一邊，也就是現實世界裡的自己是相當稀奇的事——應該說幾乎是第一次吧。

為了保持自我。亞絲娜用這樣的話來表現自己拿起劍離開起始的城鎮的理由。雖然不認為已經完全了解這句話的意思，至少可以知道的是，這時候要是不違抗凜德的命令，亞絲娜可能就無法維持自我了吧。對亞絲娜來說，那一定是比持續留在攻略集團還要重要的事。

但是——

但是……

當我陷入極端猶豫的狀態時，牙王在講台上的熱情演講也接近尾聲了。他提出眼前的目標是在明天傍晚前到達「下一個城鎮」，然後唸出今天下午開始販賣的亞魯戈攻略冊裡需要注意的重點情報。牙王雖然高舉著反封測玩家主義，但似乎把攻略冊當成「還算可以信賴的第二手資料」。雖然會覺得這也太寬以待己了吧，不過想到一直和攻略集團保持距離的亞魯戈，如果立場能因此獲得承認的話就會覺得算了。

但是相對的，我還是認為應該避開亞絲娜被集團敵視的情況。牙王的演講似乎馬上就要結束了，之後亞絲娜就會朝著凜德衝過去吧。

亞絲娜蘊藏著我所沒有的資質。那是率領一大群人才能夠發光的領袖資質。剛來到第三層這個只能說是攻略初期的時期，我不能讓她做出和主流派起衝突後捨棄自己可能性的愚蠢行為。雖然說第一層魔王攻略戰之後，自己就做了這種事情的我可能沒有立場這麼說就是了……

浮現這種有點自嘲的想法後，我忽然注意到某件事實，並且屏住了呼吸。

這不是偶然。和以攻略集團全體指揮官身分自豪的凜德起衝突是必然的發展。只要亞絲娜和我一起行動，總有一天一定會發生這樣的事。因為我是封弊者，以封測時期累積起來的知識來快速地強化自己以及小隊成員亞絲娜，而這同時也加深了她和其他最前線玩家之間的隔閡。亞絲娜左腰上閃亮的騎士刺劍不就是最佳的證明嗎？

沒什麼好說的。降低亞絲娜可能性的，正是和她搭檔的我。

對自己到現在才注意到這個極為理所當然的事實感到幻滅與憤怒，同時也被更加強烈的猶豫愚弄著，這時我只能緊咬住嘴唇。

講台上的牙王環視著會議場，準備進入演說的結尾部分。

「……對了，從這一層開始，已經決定由先發現魔王房間的公會來握有魔王攻略聯合部隊的指揮權了。其他還有沒有什麼問題……看起來是沒有，那第三層第一次攻略會議就到此結束。最後讓我們來呼一下口號吧！」

牙王身邊的凜德看著高高舉起右拳的他，然後心不甘情不願地站了起來。

同一時間，亞絲娜也傾斜上半身。纖細的腳為了準備衝刺而緊繃。

「……一週內就要打倒魔王囉！」

「「「喔！」」」

在渾厚的叫聲響徹現場當中，我伸出左手來用力握住亞絲娜的右手腕。

兜帽迅速轉向我這邊，接著傳出壓低的尖銳聲音：

「不要阻止我。」

「不行，我得阻止妳。」

「事到如今，就算被那個人……不對，就算被公會的所有人討厭也沒關係了。因為我根本沒打算加入公會。被人家那麼說還只能保持沉默，那我寧願回起始的城鎮去。」

亞絲娜堅決地表示，這時她的兜帽隨著微風晃動，深褐色眼睛反射夕陽的紅光後，像兩顆流星般發出強烈的光輝。

我一邊回望她燃燒著怒火的雙眸，一邊輕輕地搖了搖頭。

「亞絲娜，妳不能這麼做。不能和他們對立。」

我暫時閉上嘴唇，然後用力呼吸讓肺部充滿空氣。

這都是為了告訴她將在這裡解除搭檔的關係。

我很清楚，這正是亞絲娜厭惡的「認為是幫別人著想而強迫人接受的命令」。

但到了這個時候，我也沒有其他話可以說了。就算被討厭、疏遠、輕蔑，甚至再也不能像之前那樣說話還是一起冒險，我也不能讓亞絲娜被攻略集團主流派敵視的情況發生。

獨行玩家的絕對極限。

那就是沒辦法得到任何人的幫助。

ＳＡＯ裡頭準備了多到令人難以置信的阻礙效果。昏迷、麻痺、中毒、出血、盲目、暈眩等等……這些只要有同伴在就可能恢復過來的阻礙效果，會讓獨行玩家直接陷入生命的危機。

如果是一般的，也就是能夠復活的遊戲，那麼為了賺取經驗值的效率，就可能冒險來選擇成為獨行玩家。但現在這裡是個連一次失誤都不允許發生的世界，它已經變成嚴酷的死亡領域了。我在第一層、第二層裡之所以敢成為獨行玩家，也是因為我有封測時期獲得的知識這條救命繩的緣故。

但是這條繩索也只能保持到第十層為止。總有一天，我會被迫在面對未知地圖與怪物的情況下進行充滿危險的求生冒險。再加上目前封測時期的情報在魔王戰裡已經越來越沒有用了。為了對應今後將呈等比級數增加的困難，加入完整小隊以及獲得公會支援應該是最重要的事情了吧。但是亞絲娜跟我一起行動的時間越久，就越會和我一樣——不對，應該說就會踏進比我更加危險的狀況當中。

一定得告訴她，從第二層一起狩獵風黃蜂開始組成的暫定搭檔，就要在這個地方解散了。還要跟她說，妳得吞下對凜德的憤怒以及對牙王的反感，雖然不是馬上，但將來不論是要選擇DKB或者ALS都沒關係，一定要加入公會就對了。

但我的喉嚨就像是拒絕把累積在胸口的空氣變成聲音般完全沒有動作。

亞絲娜也默默地持續和我四目相對。短短幾秒鐘前才燃燒著熊熊怒火的眼睛，現在卻帶著不可思議的光芒，讓人無法得知她的內心。

會議場的玩家們就在雄壯的口號餘韻包圍下，三三兩兩地聚集起來，以興奮的模樣彼此交談著。可能是坐在前面的艾基爾等人剛好形成一面牆吧，這時沒有任何人注意到我和亞絲娜陷入緊張的狀態當中，但也不能像現在這樣臉對著臉一直凝視對方。

我先用力咬緊牙根，接著堵塞的喉嚨才終於擠出低沉的聲音。

但說出來的卻是連自己都料想不到的話：

「……如果我今天就死掉的話……妳有什麼打算？」

雖然絕對不可能有這種事情發生，但亞絲娜就像早就預測到我的問題一樣，表情變都沒變就回答：

「還是跟之前一樣。衝到氣力放盡為止。」

她接著又簡短地回問：

「那你呢？如果我死掉的話，你打算怎麼辦？」

雖然數秒鐘前才問過同樣的問題，但是我卻無法立刻回答。

亞絲娜身亡，所有存在從艾恩葛朗特消滅之後，我該怎麼辦呢？可以確定的是會恢復成獨行玩家，但完全無法想像那時候自己會有什麼感覺與想法。

突然間，我又注意到一個非常單純的事實。

那就是我把亞絲娜和主要集團分隔開來，把她帶進高危險的位置了。這是無庸置疑的事實。但是，我這麼做的理由就只有一個——那就是，我不希望亞絲娜死掉。

在第一層迷宮區初次相遇時，我就違背自己的原則和她搭話，也是因為立刻有這種感覺的緣故。同時也是因為希望能一直看見在微暗迷宮裡，像流星般閃爍的「線性攻擊」軌跡，最後將會飛向什麼地方。而之所以想阻止亞絲娜跟凜德找碴，說到底也是因為這個原因。

不用迂迴地說什麼解除搭檔還是加入公會之類的，只要直接跟她這麼說就可以了。但我的喉嚨再次像被焊接起來般塞住了。

越重要的話越說不出口這種壞習慣也不是從現在才開始。從三十九天前，在起始的城鎮小巷子裡，捨棄第一個朋友克萊因直接跑走時開始……不對，應該說從在現實世界的埼玉縣川越市的自宅生活開始，我就好幾次都沒能把應該說的話說出口了。

但是現在……至少注意到真正原因的現在——

雖然以強烈的意念這麼想著，但喉嚨還是一直拒絕把吸進來的空氣變成聲音。這個世界的肉體是由數位檔案所構成，所以塞住的其實不是喉嚨，而是我和NERvGear連結的腦部，也就是意識。多年來，我就是自己把意識的迴路給封閉住了。

當應該說的話快要變成嘆息而煙消雲散時。

忽然感覺耳邊聽見了細微的聲音。

——桐人。

——有事情想傳達給對方，就要趁還能做得到的時候確實地說出口。因為能夠傳達自己的心意，是非常幸福的一件事。

平靜但凜然響起的呢喃聲，應該是來自於在遙遠森林深處和她分手的黑暗精靈騎士。是天亮前在野營地後方的墓地聽見的話從記憶裡復甦了嗎？還是只是我擅自創造出基滋梅爾的聲音呢？

但是幻想的聲音卻以明確的力道推了一下我的背部。原本已經放棄的話語，就此斷斷續續地從嘴巴裡跑出來，讓假想的空氣產生震動：

「……我、不希望、妳死掉。」

雖然只有一瞬間，但亞絲娜忽然瞪大了眼睛。

「……所以，現在先忍耐一下。凜德和他的公會將來一定會有機會解救我和妳的生命。請不要有什麼『與其被他所救……』的念頭了。」

很丟臉的是，說到最後我的聲音已經像哭哭啼啼的小孩子一樣不穩定了。

我伏下視線，同時放開一直抓住的亞絲娜右手。身體僵硬地轉向正面，結果發現一大半的玩家已經下到會議場的舞台部分，正勤於互相展示武器或者交換收集的道具。艾基爾隊的四個人也把頭湊在一起，似乎在商量著什麼事情。

光說出四個句子就用盡了全身的精神力，這時我只能靜待暫定搭檔的反應。

經過五秒鐘左右，對方丟出短短一句話：

「……那我就忍耐一下吧。」

一聽見她這麼說，我才緩緩吐出殘留在胸口的剩餘空氣。對亞絲娜來說，要壓抑被迫拋開自己信念的憤怒一定是相當不簡單的事。雖然覺得應該說些什麼，但腦袋裡卻是一片空白，於是我只能輕輕點了點頭。

一陣子後，右耳耳邊再次聽見了細微的呢喃聲。

——桐人，你做得很好。

這讓我不由得露出了苦笑。竟然捏造基滋梅爾的聲音來慰勞自己，我也未免對自己太仁慈了吧……

「…………」

不對。

但是，不會吧，怎麼可能呢。

腦袋裡連續浮現幾個接續詞，然後畏畏縮縮地抬起右手，探索著身邊沒有任何東西存在（看起來是這樣）的空間。

結果立刻有某種柔軟的觸感把我的指尖推了回來。

簡短地向艾基爾與他的伙伴打了聲招呼後，就從觀眾席後面離開會議場，接著又快步穿越主要街道穿過通往圈外的大門。直接在道路上移動了一百公尺左右，當聽不見主街區茲姆福特的喧鬧聲時，就稍微走進暗夜逐漸降臨的森林裡，到這時候我才終於停下腳步。

之前一直默默跟著我的亞絲娜，以疑惑的表情要求我對突然的移動做出說明。但是我沒有立刻說出理由，反而把臉對準胡亂猜測的方向，然後小聲地呼喚著：

「……基滋梅爾，妳在那裡吧？」

發出「咦」一聲的亞絲娜瞪大了眼睛，然後左顧右盼地環視周圍。

原本有好一陣子都只聽見小鳥的鳴叫聲與樹木的葉子摩擦聲，忽然就傳出布料翻動的聲音。接著從我看的方向完全相反的地方傳出帶著笑意的聲音：

「被你發現了嗎？」

我迅速回過頭，就看見把長披風用力往背後甩的黑暗精靈出現在那裡。即使解除了隱蔽狀態，騎士修長的身軀還是融入在微暗的樹蔭當中而看不清楚，只有如縞瑪瑙般的兩顆眼睛依然發出閃亮的惡作劇光芒。

「哪有什麼發現不發現……」

省略掉「根本是妳主動向我搭話的吧」之後，我的臉上就浮現苦笑。在會議場裡聽見身邊發出呢喃聲之前，我完全沒想到會有這種事。應該已經在黑暗精靈野營地裡解散的基滋梅爾，竟然利用披風「隱身咒」的力量讓自己透明化，然後躲藏在我們附近。

這時我根本不知道該從何問起，只能看著微笑的基滋梅爾，結果亞絲娜就代替我茫然地呢喃道：

「咦……基滋梅爾……？妳從什麼時候就在旁邊了……？」

——這的確是個重要的問題。

假如基滋梅爾是從我們離開野營地不久後就一直跟著我們，那她不就也看到那個畫面了嗎？就是做為「翡翠祕鑰」任務起點的活動戰鬥——也就是凜德隊幫助森林精靈騎士與黑暗精靈騎士戰鬥的那一幕。

那個時候死去的黑暗精靈，雖然不是我擔心的「第二個基滋梅爾」，但對基滋梅爾來說，那是在雙重意義上都難以接受的光景。如果她當時真的在場，到底是如何解釋那種情況呢？

但是亞絲娜和我擔心的似乎不是同樣一件事。和基滋梅爾同樣把兜帽撥開的細劍使，不知道為什麼以微紅的表情繼續問道：

「……該不會連在旅館的房間裡也跟我們在一起吧……？」

——這確實也是個重要的問題。

這時候就先不去管因為情勢轉變，造成最後和亞絲娜同住一間房的事情了，不過我們當時有沒有說什麼會讓人害羞的對話呢？雖然試著要重新喚起大約八個小時前的記憶，但不知道該不該說是幸運，基滋梅爾這時已經輕輕搖了搖頭。

「沒有，我是在那個城鎮的集會場裡找到你們的。大概是傍晚左右，才從野營地用轉移的咒語來到附近的森林……」

話說回來，的確有這種相當方便的咒語。回想起這件事後稍微放心了一點，但心裡的疑問依然沒有消失。

說起來，真的會有這種事情發生嗎？沒有和我們組隊的ＮＰＣ，會遠離設定的行動區域……主動跑來尋找玩家？

而且基滋梅爾對我低聲說話的會議場在茲姆福特的正中央，當然也就是在「圈內」。就算有被怪物追殺的玩家直接逃入城鎮裡，結果怪物也跟著入侵城鎮的情形，在大門兩側站崗的那兩個鬼一般強的衛兵ＮＰＣ也會立刻把怪物解決掉。

基滋梅爾對正在進行黑暗精靈任務的我和亞絲娜來說是黃色浮標的ＮＰＣ，但對我們之外的玩家可是紅色浮標的怪物啊。當然對茲姆福特的衛兵來說也是同樣的情形，要是一個不小心隱蔽被看穿的話，一定會引起很大的騷動吧。不過等同精英Ｍｏｂ的基滋梅爾也是實力堅強，所以大概不會被城鎮的衛兵秒殺而能順利地逃進森林裡面。

我把浮現在腦海裡的好幾個問號濃縮成一句話後開口問道：

「呃……那妳為什麼要特地跑到人類的城鎮來呢……？」

可能是我的錯覺吧，基滋梅爾聽見問題後一瞬間露出些許靦腆的表情，不過立刻就恢復認真的模樣，然後更簡潔地回答：

「因為任務啊。」

「任……任務？」

「嗯。司令官目前賦予我的任務，就是照顧和保護你們兩個人。由於今天早上離開野營地的你們一直都沒有回來，所以我就想來觀察一下情況，就這麼簡單。」

「就……就這麼簡單嗎？不過……跑到人類城鎮這麼裡面的地方真的沒關係嗎？如果隱蔽，不對，如果隱身的咒語被識破的話……」

聽見我的話後，精靈騎士這次露出有些自傲的表情，然後一邊摸著帶有不可思議光澤的披風一邊說道：

「這件『朧夜外套』的咒語，力量在太陽與月亮交替的傍晚與天亮前會達到頂點。稍微被碰到身體是不會被看穿的。」

「哦哦……原來如此……」

我一邊看著殘留著柔軟觸感的右手指尖一邊點了點頭，結果亞絲娜眉間就露出危險的氣息並低聲呢喃：

「……妳被碰到了？」

「嗯，別看桐人這樣，他也是很……」

「很棒對吧，這件披風！」

我馬上這麼插嘴，迴避了越來越不對勁的情勢。實際上，如果我就那樣繼續觸碰透明基滋梅爾身體的某個部分的話，很可能會觸發性騷擾防範規則而被送到牢裡去，一想到這裡我就冒出了冷汗。不過我還是先把引起質疑的問答在這裡告一段落，接著用視線稍微瞄了一下上方。

在樹梢縫隙裡擴展開來的天空，正確來說應該是上層的底部，除了西側殘留著一抹紅色外，大部分都已經漸漸染成紫色了。原本打算開完會後在茲姆福特裡吃完晚餐，但我很猶豫該不該再次把基滋梅爾帶到圈內去，當然也不可能把她丟在城鎮外然後自己進去用餐。

「……亞絲娜，我想直接回野營地去，這樣可以嗎？」

把臉轉回來的我這麼問道，結果細劍使以「剛才那件事等會再跟你問個詳細」的眼神瞥了我一眼後，就恢復正常的表情點了點頭。

「好啊，難得基滋梅爾都來接我們了……」

亞絲娜說到這裡就閉上了嘴巴，由於她似乎還有什麼話想說，於是我稍微歪著脖子催促她說下去。

結果亞絲娜把視線移到地面，一邊用靴子前端戳著藍紫色香菇一邊加了一條提案：

「那個……我想乾脆在魔王戰之前都把野營地當成據點，不知道你覺得怎麼樣？」

「咦？嗯……攻略的進展應該能從艾基爾和亞魯戈那裡獲得情報，補給方面應該也沒問題才對……不過妳不是很喜歡茲姆福特的旅館嗎？」

「風景看一次就夠了。而且……我現在不想和公會的那群人靠得太近。」

「……這樣啊。」

MMORPG裡要是罹患了「不想和玩家靠得太近症候群」，情況通常就會變得相當棘手，但我也能理解亞絲娜暫時想和凜德等人保持距離的心情，尤其是我也沒什麼立場說別人，於是我點了點頭後就重新轉身面向基滋梅爾。

「基滋梅爾，從今天晚上起……大概有一週的時間，可以讓我們住在妳的帳篷裡嗎？」

「當然可以啊。」

立刻就這麼回答的NPC騎士，臉上浮現會讓人錯認是玩家——不對，應該說比玩家更加溫柔的微笑，然後開口說道：

「你們把那裡當成自己的家，我也會很高興。在我們完成各自的職務前，就讓我們一起生活吧。」

「……嗯，謝謝妳。」

對「生活」這個單字感覺有種新鮮感的我一道謝，亞絲娜就跟著無言地點了點頭，不過不知道為什麼馬上就把頭別開了去。在夕陽的殘照之下，她左腰上的細劍、簡樸的胸甲、光滑的臉頰線條都染上了鮮紅色。

很可惜的，從黑暗精靈的野營地轉移到主街區附近森林的咒語只能單方通行，所以我們就按照今天早上的路線往回走進夜色已深的「迷霧森林」。

這樣當然就無法迴避與怪物的戰鬥，但我和亞絲娜的戰鬥力都已經提昇，重要的是再次加入小隊的精靈騎士實在是太可靠了。就等級來說，我和基滋梅爾都到達15級，但身為精英階級的她，實力並非用等級數字就能表現。隊伍很自然地形成亞絲娜與基滋梅爾在前，而我則跟在後面的排法，從右側來的Ｍｏｂ有亞絲娜揮動名劍「騎士刺劍＋５」來應付，從左側來的Ｍｏｂ則有基滋梅爾使用等級應該更高的長軍刀來抵擋，她們只要只用一招通常技再搭配上劍技就能打倒怪物，所以幾乎沒有我上場的機會。因為是同一小隊，我的眼前也確實表示出分配到的經驗值與珂爾，我一邊用感到不好意思的心情看著這些數字，腦袋裡一邊忍不住開始胡思亂想了起來。

看著右邊時所想的是，名義與實際上都將攻略集團一分為二的公會ＤＫＢ與ＡＬＳ，以及我和亞絲娜的事情。

我為了阻止亞絲娜找凜德的麻煩，說出了「我不希望妳死掉」這種話。當然那不是當場的權宜之計，而是從我心底浮現的真心話。但這樣的發言同時也讓我選擇了再次延長和亞絲娜的暫定搭檔關係。理性雖然判斷亞絲娜加入大公會後生存率會比跟我在一起還要高，但我就是沒辦法說出要解除搭檔關係這句話。即使到了現在，我還是不太清楚那個時候喉嚨發出不聲音的理由。

不論如何，我必須對自己說的話負責。具體來說，就是要比之前用更多的力量來全力幫忙她強化。不只是戰鬥方面的動作，還有能力、裝備類以及知識方面也是一樣。

自從在第二層組成搭檔到今天剛好過了一週，這段期間，我對亞絲娜一直是採取有問才有答的態度。也因此聽她說了好幾次「早點說好嗎！」。或許是利己的封弊者這樣的自卑感讓我這麼做，但也差不多該結束這種寬以待己的態度了……

——看著右邊時是這麼想，當我看向左邊時，腦袋又浮現出其他的想法。這時想的當然就是關於充滿謎團的NPC騎士基滋梅爾了。

她到底是什麼樣的存在呢？

她不是一般的NPC這件事已經相當明顯了。配置在茲姆福特城街上的店員、衛兵或者是旅館的大姊姊就不用說了，基滋梅爾會話的自然度以及感情表現的豐富度，甚至和在野營地裡生活的其他黑暗精靈也有決定性的不同。感覺基滋梅爾沒有受到NPC用的規則系統控制，而是自己思考、感受並做出決定。不是這樣的話，她就不會做出追蹤我和亞絲娜而潛入遠離野營地的主街區這樣大膽的行動了。

如果不是普通ＮＰＣ，那就能做出兩個結論。

第一個結論是，理由雖然未明，但基滋梅爾不是只會對固定關鍵字有所反應的電腦聊天程式，而是極精密的人工智能（ＡＩ）。

第二個結論是，理由同樣不清楚，但基滋梅爾是玩家。正確來說，是和我們這些玩家一樣的人類來操縱黑暗精靈，並確實地扮演這個角色。

兩個結論都讓人很難相信。尤其是我認為第二個結論實在不太可能。如果那是事實的話，寄宿在基滋梅爾身體裡的就不是身為死亡遊戲犧牲者的一般玩家，而是企畫這款死亡遊戲……也就是營運公司那邊的人了。

我想應該不會是茅場晶彥本人在操控基滋梅爾，如果是茅場的協力者，就不可能單純只是幫助我們攻略遊戲。應該要做好心理準備，持續一起行動的話，之後可能會有某種陷阱在等著我們——

「…………嗚。」

我用力搖了搖頭，硬是停止這樣的思緒。

我不想懷疑基滋梅爾。我絕不願意相信在野營地後面的暫時墓地裡，跟我訴說妹妹蒂爾妮爾的事情時那忍住傷悲的側臉，只是隱藏著企圖的演技。

我抬起視線，再次看著走在前方右側的細劍使背影。

我必須保護亞絲娜讓她變強。讓她強到就算我在不久的將來就喪命，她也可以一個人在這個嚴酷的世界戰鬥下去。這就是沒有選擇解散搭檔的我應該要負的責任。

但是，萬一和基滋梅爾的相遇真的是某種「陷阱」的話呢？只要有一絲這樣的可能性存在……

「……桐人。」

前方左側忽然有人呼喚我的名字，回過神來的我立刻抬起頭。

結果就和回過頭來露出疑惑表情的黑暗精靈騎士四目相對。她那又像是疑惑又像是擔心的表情非常自然，讓剛才動了一大堆猜疑念頭的我感到羞愧，同時也讓我更加想了解她的真實身分。

「怎麼從剛才就一直保持沉默，發生什麼事了嗎？」

「啊，沒有啦，沒什麼。只是在想點事情……」

「嗯。有煩惱的話，可以試著說出來讓大家聽聽看。」

基滋梅爾的話讓亞絲娜也轉頭過來加了一句：

「對啊，我最近才知道，你是那種會一個人胡思亂想一堆，然後又自己感到沮喪的類型吧。在鑽什麼奇怪的牛角尖前。快點把事情說出來吧。」

「也……也不能說……完全沒有這種傾向啦……」

在兩名女劍士注目下，我忍不住四處游移著視線，但是根本無處可逃。不過也不能就此把剛才想的事情說出來。在不得已的情況下，我只能露出僵硬的笑容回答：

「嗯……就覺得妳們兩個人都很強很可靠……」

「這種事情有什麼值得思考的要素嗎？」

「沒有啦，就是……嗯～怎麼說呢……就是哪一邊比較適合當老婆之類的……」

——當我沒說過。讓我從記錄點重新來過吧。

亞絲娜這時用難以形容的表情看著在視界角落搜尋著「ＬＯＡＤ」按鍵的我，然後用力吸了一口氣……

「你是笨蛋嗎？」

賜下了這句令人感動的金玉良言。

至於基滋梅爾則是表情完全沒有改變，先發出「嗯」的低吟，然後才一臉認真地說：

「抱歉了，桐人。這必須要經過女王陛下的允許。」

「沒……沒有啦，妳不用太在意……」

我拚命搖動頭部與雙手，心裡想著早知道會這樣就不該只是玩ＭＭＯ，應該也要玩那種會出現許多選項的遊戲才對，應該說喜歡戀愛模擬遊戲的國中生應該就不會陷入這種困境了，不對不對說起來也是有可能出現完全潛行型美少女死亡遊戲，那個時候不知道怎麼樣才會死掉……當我浮現這些逃避的想法時，亞絲娜已經用更冰冷的聲音說：

「到了啦。」

我差點就問出「到哪裡？」，接著才想起這趟小旅行是有目的地存在。

抬起臉後，發現深邃的森林已經在前方中斷，微微可以看見在一片夜霧深處迎風飄揚的三角旗。果然是令人懷念的黑暗精靈野營地。

心裡不禁浮出「天啊終於到了」的想法，接著又把對自己的苦笑吞了回去，順便也忘記幾十秒前的所有失態，追上快步走在前方的兩名女性。

結果不要說戰鬥了，就連帶路的工作也全部是她們兩個人在做，感覺從茲姆福特回到野營地的路途上，女性對我的評價已經下降了不少，如果真要從這次的經驗裡找出教訓的話，大概就是——不要一個人在那裡胡思亂想吧。

不論基滋梅爾是AI還是人類，我們互相幫助過對方已經是無庸置疑的事實。我想亞絲娜一定也跟我一樣，都希望盡可能——可以的話甚至是永遠跟基滋梅爾待在一起。現在只要知道這些就夠了。

樓層攻略如果按照牙王所提出的目標一樣進展，那麼第三層的魔王戰是在六天後，也就是十二月二十一日那天舉行。在那之前，就以這座野營地為據點，盡可能完成所有應該做的事。

像是進行中斷的活動任務、防具的更新與強化、鍛鍊技能熟練度與獲得情報等等，該做的事情可以說數都數不完。

穿越布滿魔法霧氣的狹窄山谷，順利進入野營地時，我用力吸了一大口有點不可思議香味的空氣，然後說了聲「要努力了」來提振自己的士氣。

6

遠古時代──

大地被森林精靈族建立的「卡雷斯・歐王國」、黑暗精靈族居住的「留斯拉王國」、人類的「九聯合王國」、矮人族的地下王國以及其他種族建立的中小國家所分割統治，這些國家之間偶爾會起點小爭執，但大致上還是維持了一段相當長的和平時代。

但是某一天在「某種」契機下，發生了全部國家主要的一百個地域都被切割成圓盤狀，然後被吸到天空中的天地異變。圓盤的尺寸最小的也有直徑三公里，最大的甚至達到十公里，這些圓錐台形就層層堆疊起來，形成了高達一百層的巨大浮遊城堡。

城堡就這樣把許多的城鎮、村莊以及山川、森林、湖泊吞沒到內部，然後再也沒有回到地上。支撐過去文明的魔法力量就此消失，人類的九支王族也全部滅絕。幾乎所有的城鎮都變成自治都市，樓層間的交流也遭到斷絕，然後再次經過了一段漫長的時間。目前還保有與過去「大地切斷」相關傳說的，就只有依然在王族統治之下的兩隻精靈族而已──

「…………故事好像就是這樣……」

一邊靠在帳篷的側面，一邊把到今天為止知道的「艾恩葛朗特誕生的祕密」概略說完後，隔了一會兒背後就傳來參雜著水聲的聲音：

「嗯……感覺好像可以了解很多事，實際上也沒增加多少情報嘛。」

「就是說啊……」

我把雙手放在後腦勺，然後抬頭看著正上方。透過浴室帳篷頂端換氣口飄出來的水蒸氣，可以看見染上深藍色的第四層底部。

根據精靈族的傳說，很久很久以前，某個人把地面挖空並拔起，然後利用鐵製框架與石板加以補強，把它們層層堆了起來。我當然知道實際上創造艾恩葛朗特的是開發ＳＡＯ的負責人茅場與ＡＲＧＵＳ的工作人員，關於大地切斷的傳說只不過是「這樣的設定」，但就算是這樣還是很令人在意。到底是誰，又是為了什麼而創造出這座浮遊城。是像神那樣的存在一時興起所做的嗎——還是人類、精靈或者是除此之外的種族幹的好事呢？

入浴中的亞絲娜似乎也想著同樣的事情，這時可以聽見她帶著吹泡泡般效果的聲音：

「話說回來，這個世界沒有什麼神明存在的感覺耶。我小時候看過、讀過的奇幻故事裡，好像都會有各種名字的神明存在。」

「嗯～聽妳這麼說，好像真的是這樣耶。比較大的城鎮裡是有教會，裡面也有ＮＰＣ的神父，但完全不知道是祭祀什麼樣的神明……不過——就奇幻風格的遊戲來說，有不少都是這樣的情況。就是只有一個類似神明的模糊存在而已。」

「是要玩家以各自的想像進行補完嗎？這樣的話照目前來看，桐人先生的守護神應該是『LA獎勵之神』吧。今天的練功區魔王攻略戰，最後一擊的獎勵也還是被你拿走了對吧。」

面對這帶著調侃之意的指責，我只能一瞬間緊閉起嘴巴，然後試著說出快要沒什麼說服力的藉口：

「我……我也不是故意要搶LA喔。只是我的能力構成是攻擊力特化型，所以拿到最後一擊獎勵的機率比較高而已……要這樣說的話，那亞絲娜的守護神就是浴室之神了。信仰的好處就是，所到之處很容易找到附浴室的房間……哎呀，說到這裡就會想起我在托爾巴納租的那個房間……」

「嘩啦！」一聲，我靠在帳篷厚重帷幕上的後腦勺被水柱擊中了。浮現「糟糕，這是應該遺忘的記憶」後，我急忙修正話題：

「先……先不說那個了，結果和我們一樣進行這款活動任務的，就只有DKB的凜德他們而已。難得亞魯戈都製作了『攻略冊・精靈戰爭I』，這樣實在太浪費了。」

「虧我們也提供了許多情報。但是……說不定大家就是看了那本攻略冊才會猶豫不決。因為上面確實寫了活動要到第九層才結束……艾基爾先生也說了『現在沒有多餘的時間去進行那麼長的任務哩』。」

亞絲娜展現了竟然頗像艾基爾的說話語氣，聽見後我只能稍微露出苦笑回答：

「嗯，也有到了第九層之後才回來第三層接受任務，然後急速把它解決的方法。那個時候等級已經相當高了，說不定……解救精靈騎士的機率也會提高。」

自己這麼說完，才又浮現「啊啊，對喔」的想法。

挑戰從第三層到第九層的活動任務，也就表示自認為能在這款死亡遊戲裡突破到第九層。對原封測玩家的我來說，這是曾經挑戰過的任務，而且任務開始時也只想著如何讓提昇等級的效率增加，不過就目前的狀況來說，第九層的確是太遙遠，或者是太過沉重的未來。抬頭往上看的話，無論如何都會意識到還有多達九十七層壓在自己頭上。

「…………不過呢……」

帳篷裡的亞絲娜就像看穿了我的心思般呢喃著。

一聲較大的水聲響起，接著就是濕濡的腳踩著木頭地板的聲音。再來可以感覺到亞絲娜在筆直垂下來的厚布後面坐了下來。

「我呢，最近想到剩下來的樓層時，稍微不會那麼害怕了。今天一整天都要努力活下來的心情還是沒變，但同時也有想快點見到裡頭有黑暗精靈女王的城堡……或者上面的幾十層如果都是遠古時代從地面分離過來，那一定有各種景色與城鎮等等的想法……」

「………這樣啊。」

即使再次感受到亞絲娜的堅強，我嘴裡也只有說出這麼一句回應而已。由於這樣的回應實在太過單調，於是我思索接下來應該說什麼，而結果就是——

「……上面的樓層一定也有各種浴室才對。」

亞絲娜對這句評語的反應，就是隔著厚布朝我的背後賞了一記肘擊（應該是吧）。

十二月十八日，週日。

在主街區茲姆福特召開第三層首次攻略會議後，很快又過了三天。這段期間我和亞絲娜完全沒有回到城鎮裡，而是以黑暗精靈野營地為據點拚命地進行任務、收集強化素材、鍛鍊技能並取得各種Mod。

我們又各自提昇了一級，我來到了16級，而亞絲娜則是15級，我想這已經是第三層的極限了。封測時期的攻略適當等級在挑戰魔王時是樓層×3——當然這樣的算式到更上層之後應該就會改變——所以我們已經超過了6～7級。這時經驗值效率當然就會大幅下降，在練功區或迷宮裡狩獵Mob經驗值條也不太會增加。

另一方面讓我驚訝的是，和我們一起經過連日的冒險後，騎士基滋梅爾的等級也跟我一樣上昇到16級了。基滋梅爾被特效光包圍的瞬間，我忍不住就說出了「恭喜昇級」，雖然內心感到慌亂，但她似乎認為等級數字就是身為劍士的位階。當她微笑著回答我「謝謝」時，我才大大地鬆了口氣。

在越來越強的精英騎士大人協助下，活動任務進行得相當順利，但正如我剛才和亞絲娜所說的，艾恩葛朗特誕生故事最重要的部分一直沒辦法明朗化。

接在第一章「翡翠祕鑰」、第二章「討伐毒蜘蛛」後面的第三章是「供品之花」，內容是為了供奉在第二章裡已經確定戰死的偵查兵而到森林裡採集供品的收集系任務。接下來的第四章「緊急命令」和第二章一樣是去尋找出發執行任務後就沒有回來的偵查兵，這次則確實地解救了對方。但是到了第五章「消失的士兵」時就會發現，我們帶回野營地的偵查兵，其實是森林精靈用咒語變成的冒牌貨。

我當然已經知道會有這樣的發展，所以考慮過在第四章的時候想辦法揭發他是冒牌貨，但除了不清楚破解咒語的方法之外，做這種事情也有可能會讓活動就此停止。在沒辦法的情況下，只能暗地裡持續監視著野營地，等到冒牌士兵準備從司令部帳篷裡偷走「祕鑰」時才大喊「有小偷！」，不過最後還是因為精靈擅長的完全隱蔽而把人跟丟了。封測時期是在渾然不覺的情況下被偷走鑰匙，現在這樣可以說多少有點進步，但同樣還是得去追捕那個冒牌貨。和野營地裡的「黑暗精靈馴狼師」組成臨時小隊，當然基滋梅爾也跟著我們一起追蹤冒牌士兵留下來的痕跡，最後我們竟然在森林深處發現了森林精靈的大型營區！

——在這個時候，任務再次中斷了。因為今天攻略集團所有人會出動，到連結迷宮區的洞窟討伐棲息在裡面的練功區魔王。

討伐行動初次挑戰就順利達成，沒有任何人喪生。除了某個異端封弊者又奪走了LA獎勵之外可以說是完全成功，但我再次有種強烈的感覺。就是集團內部從之前樓層就開始冒煙的火種，經過兩大公會的建立後，熱度已經開始增加了。

「……我說亞絲娜啊……」

我一邊摸著承受過打擊技的背部一邊對著浴室內部搭話，結果沒有聽見回答，反而聽見出入口的帷幕被用力掀起來的聲音。臉往右邊一看，就看見了從帳篷裡走出來的纖細人影浮現在夕陽的殘照中。

明明一分鐘前還泡在浴池裡，但穿著平常那件皮革束腰外衣的亞絲娜卻沒有任何剛洗好澡的模樣。因為是假想的浴室，所以這也算是理所當然的事，而且全身水氣瞬間變乾也省事多了，但是對攻略集團首屈一指的入浴愛好者來說，應該會覺得這種情形有點掃興吧。

可能是因為想到這些事的緣故，我說出口的問題跟原本的預定差了十萬八千里：

「……妳不會有想換件衣服的時候嗎？」

下一個瞬間，她的眉毛間就出現了即使逆光也能分辨出來的深邃皺紋。

「我不換衣服會有什麼問題嗎？」

冰點以下的反問讓我急忙左右搖了搖頭。

「沒……沒有啦，一點問題都沒有。只是覺得，洗完澡後不會想換上符合那種氣氛的衣服嗎……像是浴衣、浴袍，或者只穿一件T恤之類的……」

糟糕，最後的服裝是多餘的，現實世界裡洗好澡後就常這樣穿的妹妹真是害死我了，當我心裡這麼想並準備逃亡時，幸好亞絲娜只是眼睛抽動了一陣子，還不至於整個人發飆，於是我就鬆了口氣然後低頭看著自己的身體。

「……我想桐人先生應該很清楚，我也不是沒有可以更換的衣服。應該說我道具欄剩下來的容量幾乎都快被衣服塞滿了。」

想起的確有這麼回事的我點了點頭。在第二層烏魯巴斯的旅館裡，為了回收亞絲娜遭人詐欺的風花劍而讓她按下「所有道具實體化」按鍵時，立刻有大量白色小小布料道具在房間裡到處飛舞的記憶還相當清晰。

用「不准繼續想下去」般的視線瞥了我一眼後，亞絲娜就靠在帳篷的支柱上，一邊抬頭看著傍晚的天空繼續表示：

「但那並不是我穿來讓自己高興的衣服。」

「咦？那為什麼要買那麼多？」

「我沒有買喔。」

這句話讓我眨了眨眼睛，然後才終於發現到事實。同種類的製造品道具大量存在的話，那不是「目的」而是「手段」的可能性就相當高了。

「……難道那是……妳靠著修行裁縫技能自己製造出來的……？」

小聲問完後，亞絲娜就輕輕點了點頭。

「但……但是，妳是什麼時候鍛鍊那種技能的？應該不是第二層和我搭檔之後才開始的吧……？」

「嗯，在那稍早之前。在第二層的練功場提昇等級時，不是會累積很多羊毛和木棉等素材嗎？然後我不知不覺就選了……」

「原……原來如此。我只要一累積起來就把它們全賣給NPC了……但是，虧妳竟然會想提昇生產系的技能耶。那很麻煩吧？」

我感到佩服地這麼說道，但這次不知道為什麼沒有任何反應。側眼往上看著保持沉默的亞絲娜後，忽然發現一件事。現在這個時間點，如果要提昇生產系技能，有一個比麻煩的作業更加重大的問題。就是為了取得技能的空格。

技能格子的數量在等級1的初期設定值是兩個。等級6增加到三個，等級12四個，等級20五個，接下來就是每10級增加一個。

等級16的我目前擁有四個格子，不過全被「單手直劍」「體術」「搜敵」「隱蔽」這種戰鬥系技能填滿了。亞絲娜也同樣擁有四個格子才對，但仔細一想就會發現，我除了「細劍」之外就沒聽過她選擇了什麼樣的技能。在練功區裡她都裝備著金屬製的胸甲，所以應該有「輕金屬裝備」才對，剩下來的兩個就是謎了。就算裡面有一個是「裁縫」好了，還是會讓人覺得為什麼現在會選擇這種技能。

亞絲娜剛才說「因為累積不少素材，不知不覺就選了」，但技能格子不是可以隨便消費掉的物品。如果要以攻略集團成員的身分一直在最前線戰鬥，那麼就不應該選擇與戰鬥無關的生產技能，應該選擇我也有的「隱蔽」或者「搜敵」，不然就是「輕功」「重量上限擴張」等等能提高生存率的技能才合理。這種事情，不用我說亞絲娜應該也知道才對。

可能是感覺到包含在我視線裡的疑惑了吧，亞絲娜往下瞄了我一眼後，再次說出令人意外的發言：

「話先說在前面，我已經把『裁縫』從格子裡移除了。製作的衣服之類的，也大多還原成布料了。」

「咦？是……是這樣嗎？那真的是不知不覺就選了？」

「我不是說過了嗎？嗯……也不是全然如此啦……」

「……妳的意思是……？」

「祕密。哪一天我想講了就會告訴你。」

反應明明很冷淡，臉上不知道為什麼卻帶著些許微笑的亞絲娜，把靠在帳篷支柱上的背部移開並說道：

「那你現在要做什麼？想洗澡的話，我可以在這裡幫你看著門口喲。」

「啊～嗯……我三分鐘就洗好了，所以不用看門啦。妳先去食堂吧。」

「了解。吃飯的時候，要告訴我今天打倒的那隻超大蜘蛛掉了什麼寶喔。」

「是是是。」

我點了點頭站了起來，亞絲娜一面輕輕揮手，一面朝旁邊的食堂帳篷走去。目送她的背影離開後，我就鑽過浴室帳篷的帷幕。

傍晚，陪著一回到野營地就立刻想洗澡的亞絲娜來到這裡，然後直接在入口處看門的日子已經來到第五天。但是這五天來都沒有男性或女性黑暗精靈NPC想進入使用中的帳篷。老實說，我有時候還真覺得根本不需要看門，不過也能了解浴室入口只有一片無法上鎖的帷幕會感到不安的心情。

雖然能理解，但身為男性的我立場上實在不用在意浴室的安全性，所以一走上鋪設在帳篷內部的木頭地板，就立刻在裝備人偶畫面連續按了三次全解除按鍵，把所有裝備收進道具欄裡。因為突然襲來的寒冷而縮起身體，直接走向設置在木板深處的大型浴池。其實很想用力跳進去，但發出太激烈的水聲可能會讓附近的精靈走進來看發生什麼事，所以我盡可能靜靜地滑入浴池裡。

浴池的長度最少也有兩公尺半，雖然覺得要燒這麼多的熱水一定相當費事，不過好像又是靠著精靈拿手的咒語力量。盈滿的熱水呈現淡綠色，同時發出像是薄荷又像是檜木的香味。浸到肩膀後全身會被舒服的熱度與壓力包裹住，這時心裡就湧起難怪亞絲娜會這麼喜歡洗澡的想法，但另一方面還是會在意無法比擬真正入浴的部分。雖然很難說出究竟是哪一個部分，不過熱水還是少了那麼一點液體感。

我平常總是盡量不去意識到整個艾恩葛朗特與自己的身體都是由多邊形所構成。因為只要稍微覺得「是假貨」，就會莫名地有種可以重來的感覺。在戰鬥、進食與睡眠時，都覺得自己與世界都相當真實，但偶爾還是會像這樣產生不對勁的感覺。我之所以不太重視洗澡，一定是因為這樣的理由——……

不對，這也不過是藉口吧。即使在現實世界，我也不是很喜歡洗澡的小孩。在這邊洗澡不用洗頭、擦身體以及吹乾頭髮，說不定還比較符合我的個性。

木板的角落雖然並排著裝有洗髮精與沐浴乳的小壺，不過我當然沒使用過那種東西。不知道亞絲娜是不是有效利用了這些物品呢？這是屬於可以直接向她詢問的問題嗎……

當我想著這些事情時就經過了兩分鐘，我決定結束這場戰鬥澡而站起身來。

這時帳篷入口處的帷幕也從外面輕輕被掀了起來。

——亞絲娜忘了什麼東西，現在回來拿了？不對不對，木板上沒有掉任何東西啊。

——其他玩家想來泡個澡？不對不對，這裡是暫時性地圖啊。

——森林精靈的殺手來要我的命了？不對不對，走進來的人身上的肌膚是黑暗精靈特有的褐黑色……………

來訪者注意到雙手握住浴池邊緣整個人僵在現場的我後，縞瑪瑙色的眼睛先是眨了一下，然後才像什麼事都沒發生般說道：

「哎呀，你也在洗澡嗎，桐人？」

——抱歉，我等一下再來。

原本預料會有這樣的發展，但穿著鎧甲與披風的黑暗精靈騎士連表情沒有改變，流暢地鑽過帷幕後就一邊碰著左肩上的別針一邊繼續表示：

「我一起洗應該沒關係吧？」

立刻判斷目前的狀況，並且開始檢討所有能採取的行動，最後在預測接下來的情勢下展開行動。這是為了在SAO生存下去最重要的能力之一，在基滋梅爾等待我回答的半秒鐘裡，我以前所未見的速度轉動著腦袋。因為這時候的選擇，可能會讓我被丟進第一層黑鐵宮的監牢。

對SAO開發陣容來說，導入性騷擾防範規則是相當苦澀的選擇。

我記得在剛開始封測時，曾經在雜誌上看過這樣的訪談內容。

和攻擊他人或者竊盜不同，「不適當的接觸」這樣的犯罪行為其實相當難界定，遊戲製作群原本打算把事情交給玩家的禮貌與道德感等自淨作用來處理。因為交給系統來統一判定的話，很有可能會出現誤觸規則的情況，而且也可能會有玩家惡意利用這樣的規則。

但是，外表和玩家沒有分別的ＮＰＣ的存在，以及ＶＲＭＭＯ這嶄新的遊戲類型，最後還是讓營運公司必須導入性騷擾防範規則。具體來說就是「完全潛行環境裡可以盡情觸摸年輕女性型ＮＰＣ」的情況，牴觸了審查機關的倫理規範。雖然有人會說那ＰＫ又怎麼樣呢，不過自古以來這方面的基準本來就很不合理了。回答訪談內容的不是茅場而是ＡＲＧＵＳ開發小隊的成員們，但他們對於被現實世界的各種情況拿來利用的倫理規範，似乎也有許多自己的想法。

總而言之，存在於ＳＡＯ裡的性騷擾防範規則，導入的主要目的不是防止對異性玩家的騷擾，而是為了制止對異性ＮＰＣ的不適當行為。

但是，如果是這樣的話，系統將如何判斷這種ＮＰＣ自己跑到浴室來的情況呢？只要不接觸就不會發動規則嗎？還是看見基滋梅爾解除全裝備的模樣就出局了呢——又或者是，因為是不規則的狀況，所以Everything's gonna be alright呢？

從到達轉速極限的腦部冒出一大片幻想的白煙後，我就回答：

「請……請進，我已經要出去了。」

不用再想什麼系統方面的事情了，身為一個人類本來就應該這麼做吧。在這樣的判斷下，我迅速地想要離開浴室，不過還是有一個問題。就是我現在處於全裝備解除狀態，沒辦法直接走出浴池。男性玩家當中有認為虛擬角色的裸體被看見也不會少塊肉的豪傑，所以就算在街上也能毫不在乎地進行換裝操作，很可惜的是我沒有這樣的膽量。

因此，決定在基滋梅爾移開視線那一瞬間開始行動的我，就維持著握住浴池邊緣的姿勢計算著時機——

「這樣啊，那失禮了。」

輕輕點了點頭後，精靈騎士就一邊將身體轉向帳篷右側的沖洗身體處一邊按下魔法別針。前幾天也聽過的「鏘啷」聲響起，防具與披風變成光粒消失了。底下只有一件絲綢內衣。雖然光艷褐色肌膚從漆黑緊身衣上面的精緻蕾絲花紋露出來的模樣，已經帶著足以讓我全身僵硬的衝擊，不過這種景象我過去也曾看過一次。我拚命保持著集中力，等基滋梅爾背對我的瞬間就從浴池裡跳出來。人還在空中就打開視窗，手指用電光火石般的速度裝備上內褲。一邊感覺腰部附近出現令人安心的著裝感，一邊繼續要穿上上衣與褲子——

鏘啷。

悅耳又危險的效果音再次響起。反射性把視線往右移的我看見的是，緊身衣瞬間如粉雪般從背對我站在那裡的基滋梅爾身上消失。

「嗚咿……」

我從嘴巴發出毫無意義的怪聲，然後身體在空中失去平衡。當然著地也就失敗，整個人陷入翻倒狀態當中。注意到以丟臉的姿勢緊貼在木板上的我之後，基滋梅爾就準備轉過身子。

「怎麼了桐……」

「沒……沒沒沒事啦！完全沒有問題！」

「真的嗎？浴室的地板很滑，要小心一點。」

像個母親叮嚀莽撞的小孩般說完注意事項之後，基滋梅爾在極危險的角度下把身體轉回去，然後坐在木製的浴室小凳子上。她接著又拿起並排在眼前檯子上的一個小壺，把濃稠的液體倒在右手上，然後輕輕撫摸身上各處的肌膚。立刻有大量的純白泡沫湧出，蓋住了她整個外露的背部。

我當然也不是呆呆地看著這樣的情景。我甚至不願意浪費時間站起來脫離翻倒狀態，直接就想用匍匐前進的方式前往出口，但剛才跳出浴池時把木頭地板給弄濕，導致摩擦係數整個降低。即使如此我還是爬了兩公尺左右，就在這個時候——

「剛好你在這裡，可以幫我刷背嗎？」

騎士大人從高處御賜了這樣的貴言。

結果我雖然沒有因為「不適當的接觸」行為被送到黑鐵宮，但也沒辦法檢驗出是不是因為基滋梅爾的特殊性才會有這種例外。因為浴室帳篷裡，備有擦身體用的大型刷子。

我之所以沒有拒絕坐在騎士正後方的椅子上，用刷子刷著充滿泡沫的背部這樣的行為，絕對不是因為有心挑戰性騷擾防範規則的緣故。全是因為不小心聽見了基滋梅爾又加了一句「蒂爾妮爾的靈魂被聖大樹召還後，就沒有人可以拜託了」。

不論是基滋梅爾的妹妹蒂爾妮爾喪命這件事，還是森林精靈與黑暗精靈的戰爭，說起來都不過是「基滋梅爾被賦予的設定」而已。沒有玩家在旁邊觀看，很難想像NPC之間會實際進行戰鬥。在VRMMO的環境裡「沒有任何人在的森林深處，樹木絕對不會倒下」。因此，基滋梅爾在野營地後面墓地跟我說的蒂爾妮爾的回憶，也不過是像這樣被創造出來的記憶罷了。

但如果要這樣說的話，那我敢斷言十四年又七十二天的回憶全部都是真實嗎？我實際的存在其實跟基滋梅爾同樣是程式，被關進艾恩葛朗特那天是首次被讀取，在那之前的「現實世界」的回憶全都是冒牌貨——我能說絕對沒有這種事情嗎？

其實我也不是真的在煩惱這樣的事情。或許只是希望我的記憶和基滋梅爾的記憶在本質上是相同的而已。

腦袋裡想著這些事情的我，專心動著手裡植入濃密軟毛的刷子。

「……我最近作了不可思議的夢。」

基滋梅爾忽然低聲說道。

「作……作夢？」

我當然不可能說「NPC怎麼可能作夢」，不過確實被嚇了一大跳。手上的刷子一瞬間停了下來，但馬上重新開始並問道：

「什麼樣的夢……？」

「嗯……應該是四天前，我和森林精靈的騎士戰鬥時，桐人你們衝進來時的夢……不可思議的是，發生的事情和四天前有很多不同的地方。」

「…………」

基滋梅爾這時又緩緩對默默繼續擦著背的我說：

「首先……桐人的樣子就不一樣。而且伙伴也不同。雖然是人族的戰士，但並非亞絲娜，而是沒有見過的男人們……」

「咦……？我幾乎沒有和亞絲娜之外的人組……不對，應該說變成伙伴啊。」

「嗯……但這些都只是小地方。夢裡面……桐人和伙伴們確實是幫助我和森林精靈戰鬥。但是呢，這麼說可能有點失禮，夢裡面的你和伙伴劍技都未臻純熟……所以完全不是森林精靈的對手。你們一個個倒了下去……我則是為了救你們而解放了所有成為我們精靈生命力的聖大樹的庇護。雖然打倒了騎士，但我也同時失去了生命。這時候桐人你就用悲傷的眼神往下看著倒地的我……這就是我作的夢了。你的模樣和伙伴們的長相每次都不一樣……只有你最後的表

情都是一樣…………」

「這樣啊……」

簡短地呢喃完後。

我忽然瞪大了眼睛，發出了無聲的喘息。

那是……

那個夢不就是——

ＳＡＯ封測時期的記憶嗎？

因為過於驚訝，我差點直接說出這個基滋梅爾應該無法理解的問題。

話快要脫口而出前阻止我的是，透過帳篷入口帷幕傳過來的一道語氣略顯尖銳的聲音。

「桐人先生，要讓我等到什麼時候啊？已經過了將近十分鐘囉。」

發言者當然就是應該先移動到食堂去的細劍使了。

——話說回來，我好像說過三分鐘就會出去。

雖然遲了一會兒才回想起自己的發言，但失去的時間已經無法倒轉了。更重要的是，在我和亞絲娜之間只隔著一片厚布的狀況下，拿刷子刷著一絲不掛的基滋梅爾背部這種情境已經超過我的應對能力，所以根本無法正常地回答對方。

當我維持雙手握住刷子的姿勢僵在現場時，入口處再次傳來更加氣憤的聲音：

「說句話好嗎？再三秒沒有回答的話我就要衝進去了。」

看來拖延到她吃晚餐的時間已經讓她不太高興了。我想今天晚餐定食的菜色應該是亞絲娜喜歡的香草烤白肉魚，不然就是加了一大堆根菜類蔬菜的棕醬燉肉。話說回來，這個世界的精靈雖然不會砍伐活樹，倒也不是素食主義者。我記得以前看過的奇幻小說裡，精靈族的女主角好像都沒有吃肉耶。

現在不是想這些事情來逃避現實的時候了。經過了二．八秒時，我就下定決心用力吸了一口氣。

「抱……抱歉！我馬上就出去了，再等個一分鐘！」

這時已經掀開十五公分左右的帷幕又緩緩地放了回去。

「……我就好心一點給你兩分鐘吧，那我就先隨便幫你點餐囉。」

腳步聲就隨著這樣的聲音遠去。呼一聲吐出長長的一口氣後，眼前的基滋梅爾才用似乎覺得很有趣的聲音呢喃道：

「嗯，人族的戰士不會一起洗澡嗎？」

「男……男生和女生之間不會。那精靈呢……？」

「城堡裡的騎士館當中有男女分開的浴室，但這裡是戰地，沒辦法有太奢侈的要求。」

「原來如此。那個……關於剛才作夢的事情，下次可以詳細地說給我聽嗎？」

那可能是殘存在基滋梅爾心中的——封測時期的記憶。老實說我非常在意這件事情，但我自己不先把情報做一定程度整理的話，我自己也無法決定要問什麼問題。

騎士稍微轉向我點了點頭後，有一半像在對自己說話般呢喃道：

「嗯。我也想知道……那個夢究竟有什麼意義……」

深夜，二十三點四十五分。

藉由只有自己才能聽見的鬧鐘聲起床之後，我就暫時躺在床上等待意識完全清醒，然後悄悄撐起上半身。

掛在帳篷中央支柱上的油燈以及下面火爐的火都已經熄滅，但從天花板上的煙囪透下來的月光讓這裡不至於是一片黑暗。鋪滿厚厚毛皮的地板中央，可以看見基滋梅爾與亞絲娜靠在一起深沉地睡著。

幾乎所有的ＮＰＣ都跟玩家一樣晚上會睡覺，但那只是躺在床上閉起眼睛然後一動也不動這種由程式設計出來的行動模式之一——我一路思考到這個地方。等等，應該說對基滋梅爾之外的ＮＰＣ來說，這樣才是真實的情況。

然而，大概六個小時前，她曾經對我說過，每天晚上都作了不可思議的夢。

聽見那句話時，我就先捨棄可能是現實世界的某個人在扮演黑暗精靈騎士的懷疑了。提出封測時期的事情，對假扮成ＮＰＣ的行為很明顯是反效果，何況我和封測時代的外表可以說完全不同。營運公司的的人不可能不知道這件事，而既然知道的話，就不可能說出「只有你最後的表情都是一樣」這種話。

那麼，如果基滋梅爾是真正的ＮＰＣ——對她來說「夢」究竟是什麼東西呢？雖然對現實世界的人來說，夢也還是個充滿謎團的東西，不過如果光是作夢這件事的話，至少可以知道基滋梅爾的本質，也就是程式本身在她睡著的時候也沒有停止演算。

我在封測時期總共挑戰了三次「翡翠祕鑰」任務，就像我記得每次都看見基滋梅爾的死亡這件事一樣，她的心中也還殘留著當時的檔案，然後想辦法要將「應該不存在的記憶」處理成有整合性的狀態……我想應該是這樣吧。

因為基滋梅爾是個例外的ＮＰＣ，才會還保留著封測時期的記憶嗎？

還是說，就是因為殘留著記憶，才有現在這樣的特殊性呢？

保持坐姿想了許多事情後，從帷幕的縫隙間吹進來的夜風輕輕地撫摸著我的頭髮。那種感觸，讓我忽然想起這款死亡遊戲剛開始的那天發生的事情。

捨棄最先交到的朋友克萊因離開起始的城鎮的我，毫不停歇地跑過草原，到達了在森林深處的小村莊霍魯卡。我的目標是以現在愛用的「韌煉之劍」做為報酬的任務。

接受小孩子遭受病魔侵襲的母親委託之後，當我正在進行前去狩獵植物型怪物來收集祕藥用材料的任務時，我首次遇見了自己之外的封測玩家。並且在對方的邀約下組成小隊一起戰鬥，當收集到一人份的素材道具時，差點就因為他設下的ＭＰＫ陷阱而喪命。

歷經千辛萬苦存活下來回到村莊的我，把藥品的材料交給母親ＮＰＣ後就完成了任務。封測時期進行同樣的任務時，一拿到做為報酬的劍就馬上飛奔向新的戰場，但那一天不知道為什麼就看著母親煎藥，甚至和她一起到旁邊染病的孩子休息的房間裡。

看著喝完藥後，臉色稍微變好一點的小孩子ＮＰＣ——名叫阿卡莎的女孩時，我想起了很久之前，在現實世界裡照顧生病妹妹時的事情。那個瞬間，知道被囚禁在死亡遊戲後就一直壓抑下來的心情整個上湧，讓我忍不住把臉壓在眼前的床上哭了起來。這時ＮＰＣ阿卡莎露出擔心的表情，溫柔地摸著我的頭。在我停止哭泣前，她就這樣一直摸、一直摸……

「…………」

緩緩地再次深呼吸後，我就停止繼續回憶。

像姊妹般靠在一起睡覺的基滋梅爾與亞絲娜沒有醒過來的跡象。傍晚，洗完澡吃完晚飯後我們就再次前往森林，在基滋梅爾的幫助下完成了所有在主街區茲姆福特接受的任務。雖然已經把報告延後，但這四個小時裡我們已經跟蜘蛛、樹妖以及野狼大戰過好幾個回合，所以她們兩個人應該是累了吧……雖然不知道ＮＰＣ有沒有疲勞參數就是了。

老實說我也還沒睡飽，但今天晚上還剩下一個任務要執行。我趴在地上小心翼翼地移動，一邊注意不讓帷幕產生較大的晃動一邊來到帳篷外面，然後再次深呼吸。

胸口吸滿冷空氣才好不容易把睡意趕走，接著我躡手躡腳地走在夜晚的野營地裡。向住在這裡四天後已經變熟的夜間警衛精靈輕輕點頭示意後就通過大門，最後穿越狹窄的山谷，在今天裡第三次來到練功區。

在深夜的「迷霧森林」裡，要是讓濃霧纏上的話視界就會變成一片藍灰色，這時森林也會變成危險地帶，不過來過這麼多次後我也差不多完全記住地形了。我一邊躲過怪物的氣息一邊穿越森林深處，移動不到十分鐘就來到第二層的往返階梯。

沉浸在藍白色光芒裡的石造涼亭內部看似沒有人在，我一靠近後，原本看起來空無一物的柱子陰影處就有一道人影像滲出來般出現在眼前。這種高等級的隱蔽技能，已經足以媲美使用透明披風時的基滋梅爾了。

等待著我的人，整個往下拉的兜帽底下那三根鬍鬚狀彩繪因為露出笑容而動了一下，接著又開口說道：

「桐仔，遲到了七秒鐘喲。」

「抱歉，因為電車誤點。」

聽見我絞盡腦汁才擠出來的幽默感後，灰色的兜帽像是很無奈般搖了搖頭。

「我可以賣給你比較有品味一點的玩笑喲。」

「……不用了，我不需要。抱歉馬上就進入主題……我用訊息拜託妳的事情有消息了嗎？」

「怎麼還是這麼急性子。俗話說著急的老鼠進不了洞喲。（註：日本諺語，即欲速則不達之意）」

碰面的對象無聲地笑了一下，接著輕飄飄地跳到附近半倒的石柱上，然後盤腿坐下。我也面對著她靠在另一根柱子上。

來者的外號是「老鼠亞魯戈」，目前是艾恩葛朗特裡唯一而且擁有最高超技術的「情報販子」。雖然認識很久了（說起來也不過一個月而已），但我對亞魯戈這個人其實所知甚少。她的性別應該是女性，年齡大概是介於十字頭後半二字頭前半之間，而且應該跟我一樣是原封測玩家。把封測時代自己收集的情報，以及從包含我在內的封測玩家買來的情報彙集成名叫「亞魯戈的攻略冊」的小冊子，然後委託街上的道具店進行販賣。還有絕對不能忘記的是，她的座右銘是「能賣的情報絕不保留」。

也就是說，如果我要求亞魯戈賣給我關於她本人的情報，比如說身高體重、喜歡的食物與技能構成等等的資料，她應該也會賣給我吧。不過代價應該相當高就是了。

不過幸運的是，我這次委託她調查的情報，價格可以說相當合理。我從長大衣口袋裡拿出一枚五百珂爾的金幣並叮一聲彈了過去，亞魯戈漂亮地用兩根手指夾住金幣，只見金幣在她指尖繞了一繞後就不知道消失到哪兒去了。

「謝謝惠顧，那就告訴你到今天晚上為止得知的情報吧。」

笑容從雙頰畫著鬍鬚彩繪的臉上消失，她接著又低聲繼續說道：

「首先呢，來到第三層後才加入凜德隊，也就是『龍騎士旅團』的玩家好像只有一個人而已。名字叫作『摩魯特』，是一名男性單手直劍使，在城鎮裡也不會脫下鎖子頭罩……目前就只有這些情報了。」

「摩魯特……」

我小聲重複了一遍聽起來像某種零食的名字。

戴著鎖子頭罩的單手劍使。他一定就是三天前早上，在凜德率領的五人小隊裡看見的那個男人了。他應該跟我一樣是原封測玩家，而且向凜德提供了活動任務的知識……

這時我忽然注意到某種矛盾，於是皺起了眉頭。

「等等……但是，我想之前的攻略會議，妳應該也在某個地方看著吧，DKB跟第二層魔王攻略戰的時候同樣是十八個人……這也就是說，摩魯特先生加入後，有一個人離開了嗎？先不管是主動走的，還是被除名了。」

亞魯戈馬上否定了我提出的問題：

「沒有，在會議場的十八個人，都跟魔王戰的時候一樣。」

「……妳記住ＤＫＢ所有成員的名字和長相了嗎？」

「這點小事都做不到的話，還跟人家做什麼情報販子。當然，ＡＬＳ的人我也全記住了。」

「是我太小看妳了。」

我輕輕舉起雙手，然後把話題拉了回來：

「……也就是說，來到第三層才剛加入的摩魯特先生沒有出席那場會議囉……那沒出席的理由……」

「很可惜，我不知道。」

「嗯，那也只能問本人或者是凜德才能知道了。」

我一邊說，一邊試著喚起三天前在茲姆福特會議場的記憶。但除了凜德之外，無論再怎麼努力就是沒辦法想起應該有十七人的藍衣集團究竟長什麼樣子。主要的理由是因為，我坐在階梯狀觀眾席最後方最上排的位置，所以只能看見出席者的背部而已。再加上會議途中就一直在擔心身邊快要爆發的亞絲娜。

但話又說回來了，遊戲開始到現在已經過了四十天，到現在還沒辦法確實掌握住攻略集團——在魔王戰裡必須互相把性命交到對方手裡的同伴叫什麼姓名與長什麼樣子，這其實也是個大問題。

雖然不打算從事情報販子的工作，但接下來還是要稍微努力一下記住別人的長相。雖說這是我極不擅長的技能就是了。

我心裡暗暗下定這樣的決心，然後再次開口：

「……那個摩魯特先生，加入公會的過程妳知道嗎？」

「好像是自願加入的。第三層開通的隔天，凜德就對DKB的……當時還不是公會就是了，總之他就向主要的成員介紹說『這是志願加入的新人』。」

「這樣啊……這樣說來，應該是凜德直接接受他加入公會的申請。不過那個凜德竟然會答應讓他加入，這就表示摩魯特先生確實有這種實力嗎……亞魯戈妳看過後覺得如何？」

我隨口提出的問題，卻讓盤腿坐在石柱上的亞魯戈一邊繃著臉一邊前後搖晃身體。

「問題是，連我也還沒直接看過那個傳聞中的摩魯特先生啊……即使在茲姆福特裡面DKB做為據點的酒館裡盯哨，還是沒有看見像他的人喲。」

「是喔……連亞魯戈都找不到的話，可能是故意躲起來了吧。」

「應該吧。如果是凜德的指示，那應該是打算把他當成超越ALS的王牌吧。我想魔王戰時一定會出現，到時候我會仔細觀察他。」

「那就拜託妳了。不過到目前為止的情報，的確有五百珂爾的價值了。」

「那真是太好了。」

咧嘴一笑的亞魯戈在幾乎沒有腳步聲的情況下從高一公尺半的石柱上跳下來，然後在我面前舉起右手。我剛才支付的金幣再次出現在她指尖上，可以看見金幣反射淡淡月光後發出了亮光。

「順便問一下，桐仔想不想賣我情報啊？」

「咦？什麼情報？」

「來到第三層後，就一直和小亞一起住在某個地方嗎？」

「我才不賣哩。」

立刻回答完後，亞魯戈嘴角再次露出笑意，接著又說：

「原來如此。沒有否定『和小亞一起住在某個地方』這個部分嗎？哎呀，放心吧，我不會把這個情報當成商品喲。」

和「老鼠」閒聊五分鐘的話，不知不覺間就會被偷走一百珂爾份量的情報。要當心一點。

當初明明有人這麼警告過我，究竟要重複多少次同樣的錯誤才會記住呢？

7

和亞魯戈分開之後，沮喪的我就垂著肩膀獨自走在夜晚的森林裡。有時會停下腳步來打開視窗，從這四天來已經標示了將近九成的地圖上確認前進的方向。

如果是黑暗精靈野營地的話，我不用看地圖也能回去，不過現在另有目的地。我慎重地朝覆蓋第三層南半部的「迷霧森林」裡，標示在中央部分的光點前進。存在於那個座標上面的，不是主街區茲姆福特，也不是女王蜘蛛的迷宮，而是冒牌士兵從野營地逃亡後逃進去的森林精靈大型營區。現在不是一直為了自己的粗心大意感到沮喪的時候了。今天晚上的單獨任務，接下來才算正式開始。

封測時期，我就體驗過這個連續任務的第六章，名叫「潛入」的任務了。完成條件是從森林精靈的營區裡奪走名為「命令書」的道具。裡面記錄著存在於迷霧森林北部的森林精靈野營地司令官所發出的極機密指令。雖說是極機密，但我當然已經知道內容了。也就是利用偽裝的咒語從黑暗精靈野營地裡把祕鑰偷出來。如果失敗的話，就等待增援到達，強行攻打野營地——

為了搶奪這份危險的命令書，封測時期的我，在其他三名小隊成員外又僱用了四名黑暗精靈士兵，總共八個人夜襲了森林精靈的營區把敵兵全都殺光。這次如果想在亞絲娜、基滋梅爾以及我方士兵的陪伴下完成這個任務的話，可能就得採取同樣的方法。

但現在的我對這種發展有了強烈的抗拒感。雖然是敵人，我也不想讓亞絲娜和基滋梅爾做出襲擊睡眠中的森林精靈並殺害他們的行為。

我很清楚這是不合理且毫無意義的感傷。尤其是可以想像就算我一個人完成了任務，事後向亞絲娜報告這件事時，她一定會大發雷霆。

當然也有事先說服她這樣的選項。但亞絲娜——說不定基滋梅爾也很有高的機率會拒絕我「在野營地裡等待」的要求。而我所設想的完成任務方法，是只有一個人才能成功。

這個方法不是藉由武力的強行搶奪。

而是單身潛入營區把命令書偷出來。

如果是不論死掉幾次都能在黑鐵宮裡復活的封測時期也就算了，在目前這種死亡遊戲的狀況下，還以感傷為理由去冒這種無謂的險，可能只有大笨蛋才會想這麼做。何況這個任務和從死亡遊戲解放出來的條件，也就是攻略樓層並沒有直接的關係。

但是，就算我沒有在第二層和亞絲娜組成搭檔，而是以獨行玩家的身分來到第三層——光是有什麼地方狀況稍微有點改變，就很可能會出現這種情形——我也打算自己一個人挑戰活動任務。那個時候當然也得單獨完成奪取命令書的任務才行。

我認為自己有勝算。說起來，從「潛入」這個副標題就能知道，這款任務應該是設計為不用拔劍就能完成才對。實際上，封測時期後期，擁有隱蔽技能者獨自潛入營區已經是固定的做法了。而現在的我，不論是等級還是技能熟練度，都遠遠超過任務預定的數字。

當然，發生某種事故，落得自己一個人單獨與營區所有森林精靈戰鬥的機率也不是零。

但我感覺在第二層和亞絲娜一起行動的一週，以及來到第三層的五天裡，已經讓我之前的價值觀逐漸產生變化。有效率地狩獵Ｍｏｂ、短時間內完成任務、賺取最大的金錢與經驗值……原本認為想在這個世界存活，並從假想的監獄裡獲得解放的話，最重要的就只有這些事情而已。固定的小隊、任務的故事等都只是阻礙，而且我也把它們捨棄掉了。

但是，說不定這裡還存在著跟效率同樣重要的東西。

現在的我還無法用明確的話來形容那究竟是什麼。但我就是為了那某個事物而像這樣獨自走在夜晚的森林裡。寧願冒著單獨潛入的危險，也要保護那未知的重要事物。

即使腦袋裡想著各種事情，我也沒有碰上夜行性Ｍｏｂ而順利走完約兩公里左右的路程，在快到凌晨一點前到達目的地附近。

森林精靈的前線營區，是在東西向流經迷霧森林的河川沿岸的一座山丘上。築成半圓形的柵欄只有一個出入口。入口當然有衛兵站崗，憑我現在的隱蔽技能值，不可能不被發現就潛入營區。如果能借到基滋梅爾的披風「朧夜外套」的話，隱蔽率或許就能得到加成，但很可惜的是，根據前幾天聽見的情報，那件披風對精靈族似乎沒什麼效果。所以應該擁有同樣道具的森林精靈，才會特別變身成冒牌士兵潛入黑暗精靈野營地。

因此我根本不可能從正面入侵，而且由蒼白枯枝綁成的柵欄，只要體重一壓在上面就會發出「啪嘰」的輕脆聲響斷裂，所以也沒辦法跨越過它。不過身為封弊者的我，當然知道正確的潛入路徑。從營區稍遠處走下山谷，然後在河邊平原走一陣子後，就能抵達目標物所在位置的某座帳篷正下方。從谷底到山丘頂端是一座足有七公尺的垂直懸崖，不過有一根樹根剛好從懸崖上露出來，聽說不是重裝戰士的話，就能比想像中還要輕鬆地攀爬上去。

如果能順利偷出命令書，我就把情報賣給亞魯戈，讓她活用在「攻略冊・精靈戰爭篇Ⅱ」裡面。雖然現在好像只有我們和凜德隊在進行活動，不過應該可以幫助追趕攻略集團的玩家們吧。

我一邊這麼想，一邊從南邊往西繞過山丘，找到沒有那麼陡的斜坡後就下到谷底。凝眼看著奏出輕快水聲的溪流，有時可以看見相當大的魚影悠然橫越水面。雖然很想把牠們釣起來做成鹽燒魚，可惜的是我沒有釣魚技能與料理技能。這時我的思考差點就飛到亞絲娜充滿謎團的裁縫技能修行上，不過馬上就提醒自己「不行不行，現在要集中精神完成任務！」，然後慎重地走在布滿大小岩石的河川平原上。

靠著些許斜射進來的藍白色月光，走了十公尺左右的時候——

我因為被人盯著看的感覺襲上心頭而停下腳步。

我迅速環視了一下周圍，但前後以及正上方都沒有任何人類甚至是野獸或小蟲的影子。說起來呢，艾恩葛朗特應該比現實世界更不可能出現「感覺到他人的視線」這種現象。要感覺到包含玩家在內的移動物體，就必須由NERvGear向視覺、聽覺或者嗅覺傳遞感覺訊號。所以注意到「被某人盯著看」這種事情是絕對不可能發生。

即使理性相當清楚這件事，我依然無法繼續行動。被囚禁在死亡遊戲後就數度感覺到的，所謂難以言喻的惡寒就這樣貼在我背上，完全沒有消失的跡象。站在原地的我只能持續看著四周圍。

這時候決定我生死的，說不定就是幾天前熟練度到達100時取得的搜敵技能Mod「識破力獎勵」了。正如名稱所顯示的，它是能比較容易識破隱蔽對象的強化。

從右緩緩流動到左邊的視線，捕捉到對岸的黑暗裡有模糊的輪廓正在搖動。我瞪大雙眼，持續盯著那個地方。如果有人潛伏在那裡，我持續的凝視將會讓他的隱蔽率降低。但是如果我瞪著錯誤的地方，就有可能會被悄悄從背後靠近的某個人發動偷襲。

忍耐著想回過頭的衝動，持續瞪著對岸的一點十秒鐘後——

黑暗中忽然間慢慢滲出一點色彩。一道人影像滲透出來般出現在崖下。雖然是為了對付森林精靈而取得的Ｍｏｄ，但表示在我視界的顏色浮標並非ＮＰＣ的黃色或者怪物的紅色，而是屬於玩家的綠色。

繼浮標之後看見的是暗灰色的鱗甲。但鱗甲似乎不是金屬製，可以看見緊貼在身體上的魚鱗圖案發出弄濕般的半光澤。手腳上也穿戴了同樣素材的手套與靴子。武器是左腰上的單手直劍。另外從頭部覆蓋到肩膀的，是由細孔鎖鍊編織成的帽狀鎖子頭罩。

「……你是……」

從我嘴裡發出低沉的沉吟聲。

不會錯的。他就是三天前在凜德的小隊裡看見的男人。根據短短一個小時前得到的情報，這個人是叫作「摩魯特」的ＤＫＢ新成員。

但這傢伙為什麼會在深夜出現在這裡，而且還只有自己一個人？

不對。

比這些問題更值得重視的，是摩魯特剛才用了隱蔽——而且當我出現在谷底也沒有解除隱蔽這個事實。

當然，隱蔽並不是什麼犯罪行為。我在蜘蛛迷宮裡遇見牙王一行人時也做了同樣的事。但摩魯特不是偶然在這裡碰見，並且注意到我後才使用隱蔽。如果是這樣的話，熟練度50時獲得「搜敵距離獎勵」Mod的我，應該會先一步……至少也會同時注意到摩魯特的存在才對。

也就是說摩魯特打從一開始就藏身於此。因為他預測到有人會來到營區後面的谷底。而那某個人一定是在進行精靈戰爭任務，而且是選擇了黑暗精靈那一方的玩家。就現狀來說，第三層裡符合這個條件的玩家，就只有我和亞絲娜兩個人而已。

這傢伙是埋伏在這裡等著我們。

想到這裡的瞬間，可能從我的眼睛裡透露出類似殺氣的東西吧。隔著溪流站在我前方六七公尺前方的摩魯特，右手忽然震動了一下。

但是下一個瞬間，明顯不符合現場氣氛的開朗聲音就打破了緊張的空氣。

「哎呀～被發現了嗎～」

那是再大聲一點，就可能會傳到懸崖上營區的危險音量。他接著又抬起魚鱗圖案的手套，做出拍手的動作，不過倒是沒有發出聲音。

「真是了不起。我還是第一次在這種距離下被識破。而且你一開始絕對不是用眼睛，而是用感覺注意到我的吧？我想應該不會有『第六感』這種特別技能吧？」

那是同時帶有少年般天真無邪，以及演戲般刻意的聲音。身高與體格看起來都跟我差不多，不過臉部因為覆蓋到鼻子附近的鎖子頭罩而無法看見。

仔細凝視對方後，發現金屬製的頭罩邊緣已經破破爛爛並且綻開，有幾條細細的鍊子就像頭髮一樣垂了下來。看起來不是因為耐久度的損耗，而是原本就是這樣的設計，但就是會讓人有某種不舒服的感覺。

不回答對方開玩笑般的問題，我為了先確定對方的身分而開口說：

「你是ＤＫＢ的摩魯特對吧？」

對方說話的口氣還算客氣，或許我也應該採取同樣的態度，但知道對方使用隱蔽埋伏在這裡後，實在沒辦法有什麼好口氣。對方似乎沒有因此而不高興，再次一邊做出拍手的動作一邊表示：

「哦～我幾乎沒有到主街區去，你的消息很靈通嘛。沒有錯，我就是摩魯特。名字的由來是因為我像模特兒一樣受歡迎，很可惜當然不是這樣啦，啊哈哈哈～」

以不著痕跡的巧妙說話方式避開我的探查，讓心裡想著「這傢伙搞什麼」的我不由得把上半身往後縮。他是我從未在ＳＡＯ裡遭遇過的類型。在死亡遊戲化之前認識的曲刀使克萊因也有著不拘小節的個性，但是眼前這個人和心口如一的克萊因不同，完全無法看穿他的內心。

面對晃動著垂在眼前的鍊子點頭打招呼的摩魯特，我又試著更深入地探他的底。

「我應該不用自報姓名了。看來你就是知道我會經過這裡，才會使用隱蔽躲起來的吧。」

「啊哈，討厭啦～這麼說好像我準備在這裡伏擊桐人先生一樣～」

摩魯特不經意地把我的名字交織在回答裡，而且一直保持開朗的態度。嘴角雖然浮現大大的笑容，但是臉的上半部被綻開的鎖子頭罩蓋住而看不見。

「不是好像，而是根本就是吧。」

我一邊死命地把湧上喉頭，自己也不是很清楚原由為何的焦躁感壓下去，一邊繼續追究對方。結果摩魯特就在帶著笑容的情況下，像是跳著奇怪的舞蹈般振動雙肩，然後大剌剌地肯定了我的說法。

「其實真的是那樣啦～」

「……是凜德的指示嗎？」

「啊哈哈～那個人的確有這樣的素質～但這次是我自己的判斷喲～因為不是封弊者的凜德先生怎麼可能知道，桐人先生會為了潛入上面的營區而經過這條河川呢～」

「但是你卻知道……也就是說，你也是原封測玩家吧？」

「用封弊者就可以了啦。雖然聽起來很蠢，但我還滿喜歡這種稱呼的喲。你知道嗎？英文的beater是『打泡器』的意思。真的很想把很多東西都攪亂耶，啊哈哈哈～」

聽來甜膩的聲音即使音量不大也聽得很清楚，而且用詞遣字也相當客氣。但我不知道為什麼還是被他給惹毛了。

為了表示沒有意思陪他鬼扯下去，我往後退了一步說：

「……如果是在等我，那就快點把你的事情說出來。正如你知道的，我得到上面去完成任務。」

「哎呀～精靈戰爭任務真的很讓人懷念呢。封測期間完全攻略它的，包含桐人先生在內好像就只有三個人呢～當然我自己也是在途中就超過時間了～」

這時摩魯特輕輕抬起雙手，留住了準備轉身離開的我。

「哇啊，等一下嘛。我說了我說了，不知道該說是要事還是請求比較好……」

「……請求？」

「對啊對啊。嗯……我就直說吧，可不可以請你忘了任務，在這裡直接轉頭回去呢？」

他的話讓我愣了一下，接著我也用不輸給他的動作上下晃動著肩膀。

「都來到這裡了，怎麼可能空手而回。說起來，我的任務跟你有什麼關係？ＤＫＢ應該是進行森林精靈那邊的活動吧。」

精靈戰爭活動任務基本上是以小隊單位來個別進行。做為據點的野營地是小隊專用的暫時性地圖，就算黑暗精靈這邊的小隊Ａ先進行任務，對森林精靈這邊的小隊Ｂ也絕對不會有任何的損失。確實像蜘蛛迷宮或者這個營區之類的章節任務目的地並非暫時性地圖，所以可能會發生複數的小隊撞在一起的情況，但只要再過一點時間，每個小隊都能夠確實完成攻略。何況凜德他們是森林精靈那邊的人，原本就不會發生奪取命令書的任務。

也就是說，不論我有沒有在這裡完成任務，對摩魯特以及DKB來說都不會有任何影響。

但是摩魯特在輕輕晃動的鍊子下露出燦爛的笑容，然後左右擺動右手的食指。

「就是有關係啊～很可惜的，我沒辦法跟你說有什麼關係。應該說，可以說明的話，就不會使用隱蔽了吧～啊哈哈～」

「…………你說什麼？」

雖然差點就要錯過，但我還是注意到摩魯特話裡包含的殺伐之意，於是我瞇起雙眼。

「總而言之……你的意思就是，之所以在這裡使用隱蔽，並不是為了叫住我來進行交涉……而是打算行使武力來妨礙我囉？」

「討厭啦討厭啦～做那種事的話，我不就變成犯罪者了嗎～好不容易加入公會，這樣我不就馬上被除名了嗎～啊哈哈～」

摩魯特輕快地左右搖動細瘦的腰部，然後暫時先否定了我的質問。但他立刻又說出令人無法忽略的發言：

「但是但是，在這裡稍微唱首歌應該不會變成犯罪者吧？我還滿喜歡唱歌的喲～哪個城鎮裡有KTV的話，我一定會時常去光顧～」

「……………你在說什麼……」

我皺起眉頭後才終於查覺他的話中含意。

摩魯特的意思是準備在我潛入營區的時候發出巨大的聲音。當然，十名以上分散睡在幾頂帳篷裡的精靈戰士一定會全部跳起來。忽然被這麼多人盯上的話，就算要逃走也相當辛苦。不對……一個搞不好，可能就這樣被敵人包圍……

「……準備用ＭＰＫ來害我嗎？」

這麼低聲呢喃的同時，四十天前的記憶又差點重新出現在眼前。我好不容易才把想利用ＭＰＫ殺掉我的男人從我腦海裡拭去，然後一直瞪著摩魯特的臉。

但這名充滿謎團的原封測玩家完全沒有愧疚的模樣，鎖子頭罩下面的嘴巴又露出了燦爛的笑容。

「沒有那麼恐怖啦～因為桐人先生應該可以輕鬆地脫身才對吧？我只是想請你一天不要進行任務而已啦～」

「一天……就一天不進行任務，會有什麼改變嗎？」

「這個嘛～……」

摩魯特緩緩抬起雙手，用兩根手指在嘴巴前做出×的符號。

「太可惜了！這是祕密喲～但是你明天應該就會知道了～真的很對不起，可以請你今天先回去嗎～」

「如果我不願意呢？」

這時候我再也無法忍受對方滑不溜丟的辯舌，於是直接冷冷地丟出這麼一句話。

結果摩魯特將從嘴邊移開的雙手手指筆直指向我低聲說道：

「那就用跟封測時期一樣的方法來解決吧～就是公會成員間產生對立的時候，經常會採用的方法啊～」

「……丟銅板嗎？」

「啊哈，這樣桐人先生也沒辦法接受吧？就是超Cool又超Exciting的那個啊～」

我花了兩秒鐘才了解摩魯特說出了什麼提案。

繼續凝視了站在對岸的單手劍使兩秒鐘後，我才用壓低到界限的聲音質問：

「…………你是認真的嗎？」

「我不論什麼時候都相當認真喲～」

對準我的兩根手指只有左邊那根放了下來，然後緩緩地撫摸著裝備在腰間的韌煉之劍劍柄。

不會錯了。摩魯特說的就是用「決鬥」來決定。

在MMORPG裡，決鬥本身並不是什麼太稀奇的系統。有許多款遊戲都是不允許PK，但是接受雙方同意之下的決鬥。SAO在圈外的時候可以PK，但做出這種行為的玩家會被賦予犯罪者屬性，除了顏色浮標會變成橘色外，也無法進入圈內。

相對的不論是圈內圈外都能夠實行決鬥，而且雙方都不會成為犯罪者。因此封測時期時常有人會利用它來測試劍法、舉辦活動，或者是當作解決紛爭的方式。

但是自從ＳＡＯ正式營運後，我就沒有找過人決鬥，當然也沒有人對我提出過決鬥的申請。理由當然是因為，即使是決鬥，ＨＰ歸零的話同樣會死亡。也就是說，現在的艾恩葛朗特裡——

「…………單挑的話，會有一方真的喪命喔。」

聽見我的呢喃後，摩魯特像是很高興般扭動著上半身。

「如果桐人先生不介意的話……不是啦，當然是騙人的囉～怎麼說完全勝負模式的決鬥都太恐怖了嘛～但是但是，半損模式的話就很安全囉～因為它是ＨＰ變成黃色就會結束的溫和方式，啊哈哈哈～」

——ＳＡＯ的決鬥確實被設計成戰鬥到ＨＰ歸零為止的「完全勝負模式」，以及某一邊的ＨＰ剩下一半就結束的「半損勝負模式」，還有先以強力攻擊擊中對方就會結束的「初擊勝負模式」等三種。

封測時期幾乎沒有人選擇太過簡單就分出勝負的初擊模式，以及會讓人感到無法盡興的半損模式決鬥。因此我也有一點忘了它們的存在，但是就如摩魯特所說，半損模式的話就不至於會造成死亡。

把被數值化的生命，也就是ＨＰ減少到剩下百分之五十的行為確實相當危險。但我這時候要是拒絕，摩魯特還是可以按照他剛才所說的以叫聲來妨礙我，讓任務沒辦法成功。不對，假如我接受決鬥並獲得勝利，摩魯特也不見得一定會遵守約定……

「……如何能保證我贏了你就不會妨礙我？」

瞪著鎖子頭罩深處的黑暗這麼質問後，摩魯特像是感到很痛心般不停地左右搖著頭。

「我不會做出那麼遜的行為啦～我的名字就是從會遵守約定而來喲～（註：摩魯特的日文モルテ在最前面加上マ就有遵守之意）當然是我瞎扯的啦～不過如果我輸了的話，ＨＰ不是就只剩下一半嗎～？即使喝了藥水也得好一陣子才能恢復，在那種狀態下怎麼可能大叫～因為營區的長耳先生們也可能會跑來這裡啊～而且也有可能從後面出現其他Ｍｏｂ吧～啊哈哈～」

「…………」

這樣的保證實在有點薄弱。

這時也有不必冒險，直接答應摩魯特的要求離開現場的選擇。這個「潛入」任務也不是非得要在今天晚上完成。按照牙王在會議裡提出的行程表，過了凌晨十二點而進入第五日的今天將開始攻略迷宮區，而後天傍晚左右則開始挑戰魔王。在這段期間還是有相當充裕的時間可以進行任務。

但是，這時候回到野營地去的話，就無法得知摩魯特在這理盯哨的動機了。

如果是原封測玩家，推測出一直沒有在主街區出現的我正在進行精靈戰爭任務應該不是什麼難事。但是，他不可能準確地知道今天晚上我會到這個營區來。如果是從亞魯戈那裡買了情報就又另當別論了，但如果是這樣的話，剛才和亞魯戈見面時，她就會把「摩魯特買了我的情報」這樣的情報賣給我。

也就是說摩魯特他很可能為了等待不知道什麼時候會出現的我，已經在這個地方隱蔽了好幾個小時。雖然這麼說好像不太好，但這樣一個小小的章節任務，為什麼能讓他不惜做出這樣的犧牲也要阻止我呢——

這時的我其實不覺得好奇，只是在沒有調查清楚前絕不能回去的危機感驅使下，還是只能點了點頭。

「……我知道了。就用決鬥來決定是誰要回去吧。不過你必須要增加一枚籌碼。」

「哎呀哎呀，很會精打細算嘛～」

「那還用說嗎？我輸掉的話就得中斷任務，你輸掉就只是回去而已，這樣太不公平了吧。」

「原來如此原來如此，那我要賭什麼才好呢？」

「你要好好地跟我說明為什麼要做出這種事情。」

我的話讓摩魯特的脖子和上半身像是某種玩具般不停晃動，不過他馬上就用力點了點頭。

「我～知道了～只是不知道你能不能理解就是了～」

雙方同意條件後，就沒有必要繼續對話下去。只不過也不能忽然就在這裡直接動手。因為武器互擊的聲音要是傳到懸崖上的營區，精靈們可能就會醒過來。

「那我們換個地方吧。稍微往上游走的地方，應該有一處河川平原較為寬廣的地方才對。」

「了解了解～哎呀～想不到能和桐人先生對決，我現在真的超緊張啊～結束後可以跟我拍張照嗎～對了，現在還不會掉拍照水晶喔？太可惜太可惜了～」

我把視線從滔滔不絕的摩魯特身上移開，開始往南側河川平原的上游走去。對岸的摩魯特也踩著跳舞般的輕快腳步跟了過來。

移動了三十公尺左右，來到河川平原呈現寬廣圓形的地方。像這種有特徵的地形大多會成為某種關鍵地點，說不定可以在這裡釣到大魚，但現在不是注意河川的時候了。

在圓形的中央部位停下來，然後把身體向右轉。摩魯特也同時轉向我。嘴角雖然還是掛著無聲淺笑，但是給人的感覺已經變得稍微鋒利了一些。

「那麼那麼，就由我來提出申請囉～」

右手一閃之後，摩魯特的手指就以流暢的速度操縱著叫出來的視窗。我的眼前立刻出現橫向的長形副視窗。

我先確認標示著「由Morte 對您提出1vs1決鬥的要求。您願意接受嗎？ YES／NO」的文字列開頭部分。總之，目前可以確定的是摩魯特這個名字似乎不是假名。很可惜的是，憑我的英文能力，實在沒辦法判別這五個字是不是有意義的單字。

「YES／NO」按鍵上，可以看見決定決鬥模式的核取方塊。在三個選項的中央，半損模式上打勾後，我就先抬起頭來。

摩魯特站在寬五公尺左右的河川對面，這時他的鎖子頭罩依然深深蓋住臉的上半部。雖然頭部防具是覆蓋的面積越大防禦力越高，但是同時也會阻礙視覺與聽覺。摩魯特現在只能透過垂到鼻子下方的鎖鍊縫隙來看向外面，而且到了夜晚視界也會變得很糟糕才對。

另一方面，沒有帶任何頭盔類的我視覺與聽覺都處於萬全的狀態，當然頭部遭到痛擊的話就會受到相當大的傷害。但是，就算裝備了還算不錯的頭盔，只要頭部遭受強力攻擊，就會陷入瞬間性的暈眩或者昏迷狀態。這兩種阻礙效果都足以讓獨行玩家喪命，所以無論如何都得避開對頭部的攻擊，為了躲開攻擊就不能裝備阻礙視線的頭盔，這就是我的想法。

從這一點來看，摩魯特的鎖子頭罩就顯得有點半吊子了。不但跟俗稱為水桶的十字軍頭盔一樣會讓視界受到限制，防禦力也不是很高。即將開始決鬥還是不把它脫下來，就表示他想繼續戴著，不然就是有非戴不可的理由。

早知道就把戴鎖子頭罩的理由加進去當賭注……我揮開這樣的雜念，切換腦袋裡的開關。

沒有伏下視線就直接移動手指，在YES按鍵的位置用力按了下去。副視窗上面的標示產生變化，開始了六十秒的倒數。

封測期間，許多人都表示決鬥開始前必須等一分鐘實在是太久了。但是營運方到封測結束為止都沒有縮短這個時間。

雖然是久違的決鬥，但依然覺得六十秒相當久的我，已經從背後的劍鞘拔出韌煉之劍+8。然後把劍擺在最常見的中段，兩腳稍微前後張開。

相對的，摩魯特即使知道開始倒數，依然沒有拔出腰部的武器。感覺他就只是站在那裡茫然看著我。這傢伙搞什麼，究竟想不想打啊？我一想到這裡便忍不住皺起眉頭——就在這個瞬間。

我才注意到自己太過隨便就接受摩魯特的挑戰了。

想在SAO裡存活下去，最重要的就是知識與經驗。

當然我在封測時期已經經歷過無數次的決鬥。也擁有適合一對一這種對人戰的劍技，以及對抗策略等知識。

但現在開始的，是SAO正式營運然後變成死亡遊戲後的決鬥。而我從來沒有，真的連一次都沒有體驗過這樣的決鬥。

相對的，摩魯特應該在SAO變成死亡遊戲後也進行著決鬥。說不定還相當有經驗。所以他擁有我不知道的某些知識。而摩魯特就是根據這些知識來看著我。自己不到最後一刻絕不拔劍，然後試著從我擺劍的姿勢與所站的位置來獲得情報。

封測時期根本沒有人這麼做。只是覺得等待時間很煩人，有時還一邊跟觀眾聊天一邊茫然讓倒數時間經過，在決鬥開始時就雙方同時使出擁有的最強劍技……這就是我所知道的決鬥。

但是，以四十三天前那個瞬間為分界，這個世界的所有定律都改變了。

六十秒。那是給予玩家觀察對手並且訂定戰術的時間。

視線一瞬間往下看著浮在胸口的副視窗。發現倒數的數字很快地已經減少到剩下四十五秒了。

我再次看向摩魯特。從他站在那裡那種晃動上半身的模樣，根本沒辦法獲得任何情報。相對的，我已經把右手握住的韌煉之劍擺在中段，腰部微微下沉，然後重心往前移。從這個姿勢可以知道些什麼？摩魯特怎麼判斷我第一個動作，又會採取什麼樣的反應呢？當然我也可以改變姿勢，但這樣會不會又給他新的情報呢？

我再一次確認視窗。還剩下三十五秒。封測時期感覺那麼漫長的一分鐘倒數，現在簡直就像用倍速播放一樣。我根本沒有足夠的思考時間。跟他打個招呼然後重新來過？當然不可能做出這種事，而且開始倒數後，該場決鬥就沒辦法取消了。當我感覺思緒快要失去冷靜的同時，就有一絲假想的冷汗從額頭流下來。

剩下二十五秒。既然這樣，就不主動發動攻勢，看對方有何反應吧。反正我和摩魯特之間有一條寬五公尺的河川存在。由於河不是太深，所以可以直接橫渡，但在流水中奔跑或是揮劍互擊很有可能會陷入翻倒狀態。我想摩魯特應該不會突然衝過來才對……

——不對。五公尺左右的話，只要使用突進系劍技「音速衝擊」就能夠飛越。在倒數結束的同時發動的話，就沒辦法以超過劍技命中補正範圍的大動作來躲開劍招了。幸好，我現在把劍擺在中段的位置，所以應該不會被看出準備使用由上段發動的音速衝擊。

剩下十秒。倒數加上了「嗶、嗶」的效果音。

五秒。這時摩魯特終於拔出左腰的劍。和我相同的韌煉之劍劍身發出濕濡般的亮光，可以看出應該經過相當的強化。

四秒。摩魯特從拔劍的動作直接將右手往上舉起，然後隨手將劍擺在上段。這時劍身開始出現淺綠色光芒。那是宣告劍技發動的特效光。那種姿勢、那種顏色是……音速衝擊。

三秒。那傢伙也採取跟我一樣的作戰？但是倒數根本還沒結束。圈外決鬥時，在開始前攻擊就擊中對方的話會被判定為犯罪行為，顏色浮標也會因此而變成橘色。

兩秒。要迴避的話，現在不用力往右或者左邊跳就來不及了。但我還是站在摩魯特正面，然後開始把劍舉向上段。那傢伙應該是準備把劍技的準備動作拖到倒數結束，但他的行動實在太快了。這樣的時機下，決鬥開始前劍技就會被取消。

一秒。但是……

摩魯特在倒數數字變成01時就毫不猶豫地踢向地面。高速斬擊帶著綠色軌跡劃過河面，並且發出尖銳的聲音朝我迫近。

剎那間，我終於了解了。

劍技的發動不必等到倒數歸零。只要劍觸碰到對方的角色，系統產生傷害判定的瞬間是在決鬥開始之後的０．００１秒，就不構成犯罪行為——摩魯特熟知這個事實以及發動的時機。

０秒。

河川中央亮起「ＤＵＥＬ！」的紫色文字。但我沒能看見這個系統表示。因為摩魯特如黑色怪鳥般跳躍的身體，幾乎擋住了我所有的視線。

我原本打算決鬥開始之後就發動音速衝擊。

結果到了現在，這過於悠閒的想法，反而讓我免於受到一開始就立刻敗北的恥辱。

我橫擺依然舉在上段，仍未進入準備動作的韌煉之劍，千鈞一髮之際成功地格擋住摩魯特的砍擊。如果直接被擊中腦部，即使ＨＰ沒有因為這一擊而減半也會陷入昏迷狀態，當然也就無法躲過接下來的追擊了。

一道劇烈的衝擊襲上我用右手握住劍柄，左手支撐著劍身側面的劍。

這道衝擊與怪物的攻擊完全不同，帶有玩家劍技特有的沉重感。它不是只靠著系統輔助的

技巧，踢腿與往下揮落的加速已經確實增加了它的威力。眼前十公分處飛散大量的橘色火花與綠色光芒，讓我的視界完全反白。

單手用直劍在單手武器裡雖然算是堅固，但它還是有弱點。橫向對劍身施加強力衝擊的話，就可能讓劍的耐久度一口氣歸零然後折斷……也就是出現「武器損毀」的情況。

我的劍承受摩魯特那招音速衝擊後已經發出令人不愉快的刺耳聲響。但是從死亡遊戲開始當天就一直陪我到現在的伙伴，在緊要關頭還是挺了下來沒有折斷。如果沒有在野營地把「耐久度」提升到＋4，說不定就遭到破壞了。剛才這一擊就是給我如此危險的手感。

「嗚…………」

我一邊從緊咬的牙縫裡吐出短暫的氣息，一邊等待敵人的劍技結束。只要能繼續抵擋住攻擊，接下來就換摩魯特陷入技後硬直狀態。眼前爆散開來的特效光一點、一點地變弱——

但是在劍技即將結束前。我好不容易硬撐在河川平原不穩定地面上的右腳，終於承受不住壓力而打滑。我的身體隨即往下一沉，為了防止翻倒的我，在沒有辦法的情況下只能用力往後跳。同一個時間點，摩魯特劍上的光芒也消失了。

著地的我立刻往前衝去。

從硬直中恢復過來的摩魯特再次揮劍。

「喔喔喔！」

「咻嗚！」

兩道吼叫聲過後，接著是一道金屬聲。深夜的森林裡，響起了兩、三次完全一樣的武器互擊時特有的，伴隨著強烈共鳴的撞擊聲。

劍技之外的用劍技巧上，摩魯特的技巧也相當高超。從最小限度動作揮出的劍尖，一瞬間穿越最短距離刺向我的要害。我則是藉由格擋與步伐，持續迴避這介於斬擊技與突刺技之間的獨特攻擊。

雖然攻擊的次數明顯不及對方，但目前這樣就可以了。藉由將注意力集中在戰鬥上，我內心狼狽的慌亂餘韻已經逐漸消失。等到取回完全的集中力，再展開反擊也不遲。

「咻啊啊！」

可能是奇襲失敗讓他感覺焦躁吧，摩魯特隨著尖叫聲強硬地使出突刺。他的目標是我的心臟。想用格擋來防禦突刺攻擊的話會很難抓準時機，不過只要用橫向步伐就很容易能避開。我一面拉開身體一面往右斜前方踏步，躲開敵人劍尖的同時也使出由左到右的橫斬。

經過「銳利度」＋4強化的劍刃，撕裂了魚鱗模樣的護甲，摩魯特的HP首次減少了。雖然是連在初擊勝負模式裡都無法獲勝的傷害值，但這下子總算是讓我占了優勢。

「咻！」

一邊迅速吐氣一面向後飛退的摩魯特，嘴角的笑容已經在不知不覺間消失了。在這裡被他拉開距離的話，不知道又會使出什麼怪異的手段。我迅速往前踏步，保持著自己的攻擊距離。
摩魯特不斷對我使出帶著突刺的斬擊，我則是冷靜地一招一招將它們擋開或者閃避。

即使不斷揮出攻擊依然持續往後退的摩魯特腳上的靴子踩出了小小的水聲。雖然沒有看向地面的餘裕，但我知道已經把他逼到河川邊了。我繼續施加壓力，誘使他再次強硬地攻擊。迴避這一擊後，就一口氣使出劍技來決定勝負——

嘩啦！

這時候傳出一道巨大的水聲。摩魯特沒有掉進河裡。他不知道什麼時候已經用力踩進水中。然後用右腳踢起大量的水花。我的視界裡立刻有無數的水滴飛舞。

他應該是打算使用水滴來阻礙我的視線，然後繞向左邊或右邊，不然就是藉此展開反擊。我迅速後退，一面從水滴逃開一面想看清楚摩魯特的動作。瞪大的雙眼，捕捉到飛散的水沫後面出現了紫色光輝。是劍技……

結果並非如此。

那是選單視窗的亮光。

雖然不知道決鬥中叫出視窗來做什麼，但是握住劍的右手不可能叫出視窗。而且劍也沒有移到左手的樣子。難道是收回劍鞘裡了——不對，也不是。劍恐怕是掉進河川裡頭了。所以他是為了裝備新的武器而打開視窗。當然我也沒善良到會放過這樣的機會。

「嗚……喔喔！」

在我大聲喊叫，把劍高舉過頭部的同一時間。

我的耳朵聽見了細微的「咻哇！」一聲。

那是似曾相識的聲音。但是當我想起聲音的真面目為何時，已經無法停止右手即將使出的砍擊了。

被潑起的水滴到達拋物線的頂點，開始緩緩落下。摩魯特從水滴後方出現的左手，已經握住一秒前還不存在的圓盾。雖然是沒有任何裝飾的簡單造型，但是經過環型加工的鋼鐵光輝，如實地表示出它是等級相當高的道具。

我揮下的劍劇烈地撞上摩魯特舉起的盾牌中央，造成了華麗的聲光特效。就像被飛濺的火花推開般，兩個人都大大地往後仰。

為了盡快從行動遲延狀態中恢復過來，我全力對抗著假想的慣性。

無論摩魯特如何擅長操縱視窗，也不可能在那麼短的時間內打開裝備人偶畫面，觸碰左手圖標，從追加浮現的道具欄裡找出盾牌並且裝備上去。也就是說，剛才聽見的是發動只要觸碰一下就能變更裝備的武器技能Ｍｏｄ「快速切換」時的聲音。

這也就表示，出現的不只是盾牌而已。雖然被身體的陰影遮住而看不見，但他的右手上應該握著新的劍才對。重整態勢的瞬間，摩魯特就會用那把劍來發動反擊了吧。

為了躲開這一擊然後自己也發動反擊，我拚命把後仰動作中的身體往右邊倒去。和持盾玩家對戰時的準則，就是想盡辦法繞到持有盾牌的方向。在可以說是究極的第一人稱視點遊戲的ＶＲＭＭＯ裡，大型盾牌除了是可以信賴的防具外，同時也是會阻礙視線的牆壁。而只是防禦的話絕對無法在決鬥中獲勝，這是我在封測時期學到的知識。因為相當基本，所以到現在應該還管用才對。

比我快一點從硬直當中恢復過來的摩魯特，從鎖子頭罩下扭曲的嘴唇發出了尖銳的叫聲。

「嘎喔喔！」

包裹在魚鱗狀皮革護手下的右手，如同黑蛇般劃過空中。我預測這應該跟之前一樣是帶著突刺的垂直斬，於是左腳往地面一踢，好不容易踩下了讓身體向右的步伐。圓盾順著攻擊動作往上彈起，我只要瞄準下方揮出反擊的橫斬——

嗡！

一道沉重的破風聲響起。

握在摩魯特右手上的不是劍，而且攻擊軌道也不是垂直斬。

從長七十公分的握柄前端突出厚重刀刃的武器是——斧頭。種類別是單手斧。專有名稱應該是——「利刃手斧」。

直立的身體像陀螺一樣旋轉，斧頭劃出的水平軌道朝我的左側腹逼近。這時已經無法迴避或者防禦了。斧頭帶著黑色的刃面猛烈地擊打摩魯特剛才被我首次砍中時的同一個位置。

足以讓身體浮起來的沉重一擊，讓我的HP被奪走了兩成左右，而且硬是讓我再次陷入後仰狀態。

有不少玩家喜歡使用具有壓倒性攻擊力的雙手斧，但單手斧說起來算是比較不熱門的武器。它的威力與單手劍差不了多少，但是卻多了無法使用突刺技的嚴格限制。好處大概就只有強力攻擊擊中敵手時，有很高的機率會讓對方陷入硬直狀態而已。但拚命想產生這種效果的話，不知不覺間揮動斧頭的動作就會變大，反而不容易打中敵人。除非——之前一直用另外一種武器使出突刺技，讓敵人的眼睛先習慣這種攻擊。

「嗚咕…………」

從喉嚨深處發出呻吟聲的我，再次慢了半拍才了解事實。

摩魯特之前一直以單手劍重複著近似突刺的攻擊，全都是為了讓這一擊擊中我的布局。

這也就是說，摩魯特的主要武器並非韌煉之劍而是利刃手斧。絕對不是沒有武器技能而強行裝備上去。這樣的話，接著朝我逼近的就是——劍技了。

摩魯特全身像黑色橡皮人偶般劇烈地往後扭動身體。被往後拉到極限的斧頭，開始放射出紅色光芒。

「嗄哈啊啊————！」

摩魯特一邊發出怪異的吼叫，一邊發動了單手斧用水平二連擊技「雙重砍劈」。

斧頭以目不可視的速度旋轉了兩次，同時刨開我的胸部與腹部。我一邊承受著像是在身體內側爆炸開來的衝擊，一邊像是條破布一樣被轟飛到正後方，猛烈撞上巨大岩石後才滾落到地面。

表示昏迷狀態的圖標亮起，視界各處都出現黑點。ＨＰ條以恐怖的速度消失，在差一點就到五成的地方才停了下來。

雖然昏迷狀態三秒鐘就結束了，但我還是站不起來。寒氣偷偷從持續滴落紅色損傷特效光的兩處傷口鑽了進來，讓我手腳的指尖都麻痺了。

趴在地上的我，視界裡映照出一雙魚鱗圖案的靴子踩著隨性腳步靠近的模樣。這雙腳在短短兩公尺前停下腳步，當我仰頭看著它們的主人時，發現鎖子頭罩下的黑暗當中，之前一直隱藏住的雙眼發出微弱的白光。

「喔喔喔～」

帶著黏稠聲響的聲音從高處落下。

「真是嚇到我了～吃了那招ＨＰ還沒有降到黃色區域，真不愧是桐人先生～這把斧頭的強化是重量＋6喲～連板甲都能輕易地鑿穿耶～」

聽著摩魯特依然輕薄，但是增加了某種惡毒感的閒話時，我已經用好不容易麻痺感才消失的右手重新握住劍柄並簡短地說：

「不讓決鬥結束嗎？」

「別開玩笑了～嘴裡雖然這麼說，我要是隨便走過去的話，就會中了你準備一招逆轉的陷阱了對吧～？而且～難得有這種機會可以跟桐人先生決鬥，怎麼可以用寒酸的攻擊削減那麼一點HP來分出勝負呢～我在這裡等你，請快點站起來吧～」

看來想賭一把讓他的腳受到部位缺損傷害的企圖也被看穿了。沒辦法的情況下，我只能把左手放到背後的岩石上，然後緩緩站了起來。

在決鬥當中，兩公尺已經算是貼身距離了。但即使在這樣的距離下，摩魯特左手的圓盾與右手的利刃手斧依然隨意往下垂，這樣的站姿讓人感覺不到一絲緊張。那不是壓倒性優勢造成的鬆懈，而是經驗帶來的自信吧。

回想起來，從決鬥開始之前，摩魯特在各方面就都領先於我。

不論是戰場上的位置、倒數中的互相觀察、開始的一擊、戰鬥中的行動與戰術，甚至是隱藏的王牌等，我沒有一樣比得過他。這個男人對於SAO正式營運後的決鬥系統，理解的程度可以說超過我好幾倍。不對，說不定他能力構成的重點就是放在決鬥上。不是這樣的話，就不會把貴重的兩個技能格子，用在意義相同的「單手用直劍」與「單手用斧」上面了。

「……………！」

想到這裡的瞬間，我的思考就飛越了狹窄的深谷，而這也讓我完全屏住了呼吸。

如果摩魯特是決鬥的專家——那麼我的ＨＰ條減少到幾乎快剩下一半的這種情形，也有可能不是偶然而是故意造成的……？

半損勝負模式的決鬥在某一方的ＨＰ低於百分之五十時就會結束。在圈內的話，表示決鬥結果的視窗出現後，接下去的攻擊會被系統的保護阻擋下來而無效化，在圈外的話傷害值則會繼續加算，但這就構成犯罪行為，顏色浮標將會變成橘色。

但是根據我朦朧的記憶，嚴密來說ＨＰ減半的瞬間並非決鬥中止的時候。應該是通常攻擊，或者是劍技給予的傷害值讓對手的ＨＰ減少超過五成以上的時候。

也就是說，假如原本有１０００的ＨＰ剩下５１０ＨＰ時，又受到一擊造成６００傷害值的攻擊……

這時決鬥就會停止，遭受攻擊的一方則因為ＨＰ歸零而喪生，至於發招者……浮標則不會變成橘色？

如果摩魯特是故意讓我的ＨＰ剩下一半的話……

他就不只是想在決鬥裡獲勝好讓我轉頭回去而已。

而是想……在這裡。

把我殺掉。

比冰塊還要寒冷的顫慄從背後爬了上來，讓我全身一瞬間震動了一下。

可能是感覺到什麼了吧，摩魯特鎖子頭罩下的嘴巴一口氣往上揚，發出類似喘息的笑聲。

「啊哈～」

這不是第一次有其他玩家想殺掉我了。

死亡遊戲開始的當天晚上，我就差點被為了攻略任務而臨時組成小隊的成員所殺。

但他採取的手段不是親自揮劍，而是讓聚集過來的怪物進行攻擊，也就是所謂的「MPK」。而且他還在發動隱蔽技能隱藏身影前說了句「抱歉」。

當然，PK……不對，殺人不是道歉就能正當化的行為。但他至少是為了自己的存活——為了盡快解決任務，獲得做為報酬的韌煉之劍，才會做出這種苦澀的選擇來捨棄我。

但是對現在的摩魯特來說，殺掉我究竟有什麼好處呢？在決鬥裡落敗的話，我確實準備放棄今天的「潛入」任務乖乖地回到野營地去，就算不相信口頭上的約束，我完不完成這個任務對他的利害關係也不會有任何影響才對。

這樣的話，這個男人就是遵從「為了殺而殺」這種簡單教條的真正PK了嗎？

這怎麼可能，SAO是無法脫離的死亡遊戲啊。摩魯特也同樣被囚禁在這個電子牢獄裡。在現在的情況下殺害同屬於攻略集團的玩家，就會讓遊戲攻略——也就是從這個牢獄裡被解放出來的日子越來越遠。如果是在理解這極為單純的事實下，依然打算犯下殺人罪行的話，那麼那個玩家不就是不希望獲得解放了嗎？

「…………你這傢伙……」

摩魯特再次用笑聲打斷了我的呢喃。

「啊哈，別這樣嘛，都到了這麼精彩的時候了。桐人先生，展現一下實力嘛～前線組最強的人不會這樣就結束了吧？」

他舉起右手的斧頭，用三根手指靈巧地轉動著。

即使做出這種戲謔的動作，還是沒有什麼太大的空隙。忽然砍過去也只會被對方輕鬆用盾擋掉，接著遭受猛烈的反擊。如果是足以削除我五成ＨＰ以上的高威力劍技，我就會在那個瞬間死亡。

其實也不是沒有方法迴避最糟糕的發展。只要立刻投降就可以了。當然決鬥會在我落敗的情況下結束，摩魯特接下來要是繼續攻擊的話就會變成犯罪者玩家。似乎帶著某種企圖而加入ＤＫＢ的他，這個時候應該不會想讓浮標變色才對。雖然這有一半是我持主觀意識的觀測。

是要承認目前雙方實力上的差距，為了活下去而投降呢；還是從摩魯特口中問出他的企圖，然後繼續進行任務，並且為了保住小小的尊嚴，而從現在開始想辦法反敗為勝呢？

就算選擇了後者，可惜的是我能夠獲勝的計策與王牌都幾乎用光了。而摩魯特手裡應該還有不少牌才對。單手斧這種冷門的武器，在對人戰時冷門反而變成了優點。單手直劍、單手曲刀、短劍、細劍、雙手劍、雙手斧之類的劍技，我有自信光看準備動作就能判斷出來，但是單手斧與單手鎚的話，老實說還存在我連名字都不記得的劍技。實際上，自從開始攻略這款死亡遊戲後，前線就沒有任何一名持單手斧的玩家——……

腦袋深處忽然刺痛了一下。

剛才那用指尖轉動斧頭的動作。

我看過用同樣的動作來打發時間的玩家。而且是來到第三層後。

不是在主街區舉行全體會議時……而是在那之前……沒錯，在女王蜘蛛的迷宮裡，我和亞絲娜、基滋梅爾一起隱蔽時，那人就從稍遠處的通道走了過去。

右手拿著單手斧。左手拿著圓盾。頭上則戴著灰色鎖子頭罩。

跟站在眼前的摩魯特一模一樣。讓人覺得根本是同一個人。

但是，這絕不可能。那時候目擊的單手斧使……已經加入公會ALS了。

離開洞窟之後僅僅過了七八個小時，我就在公會DKB的凜德率領的小隊裡看見了摩魯特的身影。雖然還是戴著頭罩，但是沒有拿盾，武器也是單手直劍。所以我完全沒有想到他跟牙王小隊裡的鎖子頭罩男是同一個人。腦海中甚至沒有浮現這樣的可能性。

這是因為……我以及其他多數的SAO玩家都把主要武器這種東西當成玩家所擁有的最大

屬性。我是單手劍使、亞絲娜是細劍使、艾基爾是雙手斧使，而摩魯特同時是單手劍使與單手斧使。

摩魯特就是利用這樣的雙重屬性，同時潛入公會ＤＫＢ與ＡＬＳ嗎？他就藉由切換主要武器，同時幫助凜德等人與牙王等人進行任務嗎？

但他為什麼要這樣做。是基於原封測玩家無私的善意行動？如果是這樣的話，我所感覺到的冰冷殺意就完全是錯覺囉？

還是說……他隱藏著某個現在的我無法想像的深沉、龐大而且黑暗的企圖呢……？

「……你到底打算做什麼……」

我用自己聽不見的聲音小聲呢喃著，而摩魯特則是輕輕歪著脖子看著我說：

「嗯？嗯？有幹勁了嗎～？沒關係～還有很多時間喲～」

「…………說得也是。這樣還不算是分出勝負。」

我這次用了對方也能聽見的音量來回答。

我沒有任何勝算，再戰鬥下去實在太危險了。如果摩魯特的本性並非善良，那我很有可能真的被殺害。

但直覺告訴我，這時候投降離開反而更加危險。我必須盡可能探查摩魯特的企圖，可以的話甚至連他背後的關係都要調查清楚，否則不久的將來會發生難以挽回的事情……我心裡就是

有這樣的感覺。

「就是啊就是啊～不論是哪種比試，在翻開最後的牌之前都不知道鹿死誰手嘛。來吧來吧，讓我們痛快地把牌翻開！」

「……那就來攤牌吧。」

說完後，我重新把韌煉之劍在身體前擺好。

「啊哈～太好了。旁邊沒有觀眾真是太可惜了，讓我們開始Show time——吧～！」

摩魯特也舉起左手的盾牌，把右手的斧頭藏在身體後面。兩人間的距離只有短短的兩公尺，所以我的劍尖和摩魯特的盾牌幾乎是貼在一起。

寄宿在兩塊金屬上的，名為戰意的電壓逐漸昇高，假想的火花啪嘰一聲爆了開來——這個瞬間，我也展開了行動。

右腳往地面一踢，與面對持盾對手時的準則相反，跳躍到對方慣用手這一邊。摩魯特也把身體往右轉，持續用盾牌對準我。

我已經預料到他會有這樣的動作。要讓大技劍技命中，就得讓目標失去平衡……也就是陷入行動延遲狀態。最快的手段是以容易破壞平衡的通常攻擊擊中對方，但這次摩魯特沒辦法使用這個方法。因為只要再用一發小技擊中我，我的ＨＰ就會低於五成，決鬥就會結束了。因此，摩魯特要讓我失去平衡，就必須用盾防守住我的攻擊。

反過來說，看見我往左繞的腳步時，沒有用斧頭而是用盾牌對準我，就已經某種程度證明了他想利用決鬥來進行「合法ＰＫ」。雖然接下來只要我有一絲錯誤就真的會被殺掉的事實像冰針般貫穿我的腦袋中央，但這時候已經無法回頭了。不擠出所有知識與能力，就只會讓恐懼成真而已。

「喔……喔喔！」

我一邊吼，一邊高高舉起韌煉之劍。

這是跟剛才摩魯特發動「快速切換」之後，被他輕鬆擋下的一擊完全相同的右上段斬。而且還加上了吼叫聲。

摩魯特充滿自信地舉起盾牌，擺出防禦姿勢。直徑六十公分的鋼鐵牆壁，遮住了鎖子頭罩下方充滿惡意的笑容。

想以盾牌防禦確實造成行動延遲的話，就不能只是擺出盾牌，也必須配合敵人攻擊的時機，像格擋一般把攻擊反彈回去，也就是所謂的「瞬間防禦」。把盾擋在身體前面的摩魯特，現在的狀態是看不見我的上半身，不過看得見高高舉起的韌煉之劍。

為了捕捉斬擊開始的瞬間，摩魯特他——應該把所有感覺都集中在我的劍上了。

假如摩魯特將一成的注意力放在劍以外的部分。假如他不打算使出「瞬間防禦」，而且還注意到我最後的一張牌——擺在左側腹的拳頭已經包裹著紅色光芒的話。

我就會被殺掉。

攤牌了。

這時不是由手裡的劍，而是由緊握的左拳朝著眼前的盾牌往上打。這是體術技能最快的單發技「閃打」。

現在這個瞬間，摩魯特握住盾牌的左手應該為了在適當的時機格擋單手劍而放鬆了力量。

拖著紅色軌跡，像短上鉤拳般揮出的拳頭，擊中了圓盾對我來說是左下方的邊緣。一陣金屬質的衝擊聲響起，接著鋼鐵牆壁就從我和摩魯特之間消失了。

戰鬥當中，可能發生在武器或盾上面的代表性異常狀態有三種。首先是遭到破壞並消滅的「武器破壞」，再來是被敵人奪走的「武器強奪」，最後是沒拿好武器的「武器掉落」。故意引起第三種「武器掉落」的行為，又被稱為「武裝解除」。

這基本上是怪物用專屬技能進行的攻擊。出現在第一層中盤湖沼地帶的「沼澤狗頭獵人」就是具代表性的武裝解除技能使用者，似乎有許多玩家就是急忙想撿起被擊落在混濁沼地的武器而犧牲。

玩家雖然也能做到武裝解除，但是難易度相當高。方法有兩種，第一是瞄準握住武器的手掌，再來就是直接從武器側邊進行攻擊。但不論哪一種方法，只要對手的握力沒有放鬆就不可能成功。而在戰鬥當中，手臂唯一就只有在進行攻擊前的一瞬間才會放鬆。

我的「閃打」有一半以上在運氣的幫助下，在絕佳的時機精準地擊中目標。圓盾從摩魯特左手鬆脫，高高地飛上夜空。笑容從鎖子頭罩下方的嘴角消失，一邊的犬齒整個露了出來。

雖然成功解除盾牌的武裝，但是攻擊也不能停下來。對方的HP條依然剩下九成以上。在對人戰的經驗上，我遠遠比不上摩魯特。

但是從快速切換的設定來看，摩魯特的經驗都是來自於「單手劍＋無盾」「單手斧＋盾牌」兩種情況。把狀態變成「單手斧＋無盾」的現在，經驗的差距已經縮短了——我希望是這樣。這時候的攻擊必須再削除敵人四成的HP條。做不到這一點的話，我就再也沒有獲勝的機會。

不對，這時連是勝是負，是生是死的思考都是阻礙了。

現在只要專心前進！

「喔喔！」

這次我發出真正的吼叫聲，然後把舉起的劍用力往敵人的左肩口砍下。摩魯特把身體往後傾來躲避擊攻，但強化成銳利度＋4的劍刃還是稍微撕裂黑色鱗甲，造成了鮮紅的傷害效果。摩魯特的HP減少到百分之八十五。

「嗄！」

摩魯特隨著尖銳的叫聲，以用力揮過來的利刃手斧發動反擊。但是所有攻擊都劃出大大圓弧型的單手斧，沒有辦法以迅速的動作對應這麼近的距離。我屈身躲過從橫向發出破風聲進逼的一擊。名字雖然是手斧，但足以讓人感受到凶惡威力的厚厚斧刃就這樣掠過我的頭髮。蹲下來的我立刻用劍掃向正面的兩隻腳。劍尖擊中靴子的腳脛部分，傳出喀喀兩聲堅硬的聲音。雖然距離引起部位缺損的威力還有很大一段距離，不過又讓他的ＨＰ減少了百分之五。再加上腳的傷害已經讓摩魯特出現踉蹌狀態。

——就是現在！

迅速往上跳的我，已經進入劍技的準備動作。

摩魯特的斧頭還沒來得及從右邊拉回來。在他從那個地方再次橫向揮動斧頭前，我的劍技應該能早一步發動……

等等。摩魯特至今為止已經數次反過來利用我的固定觀念。這樣的話，說不定連「斧頭的動作相當大，不適合超近距離戰」的知識也一樣。

我在發動招式的前一刻停下了舉在左肩上方的劍。

同一時間，蓋住摩魯特臉孔的黑暗深處，兩顆眼睛放出異樣光芒。

「嗄咿咿咿！」

右手的斧頭隨著大叫聲朝著我的臉一直線快速揮來。攻擊部位不是沉重的刃面。而是嵌在柄頭的四角錐型釘刺。反手握住的銳利棘刺，以遠超過剛才那記水平斬的速度朝我逼近。

「嗚……！」

我咬緊牙根，拚命把臉往後倒。釘刺掠過我的額頭後揮向左邊。我透過瞬間散開的鮮紅光點，瞪著摩魯特完全沒有防備的身體。

停在左肩上的劍往後拉了一公分。系統辨認出準備動作後，劍身就隨著高頻率的振動聲包裹在銀色光輝當中。

「……啦、啊啊啊啊！」

將近垂直的角度揮下來的韌煉之劍擊中了摩魯特的右胸。

劍瞬時拉回上段位置，再次進行垂直斬。這次則深深地砍進左胸。

然後再次彈起——更深、更重的一擊隨著「咚喀！」的聲音在胸口中央炸裂。這是我兩天前才剛學會的單手劍三連擊技「銳爪」。

身體中央被刻劃了三條像大型野獸的爪痕一樣的直線傷害特效，摩魯特就像幾分鐘前被「雙重砍劈」擊中的我一樣猛烈地飛了出去，最後從背部掉落在水面。

表示在他頭上的HP條急遽變短，在剩下百分之五十一或五十二左右停了下來。

雖然知道——立刻趕過去用劍尖稍微劃過他的身體，就可以在決鬥中贏得勝利，但我只能維持劍往下揮落的動作而無法行動。可能是太過於集中精神了，腦袋深處傳出尖銳的聲音，心臟也以難以估計的速度快速跳動著。

就連摩魯特也在水裡趴了三秒鐘左右，不過立刻就一邊滴著大量水滴一邊站了起來，然後低頭瞄了一眼自己的身體。

三條傷痕裡不停有紅色光粒無聲地流出。但是傷痕馬上就消失，而摩魯特則是把視線對準站在十公尺之外的我。他的嘴唇一歪，一瞬間摩擦了一下上下排的牙齒，接著才擠出熟悉的笑容。

「……不愧是桐人先生～難怪人家都說你是最強的玩家。剛才把我盾牌打飛的那個，不會就是封測時期曾經有過一些傳聞的『體術』技能吧？」

「……誰知道呢。」

由於不打算再給對方任何情報，我冷冷地這麼回答。摩魯特這時笑得更加燦爛，他轉了一圈右手上的斧頭。

「順帶一提～如果我詢問是在哪裡學會體術技能，你會告訴我嗎～？」

「…………」

雖然只告訴摩魯特隱居在第二層深山裡的鬍子師父的座標，讓他臉上也出現完成修行任務才能消除的塗鴉也頗為有趣，但我還是聳了聳肩然後回答：

「如果你告訴我是和誰練習決鬥的話。」

結果摩魯特的笑容變成了苦笑。

和體術技能不同，NPC不可能傳授決鬥的技巧。摩魯特擁有如此強大的技能與知識，應該是從SAO正式營運之後，就不斷和玩家進行數量龐大的決鬥累積出來的結果。而這某個人，應該和同時潛入公會DKB與ALS的摩魯特有共同的企圖。

「真的很想說那有什麼問題……」

依然站在河裡的他，像蛇一樣扭曲著上半身，然後裝傻地說：

「但練習的對象是森林的動物喲～我基本上都是孤單一個人～」

「不過DKB的凜德好像很中意你不是嗎？」

我忍耐著沒有加上一句「還有ALS的牙王也是」。

摩魯特的嘴角一口氣上揚，然後像呢喃般說道：

「並不是這樣喲～雖然我還滿喜歡那個人……哎呀呀，決鬥的時間只剩下一分鐘～怎麼樣？要分出勝負嗎～？」

「……說得也是，現在剩下的HP已經差不多了。」

我把聲調降低後這麼回應。

之所以會用「剩下的HP」這樣的名詞，就是為了讓話裡帶有「這下不只是你，我也可以使用決鬥PK」的意思，當然這只是虛晃一招。摩魯特應該是認真想殺掉我，但即使面對這樣的對手，我還是沒有在死亡遊戲裡殺害其他玩家的覺悟。

像是要看穿我真正的意圖般，斧頭使讓垂在臉部前面的幾條鍊子發出鏘啦一聲，然後才帶著更燦爛的笑容說：

「太好了、太好了～我超欣賞桐人先生的這種個性～而且～對戰通常是三戰兩勝對吧～讓我們開始第三回合吧～」

摩魯特依然站在深二十公分左右的淺灘當中，轉了一下右手上的利刃手斧後才將它斜斜架起。不知道是看穿了我的發言只是幌子，還是即使知道自己可能被殺也還是要繼續戰鬥。不論是哪一種，我都沒有退路了。我舉起劍尖朝下的韌煉之劍，同樣把它擺在中段。

表示在視界上方的決鬥剩餘時間僅剩下四十秒。ＨＰ條的殘量看起來幾乎相同。決鬥時間結束的話，將由ＨＰ殘量的百分比較多者獲勝，不過判定是以百分之五為單位，所以這樣下去直到時間結束的話，很有可能是以平手收場。但是，我也就算了，摩魯特他應該不願意接受這樣的結果吧。他一定會在某個時間點發動攻勢。

我擠著即將枯竭的集中力，凝視著摩魯特的站姿。讓對方見到「體術」技能時，我就已經把牌都出光了，但那個傢伙還是深不見底。不知道是會一口氣衝過來，還是一點一點地慢慢縮短距離——

下一個瞬間。

摩魯特再次做出超乎我想像的行為。

他的身體大大往後仰，然後高高地舉起右手的斧頭。粗獷的斧刃包裹在藍綠色光芒下。這是劍技。但是我們之間距離十公尺以上。這是連單手劍技目前射程最長的「音速衝擊」也無法到達的距離。難道單手斧有我不知道的超長距離跳躍技嗎……？

要躲避、擋下還是往前跳？這三個選項讓我猶豫了半秒鐘。這〇．五秒的延遲說不定就可以奪走我的生命。

但是，決鬥卻以出乎意料的形式落幕了。

沒想到準備發動劍技的摩魯特，像是聽見了什麼聲音般，忽然迅速把臉朝左邊轉去，然後就不知道為什麼直接放下了斧頭。劍技當然遭到強制結束，藍綠色特效光也呈放射狀擴散並且消失。

「…………」

面對擺出應戰姿勢僵在那裡的我，摩魯特輕輕揮動左手。

「對不起囉～我的時間就到此為止了～」

「……距離時間到還有三十秒喔。」

「不對不對，三十秒其實還滿長的喲～一秒一秒數的話，也得花上三十秒呀～啊哈哈～」

他一邊說著讓人摸不著頭緒的話，一邊突然蹲下，把手伸進腳邊的水面。這時摩魯特拿出來的，是決鬥開始不久就從他手上消失的韌煉之劍。他簡直就像知道劍掉在那裡一樣，一臉稀鬆平常地把劍收回左腰上的劍鞘回到岸上。接著又往河川的上游方向走了幾公尺，然後撿起掉在河岸平原上的圓盾。

「那麼那麼，我就此告辭了～今天真的很開心，有機會的話再來決鬥吧～」

我好不容易才對他快步離去的背影丟出一個問題：

「就這樣平手的話，我可以完成營區的任務吧？」

結果摩魯特沒有回頭，直接抬起左手說：

「請啊請啊～不過，我覺得有點難就是了。啊哈哈哈～」

下一刻，決鬥的殘餘時間就歸零，紫色的決鬥結果視窗遮住了摩魯特的背影。結果決鬥正如我的預料以平手作收，宣告決鬥結果的大型視窗變淡、消失後，就再也看不見單手斧使的身影了。

又保持持劍姿勢等了幾秒鐘後，我才緩緩挺直背桿。首先從腰包裡拿出裝著回復藥水的小瓶子，拔開栓子一口氣喝乾。雖然像加了兒茶素的西印度櫻桃汁般的口味實在很難讓人想仔細地去品嚐，但只要一瓶就能回復減半的ＨＰ，所以也沒什麼好挑剔了。

我接著又豎起耳朵仔細傾聽。但是傳過來的只有潺潺流水聲、樹葉摩擦聲、蟲鳴聲以及從遠處傳來的狼嚎而已。完全聽不見什麼讓摩魯特下定決心中止決鬥的特異聲音。

而且，他最後一句話……「要完成任務有點難」究竟是什麼意思？是假裝離開然後打算阻礙我潛入營區嗎？話又說回來，摩魯特為什麼不惜動用隱蔽與決鬥也不讓我接近森林精靈的營區呢……？

雖然決鬥以平手告終，我也就沒辦法問出摩魯特的企圖，但這個時候應該覺得沒有被殺掉就很不錯了吧。我到最後都無法看出那個男人究竟想做什麼。結果雖然是平手，但以客觀的眼光來看，這次的決鬥應該是我輸了。

「…………得重新鍛鍊才行……」

我一邊把劍放回背上的劍鞘一邊試著這麼呢喃，但老實說還是對決鬥——也就是PvP的訓練有種抵抗感。經過這次親身經歷後學到的是，完全勝負模式就不用說了，結果連半損勝負模式都有可能攸關生死。不論最後的結果合不合法，這個世界裡的PvP技巧都是殺人的技術……

輕輕搖了搖頭後，我把累積在肺部的空氣全吐出來換成新鮮的夜間冰冷空氣。摩魯特似乎滲透到DKB與ALS這件事，等回到黑暗精靈野營地再跟亞絲娜商量該怎麼辦就可以了。那個男人是基於原封測玩家的義務感而幫助兩邊勢力的可能性——應該還沒有完全消失才對。

最後再次凝視了一下摩魯特步行離開的河川上游方向，我才把身體轉向另一邊。下游方向的右岸聳立著高大的懸崖，從這裡也能看見上面營區的火把正在微微晃動。

只要沒有奇怪的防礙，這個任務就不會太困難。登上那座懸崖並且潛入隊長的帳篷，然後偷取放在桌上的命令書再從懸崖上爬下來就可以了。

我還是注意著身後的氣息，然後開始回到剛才走過的河岸上。右側的懸崖慢慢變高，到了剛好超過我身高的這個時候——

「……你們這些傢伙搞什麼！」

這樣的叫聲傳進我耳裡，讓我的全身緊繃了起來。

——該不會被森林精靈的夜間警衛發現了吧？這裡距離營區有數十公尺那麼遠啊。

我一邊這麼想，一邊產生本能性反應飛身到右邊的崖下躲了起來。迅速環視了一下周圍，但是並沒有看見紅色浮標。

而且仔細一想，就能發現聲音其實相當遠。說起來呢，發現單獨行動中的我，不可能用「你們這些傢伙」來跟我搭話吧。那麼——究竟是怎麼回事呢？

我緩緩挺起身體，從崖邊稍微露出一點臉後，定眼凝視著呈半圓形的山丘底部附近。

結果我藏身處的對面，從南邊登上山丘的小徑入口處附近，可以看見複數的人影。然後再次傳來幾個人聽不清楚內容的怒罵聲。看來是兩個各有五～六個人左右的集團正在對峙。

是森林精靈與黑暗精靈的小隊嗎？如果是的話，很可能會開始「翡翠祕鑰」那樣的活動戰鬥。但我所知道的「潛入」任務，應該沒有這樣的發展才對。

感到懷疑的我，以更加用力的視線注視著遠方的集團。搜敵技能的補正開始發揮作用，在遠景的解析度增加的同時，出現了幾個像線頭那麼小的顏色浮標。

看見浮標顏色的瞬間，我就發出了低沉的喘息。

「什麼………」

浮標全都是綠色。

那兩個集團全都是由玩家所組成。

8

因為建築在山丘上的森林精靈大型營區，不是只有進行關連任務的玩家才能進入的暫時性地圖，所以的確可能出現同時要去那裡的幾支小隊偶然相遇的事情。另外也不能說絕對不會有為了爭奪攻略順序而發生的紛爭。

但是最前線組只有數十人的現在，發生這種情況的機率應該相當低，話又說回來，難道在進行精靈戰爭任務的不是只有我和亞絲娜，以及公會ＤＫＢ而已嗎？如果是這樣，難道我看見的是ＤＫＢ的內鬨嗎？

雖然不想過去淌這種渾水，但在我窺視情況的幾秒鐘裡，對峙的兩個集團情緒似乎又變得更加激昂了。繼續在那個地方吵架的話，山丘上營區的精靈戰士們可能會產生反應，接著警戒就會變得更加森嚴。覺得無奈的我，為了掌握最低限度的狀況而安靜、緩慢地爬上山崖。

我目前的位置是在朝向南方呈半圓形的山丘西端。應該有十幾個人規模的集團則聚集在南端。兩個地點之間的斜面只有一些不算茂盛的樹叢，所以實在沒辦法直接接近。首先要進入圍繞山丘的森林，然後越過在地面到處盤結的樹根與灌木，朝著東南方前進。

可能是這幾天都住在森林裡已經習慣了吧，我完全沒有跌倒並在數十秒內就到達目的地。森林邊緣剛好有棵方向絕佳的大樹聳立，所以我就貼在粗大樹幹後面，為了小心起見還是發動了隱蔽技能後才悄悄往外看。

山腳下有一條經常有人往來的小道往東西向延伸，途中爬上山丘的道路會往北方分歧。而兩個集團就在那個T字路——從我的位置來看是⊥字路——的地方互瞪。至於數量則是東側六人，西側則超過十個人以上。如果是DKB起內鬨，那麼公會的所有成員幾乎都在場了。

朦朧月光照耀下的玩家們，目前似乎還不至於拔劍相向。但是有不少人已經把手按在武器的柄上，可以明顯感覺到現場的氣氛相當險惡。雖然不像剛才那樣互相叫罵，但緊張的程度反而增加了。

當我觀察到這裡時，人數較少的右側集團裡有一名玩家往前走了出來。

那個人把長髮綁在後面，左腰上則掛著細長曲刀。他無疑就是「龍騎士旅團」的會長凜德。雖然從我的位置幾乎只能看見剪影，但還是可以感覺到他原本就相當銳利的臉龐又變得更加緊繃了。

凜德看著對立集團的中央，然後低聲說道：

「繼續爭吵下去也不會有結果。是我們先來到這個地點的。按照規矩，我們可以進行這個任務。」

以內鬨來說，他說話的方式也太拘僅了……我才剛這麼想……

左側也有一個人迅速跳了出來，以右手食指指著凜德。

「說是先到，也不過快了短短幾十秒吧！」

——！

差點發出聲音的我，急忙遮住自己的嘴巴。

像流星錘那樣滿是尖刺的髮型、背後的單手直劍，加上那充滿活力的關西腔。除了公會ＡＬＳ——「艾恩葛朗特解放隊」的會長，牙王之外就不可能有別人了。

這也就是說，和包含凜德在內的六個人相對的十幾個人，全都是ＡＬＳ的成員囉？但他們怎麼會來到這個營區呢？

接下來牙王充滿怒氣的聲音解除了我一半的疑問。

「說起來根本沒有什麼規則啦！你們擅自決定的規矩，我們根本沒有必要遵守！我們也一定要完成襲擊這裡的任務啦！」

完成襲擊這裡的任務。

牙王確實這麼說了。這樣的話，ＡＬＳ也在進行精靈戰爭活動任務——而且還是站在黑暗精靈這一邊嗎？但是，今天……不對，昨天上午舉行的樓層魔王攻略戰時，我不著痕跡地套問ＡＬＳ成員，他們還說對活動完全沒有興趣啊。

這樣的話就只有兩種可能了。第一種是對全公會成員下了禁口令，不然就是從昨天下午才開始任務，短短十二個小時內就來到第六章了。

後者有點令人難以相信。只要戰鬥一次就結束的第一章「翡翠祕鑰」也就算了，要在半天內連續完成「討伐毒蜘蛛」「供品之花」「緊急命令」「消失的士兵」等任務，一定需要熟知這個任務的人……比如說原封測玩家的領導才行…………

——確實是有。

ALS裡也有符合這種條件的人存在。

短短幾分鐘前，才在山丘後面的河川和我短兵相交的鎖子頭罩男摩魯特。那傢伙藉由把臉遮住、切換主武器來潛入雙方的公會。如果他能引導DKB的話，當然也能幫助ALS。

也就是說，牙王在摩魯特的協助下，一路急行軍完成活動任務到第六章了嗎？但那個男人應該有「不和原封測玩家混在一起」的行事原則才對。為什麼會忽然放棄原則呢……？

即使內心相當混亂，我還是凝視著面對面的兩名會長，結果這次換成凜德發出帶著明顯焦躁感的聲音：

「任務和練功場都得按照到場的順序，這不是理所當然的規矩嗎！牙王先生，你也是率領公會的人，如果不遵守這樣的道義會讓人很困擾啊！」

以凜德的個性來說很少會出現的高傲發言，感覺已經讓牙王大大的犬齒發出了摩擦聲。

「道義？你說道義？凜德先生，你還敢提道義嗎？」

他迅速在胸口交叉雙臂，然後用力將身體往後仰，瞪著比自己高大的凜德臉孔。

「那我也不客氣了。你來到第三層之後一直隱瞞著，攻略樓層魔王必須解決這個精靈任務的事實對吧！」

什麼……！

在讓這樣驚愕的聲音震動假想的空氣之前，我就急忙按住了嘴巴。

完成活動的話確實能獲得珂爾、經驗值與道具等報酬，但是說不上跟樓層攻略有什麼關係。不論接不接受任務迷宮塔的門都會打開，也可以進入魔王房間，只要能打倒樓層魔王就能到上面一層去。至少封測時期……不對，正式營運後第一層與第二層也是如此。就算這樣的構造真的從第三層開始改變，那麼目前應該也還沒有人能夠得知才對。

但是牙王卻像是對自己的發言有絕對的自信般，持續著充滿怒氣的指責：

「才不過五天前的事情，你應該還記得吧。在第二層的魔王戰時，不知魔王牛頭人增加成三隻，讓聯合部隊差點全滅。這個第三層也有同樣的陷阱。不完成精靈任務，入手某種道具的話，魔王戰就會陷入某種恐怖陷阱當中。你明明知道這一點，之前的會議裡卻完全沒有提及！你這樣又哪裡有道義了！」

「……沒……」

——沒這回事！

躲在大樹後面的我，拚命忍受著想跟凜德一樣這麼大叫的衝動。

至少封測時期就算攻略所有第三層裡所能進展的活動任務，也沒有獲得什麼對付樓層魔王的特效道具。正如我剛才所想的，或許報酬跟封測時期已經有所不同，但只有已經完成這一層持續到第十章任務的人才能如此斷言。第三層開通到現在不過只有四天的現狀下，我實在不認為已經有這樣的玩家存在。確實到活動的中盤為止都能用超快速度完成，但第九、第十章都是得花上一整天的長時間任務。

也就是說，牙王說的特效道具，很可能是有心人士故意傳出來的假情報。至於那個有心人士是什麼人，恐怕就是……

「……沒這回事，我根本不知道有這種事！」

凜德的叫聲讓我的思緒暫停了下來。聚合雙眼的焦點後，就發現曲刀使眉毛間的皺紋已經深到在這個距離都能看得出來，而他目前正瞪著身體向後仰的牙王。

「DKB進行活動任務，純粹是為了賺取經驗值和報酬道具！因為這是不用說也知道的事我才沒有多提，就這麼簡單！」

「哈，你說的報酬道具就是魔王戰時需要的吧！」

牙王也氣勢十足地挺出身體，近距離接受著凜德的視線。

「你終究還是想當前線組全體的老大！我才不想被這種傢伙說什麼要守規矩之類的呢，這個任務我們一定要先完成。你們就乖乖在旁邊等著吧！」

牙王迅速想要轉身時，凜德已經壓住他的左肩。下一刻，排在雙方後面的公會成員們之間也籠罩在緊張的氣氛當中。

「等等，你不能這麼胡作非為！或許你不知道，但是像這種主要地點，只要有人完成任務就會消滅，然後隨機在森林的某個地方湧現。就算在這裡等，我們也沒辦法攻略了！」

這些話讓牙王也伸出左手抓住凜德的胸口。

「你終於露餡了吧！這也就表示，你們完成任務的話我們就沒辦法攻略了吧！」

「所以我才說先來的人有優先權啊！」

「我不是也說了不知道有這種規矩！這樣的話，就用更簡單的規矩來決定先後順序吧！」

「……你這是什麼意思！」

…………糟糕。

兩個人都氣到腦充血了。雖然在演變成真正的危險前，ＤＫＢ的席娃達這種等級的成員可能就會出面制止，但是ＡＬＳ沒有同等級而且冷靜的成員的話，事情根本沒有轉圜的餘地。

只不過，我也不認為自己衝進去就能仲裁現在的情形。到底該怎麼做，才能讓這種狀況冷卻下來呢……

當我緊咬著牙根時。

頭腦深處又浮現出短短幾秒鐘前凜德才說過的話。

——像這種主要地點，只要有人完成任務就會消滅。

事後才聽說，互相抓住對方胸口的牙王與凜德誰都不肯讓步——最後差點演變成兩公會總共十八個人爭先恐後地衝上山丘闖進營區的事態。

進行森林精靈任務的DKB，任務內容是要把野營地的補給物資送給營區的隊長而站在黑暗精靈這邊的ALS，則跟我一樣要奪取命令書。

也就是說，兩個公會同時衝進去的話，營區內部的十幾名森林精靈戰士對DKB來說就是友好的NPC，對ALS則是實力堅強（不過和精英型的基滋梅爾比起來還是弱多了）的敵對怪物。當然，牙王率領的十二個人就會在凜德率領的六個人面前開始和森林精靈們戰鬥。

那個時候，DKB會有什麼樣的行動呢？

最理性的對應是不理會那些被殺害的伙伴士兵，直接把補給物資交給隊長，就這樣完成任務。雖然不知道那個瞬間營區是不是會連士兵一起消失，而且正在戰鬥的隊長精靈也不知道會不會收下物資，但是這樣攻略集團本身受到的傷害至少比較輕。

但是就凜德與DKB成員的精神狀態來看，也很可能會出現最糟糕的事態。也就是DKB

加入森林精靈那一邊，對ALS成員展開攻擊的情形。DKB的六個人再加上精靈部隊的十幾個人，在戰力上就幾乎和ALS的十二人不相上下。這時候根本沒有時間一個一個申請決鬥，雙方都會因此而出現變成犯罪者的玩家吧。這樣的話，混戰就真的一發不可收拾了。在這種練功區的中央，出現第一層魔王攻略戰以來的死者的話——而且還是被玩家的劍所殺——攻略集團將再也無法同心協力。

不過這應該會讓死亡遊戲攻略進度停滯很長一段時間的慘劇，最後還是在千鈞一髮之際被阻止了。

因為牙王和凜德開始互相推擠著衝上山丘的瞬間，構築在山丘上的大型營區就像魔法般（以SAO的視點來解釋的話，真的就是精靈的魔法）消失了。

兩名公會會長以及合計共十六人的公會成員，就像全力奔馳中的影像被人定格般，維持跑步的姿勢持續茫然望著山丘頂端。

最後有一名玩家踩著輕快的腳步從月光照耀下的小徑走了下來。一看清楚搶在兩陣營前完成任務，讓營區整個消滅的罪魁禍首究竟是誰時，有不少人心裡都冒出「又是那個傢伙」的想法。當然——這部分只是我的想像。

承受著十八道視線的我，內心其實不像外表看起來那麼輕鬆。

決定搶先完成任務後，我就採取了以下的行動。

首先用比走過來時快了好幾倍的速度跑過森林回到谷底，再猛衝過河邊平原來到營區正下方，然後一口氣爬上高七公尺的懸崖。順利潛入營區後，就躲過按照固定路線巡邏的衛哨入侵隊長的帳篷。一邊窺探在深處床上睡覺的隊長精靈的動靜，一邊拿到放在中央桌子上的命令書。離開帳篷，再次邊躲在巡邏士兵的死角邊爬下後面的懸崖。

看起來似乎很簡單，但如果沒有從封測時期的經驗者那裡學到重點的話，我一定在半途就會被發現了吧。腳踏上崖下河邊平原的土地，任務紀錄更新之後，我就因為鬆了一大口氣而癱坐到地上。

老實說，我也曾想過就這樣直接回野營地去。但要讓DKB與ALS之間一觸即發的狀態獲得解決，光是讓營區消滅是不夠的。必須要讓他們知道是誰完成任務才行——因為還沒跟司令官報告，所以只能算暫定就是了。

再次爬上山崖後，剛好是營區全體包裹在綠色光芒中開始消失的時候。接下來如果有人想完成這個「潛入」任務，或者森林精靈那邊的跑腿任務，就必須靠著表示在地圖上的新光點，在廣大的迷霧森林裡找出在某個地方再次湧出的營區才行。據說不論是在什麼位置，都有從後面悄悄潛入的手段，不過我知道詳細內容的就只有這個攀爬山崖的路線而已。亞魯戈在把這個任務的攻略法集結成冊時，我想就連那個「老鼠」也很辛苦才能收集到情報吧。

我一面想著這些事，一面橫越連一根柵欄都沒有留下來的山丘上空地，走下通往山腳下的小徑。

我在距離啞然抬頭看向這邊的兩大公會主力成員稍遠處停下腳步，緩緩打開視窗來確認時間。奪取命令書所花的時間，包含移動在內總共用了五分鐘左右。也就是說，在我離開現場後，凜德與牙王又用了這麼多時間想要說服對方。很可惜的是，他們的努力似乎沒有得到成果。

消除視窗並把右手伸進大衣的口袋裡後，我就用自己都覺得冰冷的語氣說：

「抱歉，這個任務我已經完成了，你們去找別的營區吧。」

下一刻，凜德的臉色變得蒼白，而牙王的臉則是變成了黑色。光是靠月光，實在沒辦法判斷出哪一邊比較生氣。

但是，最先開口的果然是一直對原封測玩家有強烈對抗心的男人——牙王。

「……還想說最近怎麼都沒見到人，原來封弊者小鬼也在進行活動任務嗎？我看小鬼大概是跟這個梳髮髻的傢伙一樣，明明知道攻略魔王需要任務報酬而沒有說出來吧。」

牙王用手肘用力撞了一下站在身邊的ＤＫＢ會長之後，就交互瞪著我和凜德，然後恨恨地歪著嘴巴。

「結果對你們來說，解放八千名被關在這種狗屁遊戲裡的玩家這種目標根本就不重要。你們只是想超越他人，累積強力武器和道具，然後裝出頂尖玩家就是了不起的模樣，才會待在最前線對吧。和第一天就瞬間從起始的城鎮消失的幾百名封弊者沒有兩樣。像你這種傢伙，沒有資格打著迪亞貝爾先生繼承者的名號啦！」

牙王到剛才為止都還顧慮到音量，但山丘上的營區消失後他就解除了限制了吧。牙王以烈火般的舌鋒說出這一大串話後，背後的十一名ＡＬＳ成員也各自發出「沒錯沒錯！」「這個只是在Cosplay的臭傢伙」等大叫聲。

牙王剛才所說的繼承者等等的指責，加上公會成員的「Cosplay的臭傢伙」等惡罵，都是針對迪亞貝爾死後就把頭髮染成藍色的凜德。看來就算任務被我橫刀奪走，牙王等人的大部分怒氣還是針對ＤＫＢ。

即使在月光下還是能看出臉色蒼白的凜德，細長且上揚的眼睛裡出現強烈的異樣光芒，而且還緊咬住牙根。

但是還不至於整個人爆怒，這時他舉起左手來制止後面想要大聲回吼的ＤＫＢ成員。他可能也反省過自己流於激情而準備直接突擊營區的行為了吧，即使被人那樣批評還是能壓抑怒氣，這樣的精神力確實令人佩服，但同時覺得他內心的壓力一定也昇高到臨界點了。

用力吸了口氣，然後用數秒鐘把它吐出來後，凜德就用低沉緊繃的聲音問道：

「牙王先生。我必須再跟你強調一次，包含我在內的ＤＫＢ成員，都不知道魔王攻略需要活動任務的報酬道具。我才想問你是從哪裡聽來這種消息的呢？」

但是激怒的牙王卻對他說的話嗤之以鼻。

「少跟我裝傻了，我才不會被你唬過去呢！又想靠這樣來自己獨占情報嗎！」

「我都說沒這回事了！」

看著再次準備展開互相怒吼狀態的兩個人，我突然覺得有點受不了了。

雖說都是攻略集團，在最前線戰鬥的玩家也不是那麼團結。

自認是最精銳部隊的公會ＤＫＢ、以擴大規模為目標的ＡＬＳ、中立派的艾基爾組，以及被視為異端封弊者的我與不知道為什麼持續搭檔中的亞絲娜。再加上目前真正的企圖仍不明朗，但滲透進兩公會協助進行活動任務的摩魯特，以及擔任他決鬥練習對象的某個人應該也可以算一股勢力吧。

帶著諷刺的心情，一邊想起基滋梅爾曾告訴我人類過去在這個世界曾分裂成九個國家的歷史，一邊再次開口說道：

「凜德先生，還有牙王先生……」

我一搭話，針鋒相對的兩個人就一起瞪著我。

目前已經沒有什麼魔咒可以讓關係惡劣到這種程度的雙方陣營和解了。遠古的「大切斷」以來，這座浮遊城裡已經失去了所有的魔法。愚蠢的人族——也就是我們，現在只能夠做自己能力所及的事情而已。

「正如你們所知，我是一個封弊者。所以精靈戰爭活動任務的報酬為何，以及擁有什麼效果我都相當清楚。但是我進行這個活動，目的不是為了獲得報酬道具。是為了提昇等級、強化裝備來打倒樓層魔王。你們這麼辛苦地完成公會任務，不是為了像這樣在這裡吵架吧？」

一聽見我說的話，牙王便用右手的食指指著我說：

「厚著臉皮冒出來橫刀奪走這裡的任務，還敢說這種大話！怎麼證明你的目標不是報酬道具？我看你心裡其實巴不得趕快去進行接下來的任務了吧！」

「我決定在這裡中斷活動任務。」

我面無表情地這麼宣布後，牙王就張開嘴巴發出「你說啥？」的聲音，而凜德則是雙眉之間出現了相當深的直線皺紋。我把右手從大衣口袋裡抽出來，用大姆指指向正後方——聳立在平緩山丘遠方的那座又黑又雄偉的第三層迷宮區，然後開口說：

「我接下來就開始攻略迷宮區。趁你們在每一章任務都囉哩囉嗦地起爭執時，我就可以盡情地打開迷宮區的寶箱以及撿拾礦石素材。別期待身為封弊者的我會留下什麼甜頭啊。到達魔王房間時你們還沒追上來的話……我就要自己召集攻略成員衝進去囉。我會以封弊者兼開路先鋒的身分，盡情地做自己想做的事情。」

閉上嘴巴，放下右手後，現場依然沒有人發出聲音。如果要分析充斥在山丘斜面上的沉默裡含有哪些成分，大概會得到驚訝兩成、憤怒三成，然後還有五成愕然的結果吧。雖然這是讓發言者的我也忍不住覺得「這麼說實在太過火」的發言，但是為了消除現場的緊張氣氛，我只能想到這個辦法而已。

最初產生反應的人依然是牙王。

「……竟然要把好不容易進行到第六章的任務丟到一邊嗎？」

「沒錯。」

點頭的同時，我也感覺到胸口深處出現一股刺痛感。

竟然要在剛開始不久的時候，就放棄這光是第三層就有十章，如果要數到在遙遠第九層等待玩家的最終章的話就有幾十章的連續任務，這實在讓我感到相當懊惱。雖然系統上允許攻略完迷宮區後再次回來開始任務，但是牙王他們為了要我證明目標並非報酬道具，應該會要我廢棄剛才入手的命令書吧。失去主要道具的話，就永遠無法完成「潛入」任務了。

還不只是這樣而已。在這裡放棄活動，就等於與基滋梅爾分開。她到目前為止都和我們共同行動，就是因為我和亞絲娜幫助黑暗精靈先遣部隊與森林精靈戰鬥的緣故。放棄這個任務的話，基滋梅爾也就失去了幫助我們的理由了。

但這就是所謂的大規模活動任務。

如果說單獨任務是一本書，那麼活動任務就像是持續好幾集的長篇系列一樣。在閱讀這部長篇時，我們就會進入故事當中。但只要把書闔上，就再也觸碰不到故事的舞台與登場人物。攻略報酬的道具與經驗值怎麼說都只是附加物。活動任務真正帶給我們的，是讓這個虛構世界更加豐富的故事……

不知道什麼時候就微微低著頭的我，忽然被一道尖銳的叫聲刺進耳朵。

「你不可能這麼做啦！」

抬起臉之後，發現ＡＬＳ集團當中有一名男人高舉起右拳不停地揮舞。他有著細長、瘦削的身體，公會代表色的暗綠色緊身衣上包裹著黑色皮環甲，頭上罩著只有雙眼與嘴巴處有開口的同色皮革面具。武器因為被其他玩家的身影蓋住而看不見。

男人以似曾相識的尖銳聲音繼續叫道：

「那傢伙在說謊！一個人不可能到得了魔王的房間！他是假裝要去迷宮區，然後再獨自完成任務！」

聽見他這麼說後，先是ＡＬＳ成員，接著ＤＫＢ成員也都出現了一些吵雜的聲音。聽那些斷斷續續傳過來的聲音，似乎大部分的人都在懷疑我的宣言。

瘦削的男人再次以尖銳的聲音叫著：

「別被這個臭封弊者給騙了！迪亞貝爾先生就是因為這個傢伙才會死掉的！我們別理這種人，繼續進行活動……」

「閉嘴吧，喬。」

牙王小聲地命令完後，被稱為喬的面具男才心不甘情不願地放下右手。

在這個時候，換成凜德開口了：

「……桐人先生，我也知道你的實力，但是一個人要攻略迷宮區實在太勉強了。雖然不是跟ALS有同樣的意見，但我們無法輕易相信你中斷活動的宣言。原封測玩家的你，應該很清楚持續完成連續任務究竟能獲得多少好處。而且……」

鋒利的雙眼瞄了一下我的周圍後才又繼續表示：

「……你的搭檔到哪裡去了？說不定你在這裡拖住我們的時候，你拿著主要道具的搭檔就已經在進行任務了。」

雖然他完全猜錯了，但我一時之間還真無法反駁他的指責。我的搭檔——正確來說是暫定的小隊成員，目前應該在野營地的帳篷裡和基滋梅爾一起睡覺，我當然不可能在這裡消除他們的懷疑。

這時雙方的公會成員已經零星地對我丟出非難的聲音。

我一邊默默地承受著越來越大聲的怒罵，一邊覺得這種情況有點熟悉。五天前，第二層魔王攻略戰結束後。公會「傳說勇者」的鐵匠涅茲哈表示自己犯下強化詐欺罪行後，也同樣像這樣受到眾人指責。

當時甚至還冒出了「償命來」的聲音。如果傳說勇者的成員沒有跟涅茲哈一起下跪，說不定真的會有人拔劍相向。

沒錯……仔細一想，就能發現間接造成那種緊張狀況的，是指導傳說勇者強化詐欺技巧的那個神祕雨衣男。和誘導這種事態發生的鎖子頭罩男摩魯特立場很相像。

他們有可能是——同一個人嗎？

如果是這樣的話，摩魯特的行動原理就是完全的邪惡了。故意讓兩大公會分別進行森林精靈與黑暗精靈的活動任務，然後在這座山丘上彼此衝突。他不惜使用隱蔽來躲在河邊平原，盡力不讓防礙者——也就是我靠近營區的理由，就是因為要是我先完成任務的話，整座營區就會消失。

但是……

讓DKB與ALS起衝突，對那個男人究竟有什麼好處？

雖然不是那麼團結，但攻略集團至今為止已經突破第一、第二層，目前已經到達第三層迷宮區前面了。讓這樣的集團因為內鬥而弱體化，死亡遊戲的攻略速度也會變得極為緩慢吧。跟PK我一個人比起來，影響可以說大多了。

摩魯特他……不想離開這座電子監獄嗎？

真的存在這樣的人嗎……？

「說句話啊！」

之前那道刺耳的聲音再次響起，於是我就抬起頭來。被牙王稱為「喬」的皮革面具男，從開孔露出來的雙眼裡發出燦爛的光芒繼續大叫：

「那個女的在哪裡啊～！一定是偷偷跑去進行任務了！不是的話，叫她出來讓我們看看啊！」

結果回答這句話的，不是我，也不是牙王或者凜德。

從集團後方發出的平靜又帶有堅強意志的聲音，就這樣強烈震動著森林夜間的冰涼空氣。

「我人就在這裡。」

事後——真的是很久很久之後，亞絲娜曾經這麼說過。「如果那時候有人拔出劍來，我可能已經變成橘色玩家了」，她帶著些許微笑這麼說。

幸好當時沒有降下血雨，但是跟之前又完全不同的緊張感一口氣支配了現場。

兩隻公會的成員當然是嚇了一大跳。

但我也是打從心底感到驚愕。不可能在這個地方聽見的聲音，讓我一瞬間以為自己產生了幻聽。

我就這樣站在走下山丘的小徑中間附近，茫然看著那道擋住眼睛下方的人牆。不久後，就像是被某種看不見的力量推開般，ALS成員向右，而DKB成員則開始往左邊退去。

重新出現的小徑在山丘底部分歧為東西向，更前方則是深邃的森林。T字路口的正面，矗立著一棵比其他樹木都要粗上一倍的古樹。剛才我就是躲在那棵樹的樹幹後面，偷聽牙王等人的對話，這個時候大樹後面又出現一名玩家的身影。

來者身穿帶著紅灰色兜帽斗篷。上身是胭脂色束腰上衣，下半身則是皮革裙子。另外腰部還掛著一把即使在朦朧月光下依然發出冷冽光芒的銀色細劍。

……從那棵樹後面出現就表示，那個人不是一直躲在那裡，而是在我移動到營區後的十多分鐘內來到此地。

當我做出這種不是太重要的推測時，稍微在我下方的凜德與牙王也往左右退了幾步。闖入者踩著毅然的腳步爬上完全淨空的小徑。隨著夜風搖晃的兜帽深處，那對淡褐色的眼睛正發出堅強的光芒。我無法看出現在包含在那雙眼睛裡面的感情。

在我右邊停下腳步，接著迅速回過頭後，攻略集團唯一的女性，同時也是我暫定搭檔的高手細劍使亞絲娜再次發出凜然的聲音：

「既然和這個人搭檔，那我當然也會去迷宮區。而且既然要去，就會以魔王的房間為目標。我記得最先到達的人可以擔任聯合部隊的領袖對吧。」

凜德與牙王的臉色為之一變，後面的十六個人也發出低沉的吵雜聲。這某種意義上來說是比我還要狂傲的發言，之所以沒有人立刻對此產生反應，應該是因為還沒有從亞絲娜突然登場的驚訝當中恢復過來，而且也被她左腰上那把輝煌的新主要武器「騎士刺劍」的存在感給震攝住了。性能遠遠超過我韌煉之劍＋8的騎士細劍，在藍色月光下放射出讓人甚至想稱之為妖氣的壓力。

現在才想起來，原本打算將「在精靈野營地裡可以製造出這種等級的劍」這樣的情報在四天前的會議裡傳達給攻略組所有人知道，但是卻因為凜德的「個別加入公會宣言」造成的餘波而一直沒有說出口。不過現在回過頭來一想，如果那個情報已經公開，那麼兩個公會很有可能會傾全力來進行活動任務，這樣的話就會有兩倍的人數擠在這裡了。

還是應該確實驗證過那個充滿謎團，但是技術高超的冷漠鐵匠效率如何後才公開消息……我的思緒正要往旁門左道發展時——

「我……我知道這些傢伙不論是在第一層還是第二層都沒有好好標記迷宮區的地圖，只會偷偷摸摸地打開剩下來的寶箱！就算聚集了一兩個這種傢伙，還是不可能到達魔王的房間啦！」

刺耳的聲音依然是來自於ＡＬＳ的喬先生。因為集團已經移動到右邊，所以終於能看見他原本被遮住的全身。掛在他纖細腰部附近的，是一把弧度相當大的短劍。我記得專有名稱是

「麻痺短劍」，第二層迷宮區的牛男身上偶爾會掉下這種，在低機率下讓被砍中的對象陷入昏迷狀態的稀有武器。

發現他是短劍使之後，我才終於想起來。難怪這道聲音讓我有似曾相識的感覺，喬就是在第二層魔王房間裡，主張有人因為涅茲哈的強化詐欺而死的男人……同時也是在第一層魔王房間裡，率先指責我是原封測玩家的男人。可惜的是因為帶著全罩式面具而無法記住他的長相，但對我有如此敵意的話今後還是應該注意他的存在比較好。之前一直沒有注意到這一點讓我覺得有些懊惱。

我的壞習慣兼弱點就是，不會好好看別人的臉，而且也很難記住別人的名字。心裡一邊想著將來可能會因此而陷入危機，一邊把矮小的喬像棒子一樣瘦細的站姿刻劃在腦海裡。

確定下次見到他一定能馬上想起來後，我才張開已經閉了兩分鐘以上的嘴巴：

「喬先生，如果認為我們到不了魔王房間，那不用管我們就好了。反正我會按照剛才的宣言到迷宮區去。」

「不用說我們也不會理你啦！牙王先生，已經夠了吧，不要繼續在這裡浪費時間，快點到下一個……」

短刀使以尖銳的聲音這麼叫著，這時公會會長銳利的一瞥讓他閉上了嘴。

「喬，別讓我重複那麼多遍，你暫時給我閉嘴。」

以充滿壓迫感的聲音下達命令後，牙王就把整個身體轉向我和亞絲娜。他搔了搔刺蝟頭，以低沉的聲音說：

「……我已經搞不清楚狀況了。你們真的打算沒有活動任務的報酬道具就去攻打魔王嗎？只要有一絲魔王攻略需要報酬道具的可能性，就應該確認過之後再去攻打也不遲吧。」

「你說得沒錯。」

我點了一下頭，然後依序凝視著兩名會長回答：

「但是，如果目的是驗證報酬道具，那麼ＤＫＢ與ＡＬＳ就有一邊必須放棄任務。同時進行森林精靈與黑暗精靈的任務，又會發生跟這次一樣的衝突。如果凜德先生與牙王先生願意討論由哪一邊辭退任務，那我也可以等待驗證的結果。」

我的話再次讓站在數公尺外的兩個人，以及他們後面的公會成員臉色為之一變。依然不死心的喬似乎還想叫些什麼，但站在旁邊的雙手劍使已經拉著他的手讓他安靜下來。

其實很想在這裡告訴兩個公會，他們很可能是在一個男人的誘導下開始進行活動任務。但很可惜的是，我沒有新加入ＤＫＢ的單手劍使摩魯特，和在洞窟裡那個牙王小隊的單手斧使是同一個人的證據。隨便說出不確定的情報，可能又會讓事態變成更加紛亂。

表面上雖然一臉不高興，內心卻帶著祈禱般心情的我，就這樣持續凝視著兩名會長。如果讓兩大公會相爭是摩魯特的目的，那我無論如何都得防止攻略集團崩壞。我這個人沒什麼太大的正義感，單純是因為摩魯特對我來說是水火不容的敵人。這是我和摩魯特之間另一種形式的決鬥。

牙王和凜德同時把臉轉向旁邊，交換視線兩秒鐘左右就同時用鼻子發出哼一聲。相對於把臉別向一邊的ALS會長，DKB會長抬頭看著我用力地搖了搖頭。

「桐人先生，我們沒有辦法接受你的條件。如果是一開始就算了，我們和他們都把任務推進到第六章了。在這裡放棄的話，失去的東西實在太多了。」

我壓抑住想垂下肩膀的沮喪心情，面不改色地點了點頭。

「……這樣啊。那我們剛好就趁你們在爭執的時候爬上迷宮區。」

「很可惜，你說的這些話，目前只能當是在虛張聲勢。就算是你們，也不可能兩個人就到達魔王的房間，迷宮區可不是那麼好混的地方……雖然在這個時間點這麼說好像有點晚，不過意氣用事也應該差不多到極限了吧？不要一直執著於獨行或是雙人搭檔，差不多該加入公會了吧。雖然正如我前幾天所說的，因為考慮到戰力平衡的關係，沒辦法讓兩位同時加入我們……」

——喂喂，不要現在又提起這件事好嗎？

我的內心露出鐵青的臉色。「個別加入公會」對亞絲娜來說是最大等級的地雷發言啊。

果然不出我所料，右邊那名沉默了一陣子的細劍使，一聽見凜德這麼說就往前踏出一步。

但是，所說的話卻完全超乎我的想像。

「我們不是只有兩個人而已。」

…………啥？

才剛浮現這樣的想法。

我左邊因為月光而染上淡藍色的大氣，這時無聲地左右分開了。

我在四天前的傍晚，就曾經在主街區茲姆福特近郊的森林目擊這種簡直像空間整個翻面的現象。不對，正確來說應該只是聽見背後傳出披風的摩擦聲而已，但我相信一定是同樣的能力。

也就是說，就算已經入夜，但在月光照耀而且空無一物的草地中央這種不利的條件下，依然能在包含我在內的將近二十名玩家眼前隱蔽數分鐘的人物是——

把透明化的披風往左右兩邊甩後，首先看見的是如絲絹般的光艷藍紫色頭髮在月光照射下發出炫目光芒。接著出現的是在黑色原料金屬上施加了象嵌技法的優美胸甲。左手與左腰上的鳶型盾與長軍刀散發出應該屬於祕銀的深邃光芒。外露的手臂和腳上的肌膚目前看起來是深藍色。

因為覆蓋著披風而朝下的頭部昂然抬起後，垂在兩側的頭髮便往下流動，露出了可以稱為淒絕的美貌與細長的耳朵。縞瑪瑙般的眼睛環視著說不出話來的攻略集團玩家，然後「第三個人」隨即發出凜冽的聲音：

「吾之名為基滋梅爾。是隸屬於留拉斯王國槐樹騎士團的近衛騎士。」

披風底下延伸出來的右臂迅速朝我和亞絲娜舉起。

「根據盟約，吾將與人族劍士桐人、亞絲娜共赴『天柱之塔』！在吾之刀刃前，就算是塔的守護獸也將如朝露般煙消雲散！」

如果已經把任務推進到第六章，那麼DKB與ALS應該都知道，基滋梅爾嘴裡說出來的國名是黑暗精靈女王治理的國度。至於「天柱之塔」這個名稱，應該很容易就能想像指的是迷宮塔。

但是包含兩名會長在內的所有人——連那個聒噪的喬都瞪大雙眼與嘴巴完全說不出話來，究竟是因為基滋梅爾的美貌，還是聽見NPC說出我和亞絲娜名字後的震驚，又或者是被等級16的精英怪物那深不可測的迫力給震攝住了呢——

……我想應該是全部吧。

當我想到這理時，臉再次蒼白得像冰塊一樣的凜德立刻往後退了一兩步。

「……桐……桐人先生，你站在那裡真的沒關係嗎？」

「咦……有什麼關係？」

「那個黑暗精靈，浮標是一片漆黑喔……等級比一開始的任務裡對戰的那個精英級Mob

還要高吧……」

想著原來如此的我在內心點了點頭。我和亞絲娜就不用說了，在進行黑暗精靈方活動任務的ＡＬＳ成員眼裡，基滋梅爾的顏色浮標也是代表ＮＰＣ的黃色，但是幫忙森林精靈的凜德等ＤＫＢ成員，看起來就是表示為怪物的紅色。而怪物的紅色浮標，又會因為跟自己的能力值差異而有淡粉紅色到暗紅色的變化，從原本實力就超強的精英騎士大人又經過昇級的基滋梅爾，浮標即使在等級將近15的凜德眼裡看起來也是將近於黑色。

牙王交互看著一點一點往後退的凜德，以及任由夜風吹拂披風的基滋梅爾，然後也往後退了幾步，對著競爭對手問道：

「浮標真的是黑的嗎？」

「嗯……如果戰鬥的話，這個人數可能也沒辦法獲勝。」

「怎麼可能……為什麼，為什麼這種實力超強的精靈會幫忙那些傢伙……」

基滋梅爾可能也聽見他的呻吟聲了吧。她稍微把臉靠向我，然後悄聲說：

「人族的語言比我想像中複雜。」

這當然是聽見牙王的關西腔後做出的評論。身為ＡＩ的基滋梅爾所擁有的，應該可以稱為「語言引擎」的程式恐怕只對標準日語有反應，所以牙王說的話她應該將近一半無法理解吧。

我忍不住對她露出苦笑，然後忽然注意到一件事。

這個地方從剛才就出現了一堆「任務」、「活動」以及「主要道具」等等的遊戲用語。這些用語都表示出，這裡只是存在於設置在現實世界伺服器裡的假想世界。也宣告著浮游城艾恩葛朗特不是經由遠古的「大地切斷」而從大陸被分離到這裡，只不過是名為「Sword Art Online刀劍神域」的VRMMO遊戲的舞台罷了。

當然，基滋梅爾不會有這樣的認識。在這個世界裡以黑暗騎士的身分出生，然後成長、成為騎士，並且一路作戰到今天的她，究竟會怎麼解釋玩家們的這些用語呢？我可以斷言這些解釋對基滋梅爾的AI不會造成任何的傷害嗎？

凜德與牙王稍微走下山丘與各自的伙伴會合，然後聚集起來開始討論起事情。

這段時間裡，我應該跟基滋梅爾傳達至今為止都沒能說出口的話。如果我認為她不只是普通的協力NPC，而是真正的伙伴……朋友的話。

「……基滋梅爾。」

可能是從我的呢喃聲裡感覺到什麼了吧。不只是站在左側的黑暗精靈騎士，連右側的細劍使都把臉轉向我。

「那個……我與亞絲娜都跟基滋梅爾不同，不是在這座城裡面出生的。我們是被從很遠的地方帶來這裡，為了回到自己的世界而戰。」

這個瞬間，我感覺到亞絲娜猛然吸了一口氣。我移動右手，輕輕碰了她的手背附近，然後才把整個身體轉向基滋梅爾。

騎士以有些覺得不可思議的表情持續凝視著我。我無法得知她縞瑪瑙色的雙眸深處正在進行什麼樣的情報處理。

——真的不應該說這些話嗎？下一個瞬間，ＧＭ還是什麼人會突然出現，然後把她回收並且初期化嗎？

無比漫長的數秒鐘過後，基滋梅爾光艷的嘴唇動了起來。

「這我當然知道。」

「…………咦……？」

「之前我都刻意沒有詢問，不過這就是你們人族殘留下來的最大咒語對吧？從異國召喚戰士，讓他們為了將『天柱之塔』連結為一而戰……因為我們黑暗精靈也跟你們差不多，必須守護所有的祕鑰不被森林精靈奪走，為了保持聖堂的封印持續著長期的戰爭……」

「……嗯、嗯嗯……情況有一樣嗎……」

基滋梅爾的話怎麼說也只是按照這個世界的設定來解釋ＳＡＯ事件，但我沒有必要隨便去破壞她這樣的理解。我點了點頭後，騎士對我露出淡淡的笑容。

「我們是利用轉移咒語往來於各層之間，所以不用進入人族相當重視的「天柱之塔」，但是你們想進去的話我當然可以幫忙。不過，相對的……」

基滋梅爾的笑容加深了一些，交互凝視著我和亞絲娜後說：

「……找個時間跟我說一下你們國家的事情吧。像是你們在什麼樣的家庭環境下成長。」

「……嗯嗯，我知道了。就這麼說定了。」

點頭的我沉浸在某種感慨當中。

就算知道這座浮遊城艾恩葛朗特是假想世界也是遊戲又有什麼意義呢？對基滋梅爾以及我和亞絲娜來說，現在這個世界就是唯一的現實。所以把「Quest」這樣的遊戲用語，換成聽起來像人族語言般的「任務」……應該也不為過吧。

「除了這件事外，我也會找時間教妳人族的各種語言。因為要在迷宮區……我們稱為天柱之塔的地方戰鬥的話，就需要有這些知識。」

「嗯，那就拜託你了。」

基滋梅爾聽見我的話後點了點頭，亞絲娜似乎也露出了微笑，就在這個時候。

「讓你們久等了，我們算有了共識。」

凜德的聲音響起，於是我們一起把身體轉向山丘下方。

曲刀使依然表現出不想靠近基滋梅爾的模樣，但最後還是下定決心往斜面爬了幾步，開口繼續說道：

「從結論來說……我們『龍騎士旅團』，牙王先生的『艾恩葛朗特解放』將同時放棄活動任務。」

——什麼？

聽他這麼說後，我有點嚇到，不對，應該說嚇了一大跳，但還是注意不表現在臉上然後等待他繼續說下去。

「但是，為了慎重起見，還是必須檢驗攻打樓層魔王需要活動報酬的傳聞。所以想拜託桐人先生你們進行這個任務。」

——什麼？

雖然再次出現這樣的想法，但我還是保持著撲克臉反問：

「是沒關係，但你們接下來有什麼打算？」

結果凜德像是很尷尬般閉上嘴巴，這時牙王則代替他用有點自暴自棄的態度叫道：

「那還用說嗎！我們當然是去迷宮區標示地圖啊，光靠你們這幾個人，要是發生事故死掉了，晚上我可睡不著啊！」

「……原來如此。」

聽見這種說法，我也只能露出苦笑了。旁邊的亞絲娜也像難以置信般低聲說了句「你可真懂說話的藝術」。

不過，這應該就是最好的結局了吧。充滿謎團的男人摩魯特沒有出現在這裡，不過他應

該還是ＤＫＢ的成員，而且也保有和ＡＬＳ的關係。兩公會繼續活動的話，可能又會因為摩魯特的引導，不對，因為他的煽動而發生一觸即發的事態。還是得盡快找到摩魯特有所企圖的證據，然後在公眾場合質問他的真意。

話說回來，雖然不像摩魯特那麼誇張，但很明顯對我有敵意的喬對這樣的決定又有什麼看法呢？想到這裡我便尋找著他的身影，結果他已經在ＡＬＳ集團的角落背對著這邊，並且把手交叉在腦袋後面。在感嘆竟然有如此易懂的鬧彆扭模樣時，也覺得應該再次評價牙王容得下這種公會成員的度量。

不過我當然沒有把話說出口，用力吸了口氣後就再次看著凜德說：

「了解了。今天是十九日，魔王攻略戰預定在二十一日舉行對吧？這樣的話，我們會在二十日傍晚前完成第三層的任務，然後報告結果。當然……前提是你們信得過我們的情報。」

結果這次換成凜德緊繃的嘴角露出類似苦笑的表情。

「事到如今我們也不可能再雞蛋裡挑骨頭了。桐人先生……你剛才說過要以開路先鋒的身分，盡情做自己想做的事情。雖然很不服氣……但聽見那句話後，我想起了迪亞貝爾先生。」

他隨即正色咬了幾次嘴唇，然後才繼續說道：

「……迪亞貝爾先生在第一層托爾巴納召開的第一次攻略會議裡曾經這麼說過。他說我們必須打倒魔王，上到第二層，讓大家知道這款死亡遊戲總有一天會被攻略。還說這就是我們領先集團玩家的義務。我……打算繼承那個人的遺志。建立那個人應該會建立的公會，把它培養成最強的公會……這就是我的責任…………」

聽見之前幾乎沒有表露過內心世界的凜德忽然說出這樣的獨白，DKB的哈夫納與席娃達等人之外，連ALS的諸位成員都因此而靜了下來。寂靜當中，凜德把原本稍微垂下的頭往上抬起，像是下定決心般凝視著我，然後提出意想不到的問題：

「……趁著這個機會，可以請你告訴我一件事嗎？聽見迪亞貝爾先生臨死前遺言的，就只有桐人先生而已吧。那個人……最後說了什麼？」

我沒辦法馬上回答他的問題。

我當然不可能忘記迪亞貝爾最後的發言。但那實在是過於簡短，也太過於正經的一句話了。我沒辦法立刻判斷出，那句話裡是否存在凜德冀求的內容。

但隨便捏造一個謊言就不用說了，我甚至連不告訴他的選項都沒有。我一瞬間閉上眼睛，回想起「騎士」在四散前的臉龐然後回答：

「接下來就拜託你了。打倒魔王吧…………迪亞貝爾是這麼說的。」

結果凜德的臉忽然扭曲，然後再次深深低下頭。

不久後，震動的聲音就乘著夜風傳進我耳朵裡。

「…………我一定會打倒魔王。不論是這一層……下一層還是下下一層。因為龍騎士就是為此而組成的團體啊。」

依然低著頭的他，把身體轉向五名同伴，伸出緊握的右拳。從副會長雙手劍使哈夫納開始，單手劍使席娃達、連枷使那卡以及我還不知道名字的兩個人也迅速伸出拳頭來互碰。

再次挺起背桿轉過頭來的凜德，臉上已經重新出現平常那種傲慢精英般的表情。曲刀使依序看著我和牙王的臉，接著用拘謹的語調說：

「我們ＤＫＢ將在天亮之後開始攻略迷宮區。下一次的會議將在二十日的十七點於茲姆福特的會議場舉行。那麼，我們就此告辭了。」

這時不只是我們，連牙王也像是洩了氣的皮球般目送沙沙踩著草叢往東邊離去的六人小隊，最後他又用盡所有的力量丟出一聲「哼！」。

「依然是個自認為了不起的小鬼！我才是真正繼承迪亞貝爾先生遺志的人啦！喂，我們也走吧！可不能輸給那些傢伙，我們要先發現魔王的房間！」

以渾厚的「喔！」一聲回應會長的激勵後，ＡＬＳ的十二個人也開始往西移動。看來他們已經將據點移到下一個城鎮去了。

站在第二小隊最後面的牙王，在山丘斜面上前進了五公尺左右就停下腳步，以微妙的角度回過頭來說：

「喂，小鬼…………」

說到這裡就暫時閉上嘴巴，露出像喝了解毒藥水般的臉後……

「……桐人……先生。」

才又這樣向我搭話，感到愕然的我瞪大了眼睛，亞絲娜則發出「噗噗」的怪聲。幸好牙王像是沒有注意到我們的反應，只是一邊搔著刺蝟頭一邊說：

「結果任務還是被你給搶走了，所以我不會道謝。不過……我稍微覺得，攻略組有個像你這樣的傢伙在好像也不錯。我要說的就這麼多了。」

我好不容易才對準備追著伙伴離開的背影說了一句：

「……下次不用加『先生』了。」

輕輕揮了揮右手來取代回答後，ALS會長也消失在斜坡後面了。

等十人分的腳步聲逐漸遠去，表示在視界裡的顏色浮標全部消失後，亞絲娜率先呼一聲吐出長長一口氣。

我往那邊瞄了一眼，剛好和這時候抬起頭來的細劍使四目相對。

現在回想起來，目前尚未提到沒有叫醒亞絲娜就自己一個人來完成任務這件事。雖然她看起來沒有很生氣，但也有可能是前幾天那種憤怒模式的加強版，於是我畏畏縮縮地開口說：

「那個……我想您一定有很多話想說……」

「那還用說嗎？」

「是……是的。」

「不過還是等回到野營地再談吧。」

「好……好的。」

偷偷因為放心而鬆了口氣後，我這次又看向基滋梅爾。

黑暗精靈騎士默默地看著ＡＬＳ離開的方向，最後像是注意到我的視線般輕輕笑了起來。

「人族的騎士團也頗有模有樣的嘛。當然，還是比不上我們槐樹騎士團就是了。」

「是……是啊。我們不是叫作騎士團，而是叫『公會』。」

「我會記住。但是桐人……太過逞強不是一件好事。如果不是我醒過來發現你不在的話，就不會跑到這裡來了。」

「抱……抱歉。還有……謝謝。」

看來先醒的不是亞絲娜而是基滋梅爾。可能是察覺我的思考了吧，亞絲娜稍微嘛起嘴唇加了一句：

「是我說要追上來的，因為我想你一定又是在做什麼魯莽的事了。實際上你也真的做了……真是的，明明要我別跟公會的人對立……」

「抱……抱歉。還有謝謝。」

對兩個人深深行了個禮後，我從大衣口袋裡拿出一捲羊皮紙。當然就是從森林精靈的營區裡偷出來的命令書了。

「那麼，就把迷宮區交給他們，我們把這東西拿去交給我們的司令官吧。」

9

宣布要把第三層持續到第十章的活動任務，在十二月二十日的傍晚五點前——也就是實際上大約四十小時內完成的我，回到黑暗精靈野營地向司令官報告完成「潛入」任務後，馬上就開始接下來的任務。

第七章「採集蝴蝶」是找出森林精靈為了偵查野營地周邊而放出來的巨大蝴蝶並將其打倒的輕鬆任務。如果有提昇飛劍技能的話就會更簡單，但現在技能格子還是不夠，所以只能在即將天亮的森林裡追逐蝴蝶，然後拚命用撿來的石頭丟擲才好不容易成功。

第八章「西之靈樹」的內容是，司令官看完我們帶回來的極機密命令書後，知道森林精靈有了不惜強行襲擊野營地的覺悟，於是決定暗中把「祕鑰」送到第四層的基地去。我和亞絲娜與基滋梅爾就跟三名黑暗精靈士兵一起朝著黑暗精靈族用來往來於各層之間的「靈樹」前進。

但是像這種運送重要道具的任務，路途中當然不可能平安無事，我們朝著森林西邊的靈樹邁進時，忽然被神祕黑衣集團襲擊。完全蓋住臉部的敵人，暫定專有名稱是「未知掠奪者」的四名襲擊者當中，有三個人輕易就被我們打倒。因為我和亞絲娜的等級已經比預設值要高出許多，而且還有基滋梅爾這名精英騎士大人與我們同行。但第四個人忽然丟下煙霧彈，然後從產生混亂的黑暗精靈士兵懷裡偷走了祕鑰。

當然我早就知道會遭受襲擊，所以拚命試著要把四個人全部打倒，但那果然還是不可能避免的發展。打倒的三個人，屍體立刻變黑融化消失，在這個階段還無法得知他們的身分。

接著第九章「追蹤」的內容是追趕逃往森林深處的盜賊，但封測時期光是這個任務就讓我從早一直忙到晚。理由是要在森林中找出唯一的線索「發光印記」——精靈士兵似乎用裝有發光藥的小瓶子丟中了盜賊——實在是太困難了。

開始第九章的時候，已經過了十九日正午，所以我已經有奮戰到深夜的覺悟。但驚人的……不對，老實說早已經相當習慣的基滋梅爾之力立刻就粉碎了我的覺悟，站在小隊前頭的騎士大人嘴裡不停說著「在那裡」「接下來是那裡」，完全不用等待就不斷發現印記，所以下午兩點就已經發現盜賊逃進去的洞窟了。

這時需要先向司令官報告結果，所以我們就回到野營地順便用餐與休息，到了傍晚就開始第三層的最終任務，也就是第十章「奪回祕鑰」。這是得攻略一座比不上迷宮區但依然相當廣大的迷宮，所以當天實在不可能突破這個難關。從天亮之前就馬不停蹄進行任務也累積了不少疲勞，所以在打倒地下一樓的超巨大蠍蛛型魔王後就先暫停攻略進度。

深夜十一點回到野營地，然後輪流入浴。這次基滋梅爾換成闖入亞絲娜正在使用中的浴室帳篷，雖然裡面好像發生了很多事，但很可惜的，隔著帷幕所能聽見的就只有輕聲悲鳴、水聲以及笑聲，根本無法推測裡面發生了什麼狀況。深夜用完餐後立刻就寢，在天亮之後的十二月二十日早晨起床。到打鐵舖進行裝備保養，然後在道具屋補給消費性道具後，隨即意氣風發地前往攻略巨大迷宮的地下二樓。

由於中途先回到野營地裡，三名士兵已經不再跟著我們，但只有我和亞絲娜、基滋梅爾三個人在戰鬥中反而容易有天衣無縫的合作。順利解決以蟲型與野獸型為主的怪物群，終於在迷宮最深處發現蒙面盜賊的基地。

以隱密行動潛入基地，從窗戶偷窺類似食堂的大房間，隨即發現裡面有五名沒有蒙面的盜賊。他們不是森林精靈，當然也不是黑暗精靈。是有著壞死般墨綠色皮膚，長相有點像惡魔的異族。

浮標上顯示的名字是「墮落精靈戰士」。基滋梅爾臉上閃過緊張的神情，但現在沒有多餘的時間問太多了。繼續往更裡面走，在幾次不可迴避的戰鬥裡贏得勝利後，迷宮的——同時也是這個任務的最終魔王「墮落精靈司令官」終於出現。

雖然身邊有許多雜兵的魔王是相當棘手的敵人，但還不至於讓等級已經昇到這層極限的我們陷入危機。被亞絲娜的騎士細劍刺中致命一擊後，司令官就隨著詛咒的台詞一起變黑、融解並消失。

在成為戰場的大房間深處找到大量寶物並取回翡翠祕鑰後，我們就離開迷宮。這次終於成功把祕鑰送到「西之靈樹」，讓極為漫長的活動任務到此告一段落（當然是只有第三層的分量）——

當我和亞絲娜擊掌的時候。

基滋梅爾突然對我們說出意想不到的發言。

「亞絲娜……還有桐人。」

柔和的陽光從紫色頭髮滑下，美貌的騎士以極為沉重的聲音一句一句地說道：

「既然知道『墮落精靈』與森林精靈聯手，就必須盡快將這把祕鑰送到上一層的堡壘去。為了能確實做到這一點，我想必須由我來親自運送……」

「咦……」

微微瞪大雙眼的亞絲娜往前走出一步，然後像是有某種預感般露出了有些緊繃的笑容。

「那……那我們也一起去，要是又受到襲擊就不好了。」

「謝謝妳，亞絲娜。我很感謝妳有這種心意。」

說到這裡就先停下來的基滋梅爾，一邊走到亞絲娜身邊一邊回頭抬起視線。

由於距離外圍還算近，所以正面可以看見一整片藍天。「靈樹」長了許多節瘤的高大樹幹就這樣聳立在蔚藍的背景下。

直徑達五公尺的樹幹根部附近有一個巨大樹洞，內部雖然是空洞，不過應該不是像茲姆福特那樣是由人力所刨空。樹洞深處的黑暗裡，可以看見微弱的藍光正在晃動。大樹周圍用長滿青苔的石頭築起堅固的牆壁，唯一的大門就由多達四名的精英士兵所保護。

這棵靈樹對精靈族來說就是轉移門，樓層的另一側也同樣有森林精靈的靈樹。封測時期當然出現過使用靈樹是不是就能不突破迷宮區抵達上層的言論。實際上也有公會組織了三十人的聯合部隊試圖突破大門，但還是被四名士兵輕鬆地擊倒了。就算能夠突破，玩家進到樹洞裡應該也什麼都不會發生就是了——

基滋梅爾一邊抬頭看著大樹一邊說出的話，直接肯定了我當初的預測。

「但是……很可惜的，只有我們留斯拉族可以通過這道靈樹之門……」

亞絲娜大概已經預測到了吧。她經過幾秒種的沉默後輕輕點了點頭。

「這樣啊……」

「嗯……」

基滋梅爾也輕輕點點頭，然後就暫時閉上了嘴唇，接著忽然改變身體的方向，靜靜地把手臂繞到亞絲娜背後。細劍使雖然微微瞪大眼睛，不過也馬上主動抱住騎士的身體。

把嘴巴湊到亞絲娜耳邊的基滋梅爾，用我幾乎快聽不見的音量呢喃著：

「……一個月前妹妹喪生之後，我就一直在找死亡的場所。和卡雷斯・歐的白騎士交手時，心裡想的是我終於能到妹妹身邊去了。但是……妳和桐人出現並救了我。一定是那個孩子引導你們到我身邊……」

我不清楚名為蒂爾妮爾的黑暗精靈藥師是不是真的存在於艾恩葛朗特。或許在沒有任何玩家看見的地方，黑暗精靈與森林精靈真的經過了大規模的戰爭，或者那個記憶──包含蒂爾妮爾的存在在內，都不過是基滋梅爾所被賦予的設定主幹而已。

但是我的眼裡確實能看見當時抱在一起的亞絲娜與基滋梅爾身邊，出現了海市蜃樓般搖晃的淡淡光芒。那是日光透過靈樹樹葉縫隙照射下來的光線特效……還是……

「………還能再見面吧？」

把臉埋在基滋梅爾頭髮裡的亞絲娜低聲說完，騎士用力點了點頭。

「嗯，一定能再見的。聖大樹將會引導我們。」

雙臂加強力道後，雙方就緩緩解開擁抱。基滋梅爾最後又笑著和亞絲娜互相點了點頭，接著就把視線移到我身上。

這時候應該要握手，不對，是擊掌吧……當我這麼想的一瞬間。大步朝我走過來的基滋梅爾毫不猶豫地用兩條手臂抱住了我。金屬鎧甲給了我冰涼光滑的觸感，而讓人聯想到針葉樹的清爽芳香則讓我有種置身於蒼鬱森林當中的感覺。

「……桐人。下次見面時，我們再來聊夢的事情吧。」

在耳邊這麼聽她呢喃完，我也一邊用雙手抱住基滋梅爾的背部一邊回答：

「嗯，一定會再見的。」

「嗯，那就這麼說定了。」

最後精英騎士的手臂用力抱緊我，然後身體就離開了。她往後退了一兩步，以右拳靠在左胸上來行了個禮。我和亞絲娜也自然地以同樣的動作回禮。

「那麼……暫時要分開了。抱歉不能跟你們一起去『天柱之塔』，不過以你們兩個人的劍術，守護獸不會是你們的對手。輕鬆把牠解決掉後就上來吧。我會在第四層等你們。」

「嗯，基滋梅爾也要小心喔。」

亞絲娜的話讓她微笑著點了點頭，接著騎士就迅速轉過身子，拖著長長的披風往大門走去。衛兵往左右兩邊分開，騎士經過之後門再次被堵住。

基滋梅爾再也沒有回頭，直接進入靈樹的樹洞，消失在內部的黑暗當中。幾秒鐘後，一道強烈的藍光閃爍著——

這週以來一直出現在視界左上角的第三條ＨＰ條，就隨著類似風聲的音效消失了。

結果精靈戰爭活動任務第三層篇的完全攻略報酬，並不存在像是對付迷宮區魔王的特效道具。

雖然野營地司令官隨著慰勞之詞所顯示出來的報酬選單上排了六種武器防具，但就算我們再怎麼仔細檢查所有道具的性能、特殊效果，甚至是加油添醋的背景描述，都找不到任何跟樓層魔王有關連的情報。

結果我選了帶有翻倒耐性與強化跳躍力效果的皮靴（理由是反省自己和摩魯特決鬥時曾經腳底打滑），亞絲娜則是選了跟基滋梅爾愛用的披風同一材質製成的兜帽斗篷。帶著些許光澤的淡紫色斗篷，雖然比不上原版披風但也有相當高的隱蔽效果，同時似乎還具有AGI上昇的效果。

之前一直相當事務性——應該說維持NPC一貫態度的黑暗精靈司令官，當我們選完報酬後就從椅子上站了起來，他做出某種憂慮的表情並說：

「我們精靈雖然壽命相當長，但是被刀刃砍中依然會受傷，傷勢太嚴重的話也會喪命。肉體的強韌度還比不上人族與矮人族。在地下迷宮和你們對戰的墮落精靈，是遠古的大地切斷前，企圖想藉由聖大樹的力量獲得刀槍不入的身軀，結果遭到流放者的後裔。他們開始在這座城裡作亂，而且還和森林精靈聯手想奪取祕鑰，這已經可以說是緊急事態了……我們這些先遣部隊將暫時留在這裡，調查墮落精靈留下來的線索，然後才回到第四層的堡壘去。希望你們能夠繼續助我們一臂之力。」

我和亞絲娜不自覺看向對方，然後同時點了點頭。

「好……好的，我一定會幫忙。」

「我們一定會竭盡所能。」

「嗯。我很期待你們的表現……堡壘的將軍大人應該也會厚遇你們才對。你們就把這封介紹信帶去吧。」

說完後，司令官就從桌上拿起捲成細長狀的羊皮紙交給我們。心懷感激地接下這個附加的報酬後，司令官忽然又叫住往後退了一步的我。

「你們是要爬上天柱之塔到第四層去對吧？」

「是……是的。」

「這樣的話，要注意守護獸的毒性攻擊。在這座野營地裡準備好充分的解毒藥水再出發吧。」

「謝……謝謝您的忠告。」

低頭行禮後，我們終於離開了帳篷。

一來到外面，宣告中午的角笛聲剛好響徹整座野營地。像是被從食堂傳出來的香味吸引過去般移動了十步左右，我就和亞絲娜面面相覷。

「……最後的建議，說起來還是有點用處啦……」

「這樣任務報酬的事情是不是謠言就有點微妙了……」

我已經在昨天跟亞絲娜提過出現一名為摩魯特的單手劍／單手斧使，同時也說明了他可疑的企圖。

從亞魯戈的情報裡，已經確定摩魯特加入了「龍騎士旅團」，並且導引他們攻略活動任務。另一方面，也可以確定他改變主要武器潛伏在「艾恩葛朗特解放隊」裡。

但是，造成牙王突然開始攻略活動的動機，也就是「攻略樓層魔王需要任務報酬」的情報是來自於摩魯特單純只是我的想像。如果這個情報完全是個謊言，我打算藉由這一點來從牙王那裡問出情報的出處，但是現在──

「……攻略報酬道具裡，沒有一種擁有攻略樓層魔王用的特殊效果。而牙王是說『不完成精靈任務，入手某種道具的話，魔王戰就會陷入某種恐怖陷阱當中』，所以應該可以說……這是假情報吧……」

「說得也是……但對方要是指出司令官告訴我們的『不帶解毒藥水會有危險』就是攻略魔王需要的報酬，我們很難完全否定就是了。」

這時AGI型的亞絲娜展現了該型特有的轉換速度，對著發出「唔唔唔」的聲音並陷入沉思的我說：

「再來就只能在傍晚的會議裡傳達所有的事實了。到時候再看那個摩魯特有什麼反應，或許就能知道些什麼。總之呢……先吃個飯，然後休息到出發之前吧。希望還能夠用基滋梅爾的帳篷。」

「……說……說得也是。」

就算可以使用，帳篷的主人也已經出發到第四層去，那時候就只剩下我們兩名住宿者了。

我沒有把心裡的話說出口，直接追上往食堂帳篷走去的亞絲娜。

應該說自己好運吧——這次帳篷裡沒有水果讓發現兩人共用一室狀況的亞絲娜投擲，所以我只有被柔軟的墊子丟中而已。

傍晚五點。

主街區茲姆福特的會議場裡，正舉行著第二次的攻略會議。

凜德率領的ＤＫＢ與牙王率領的ＡＬＳ果然按照宣言，將地圖標示到迷宮區最上層的魔王房間為止。聽說ＤＫＢ似乎在些微的領先下率先到達魔王房間前面。因此繼第二層之後，會議的司儀以及正式攻略時的聯合部隊領袖依然是由凜德來擔任。

原本期待可以在會場看到摩魯特的我和亞絲娜，因為他沒有出現而感到失落。我認為他有可能是把武裝整個換掉——因為是在城鎮裡，所以不論是不具備技能的武器還是鎧甲都能隨意裝備——脫下鎖子頭罩，以我認不出來的模樣混在人群當中，但經過亞絲娜的檢查後，發現兩公會在場的成員與第二層魔王戰時完全相同。

會議的議題從明天早上開始的樓層魔王攻略戰行程表來到了具體的戰術。這時「亞魯戈的攻略冊．魔王篇」也已經發布，所以就按照寫在上面的封測時期情報來決定各小隊的任務。

在提問與回答告一段落後，我向凜德要求要發言。我要說的當然是關於活動任務報酬的事。站起來之後，我首先說明了一下任務大致上的流程。講到墮落精靈登場時，會場出現些許騷動，當中似乎有人想聽聽詳細的內容，不過這些事情應該會刊載在近日出刊的「亞魯戈的攻略冊．精靈戰爭篇Ⅱ」裡頭，所以我就先割愛，把話題轉移到重點上。

「……從結論來說，道具本身對樓層魔王沒有什麼特別的效果。不過……收下報酬後，精靈的司令官給我們一個魔王戰時的忠告。」

所有人都為了不漏聽消息而安靜了下來。但是……

「嗯……『魔王會使用毒性攻擊，所以要準備大量解毒ＰＯＴ』……就這樣。」

我的話讓議場籠罩在微妙的空氣當中。因為這忠告實在太過簡單也太過基本，甚至會讓人想回答不用說也會帶解毒藥水過去啦。我輕輕乾咳了一聲，然後為了司令官的名譽又補充說道：

「話先說在前面，封測時期的魔王沒有什麼太過誇張的毒性攻擊。這可能就是這次的變更點，我想還是盡可能帶多一點解毒ＰＯＴ比較好……至於這個情報是否合乎『攻略魔王需要任務報酬』，就交給凜德先生與牙王先生判斷了。」

結束發言的我一坐了下來，會場就陷入一片騷動當中。除了有「不是特效道具實在太令人失望」這樣的意見之外，也有人主張「這情報比道具什麼的重要多了」。後者的代表人物是ALS的喬先生，只聽見他用熟悉的尖銳聲音大聲呼籲著「現在所有人立刻去進行活動任務的話，說不定還能聽見更重要的消息」。

但這次又是牙王的一聲吆喝讓他安靜了下來，議場恢復寂靜之後，講台上的凜德便發揮越來越像一回事的領袖氣息，為事情做出了結論：

「今天晚上也到下層的道具屋去，把解毒藥水補充到需要的數量以上。然後行動將按照預定在明天早上九點開始。集合地點在茲姆福特北門。所有人一起移動到距離迷宮區最近的城鎮黛賽爾，休息後進入塔內。擊破樓層魔王的目標時間是下午兩點。」

這時曲刀使閉上嘴巴，從左到右環視會議場內的四十多人，然後高聲以充滿精神的聲音說道：

「明天晚上，讓我們在第四層主街區舉杯慶祝吧！各位……我們一定要贏！」

上一次的會議裡，我一邊看著跟現在一樣站在講台上的凜德，一邊想著「你很難成為迪亞貝爾」。

但是，就算不能成為迪亞貝爾，凜德應該也有他才能扮演的角色。那是比各方面都在逃避的我更加重要……為了到達遙遠的第一百層，一定得有人必須擔任的角色。

另一方面，也有人攬下了「誰都絕對不能扮演的角色」。就是試圖引發DKB與ALS衝突的摩魯特，以及引誘傳說勇者犯下強化詐欺罪行的黑色雨衣男。雖然目前仍不明白他們真正的企圖，但是他們一定還會設下某種陷阱才對。為了有備無患，我也得繼續扮演好自己的角色才行。就算是攻略集團的異端，應該也有能做的事才對。

我一邊和周圍的玩家一起對著在一百公尺上空擴展開來的石頭與鋼鐵的底部舉起右手，一邊緊握住新的決心。

隔天——二〇二二年十二月二十一日週三，下午一點十二分。

艾恩葛朗特第三層魔王怪物「邪惡樹妖．涅里烏斯」在七支小隊共四十二人的聯合部隊攻擊下被擊敗了。

大型樹木型魔王和封測時期不同，頻繁地發動廣範圍毒化技能，但還是沒辦法讓大量準備的解毒藥水用罄。正如我所預料的，擁有騎士刺劍的亞絲娜在攻擊力上明顯領先群雄，目前大家都只能感嘆她的實力。

戰鬥時間是五十三分。繼第二層之後，犧牲者依然是零。

而聯合部隊裡沒有單手斧使摩魯特的身影。

10

「……我也想要搶耶。」

亞絲娜一邊爬上通往第四層的螺旋階梯，一邊微微鼓著臉頰說道。

「啥？搶什麼？」

一這麼反問，細劍使的嘴唇就噘得更尖了。

「那還用說嗎？最後一擊獎勵啊。」

「啊……喔、喔……」

「最後我和你的劍技應該是同時擊中魔王吧？而且雙方都是二連擊技，我細劍的攻擊力應該比你的劍還要高吧？」

「是……是啊……」

「那為什麼還是被你拿走？理論上來說，ＬＡ應該是屬於我的吧。」

「嗯……這個嘛……可能是我的劍技比妳早一點點擊中對方吧……」

「沒有！是・同・時！」

亞絲娜迅速把臉別開，然後加快爬樓梯的速度。我急忙從後面追了上去，試著改變話題：

「關……關於這件事，從第二層爬到第三層時，我不是說過SAO的戰鬥是Concerto嗎？翻成日文的話就是……二重奏……不對……」

「是協奏曲！」

亞絲娜在背對著我的情況下嚴厲地訂正了我的錯誤，雖然她應該看不見，但我還是指著她搖晃的斗篷做出「就是那個！」的動作。

「對對對，那個協奏曲，是以一種主樂器與複數的管弦樂器組合起來的演奏形式對吧？我把它解釋成一人對上多數的戰鬥，但是妳說可能不是這樣……」

「……然後呢？」

亞絲娜緩緩放慢腳步，和我並排在一起後露出詫異的表情。

「那是什麼意思？」

「嗯……就算組成小隊或是聯合部隊，我依然都是自己一個人……但是，危急的時候看了一下周圍，就發現還是有伙伴在，大概就是像這樣的意思……」

「…………一點都不像你會說的發言。」

亞絲娜一臉嚴肅地做出這樣的評論，我則像是深感同意般點著頭。我想一定是隔了一週的樓層魔王攻略戰後，激昂感還沒完全消失吧。

亞絲娜以交雜著驚訝與懷疑的視線看著我，最後呼一聲吐了口氣並且微笑著說：

「按照你的解釋，那第三層的獨奏樂器就不是我們兩個人了。」

「……咦，那是誰？」

「當然是基滋梅爾啊。」

她立刻這麼回答，而我則再次深深點了點頭。長達十章的活動任務裡，基滋梅爾幾乎在所有戰鬥當中都完全展示出她壓倒性的實力，我和亞絲娜一直都是擔任輔助的角色。在第三層深邃森林這個舞台上演奏的協奏曲，主角無疑就是黑暗精靈的女性騎士。

「…………應該還能見面吧。」

我沒辦法立刻回答亞絲娜的呢喃，只是抬頭看著出現在前方的白堊門。

凜德率領的ＤＫＢ以及牙王等人的ＡＬＳ，這次依然因為戰後處理——其實是打著這個名號的掉寶道具分配擲骰子大賽而留在魔王房間裡。因此首先打開下一層的門，並且告訴亞魯戈已經擊敗魔王的任務就再次落到我們頭上。

我想著仍未有玩家踏入……但是重要的伙伴應該正等待著我們的新樓層，一邊開口說道：

「一定能見面的。」

黑白協奏曲　完

後記

我是川原。謝謝您閱讀這本《Sword Art Online刀劍神域 Progressive 2》

我想到了這個時候差不多可以寫出來了，這本《ＳＡＯProgressive》最初並不是由重新把浮遊城艾恩葛朗特的攻略從第一層寫起這種有勇無謀的概念開始。

我想收看過二〇一二年七月到十二月播放的電視動畫版ＳＡＯ的各位觀眾應該都知道，動畫版的構成是按照時間順序來排列原作的各個故事。但是原作幾乎沒有寫到艾恩葛朗特攻略的開頭部分。原作裡死亡遊戲從二〇二二年十二月開始後，到隔年二〇二三年四月桐人遇見「月夜的黑貓團」的半年之間可以說是一片空白。

這樣動畫版的第一話與第二話之間實在跳過太多劇情，所以就決定「至少也要好好寫到第一層突破為止！」，接著我就以小說的形式寫下了從桐人和亞絲娜首次遭遇到第一層魔王攻略戰為止的故事。雖然發生過份量比指定稿紙張數多出兩倍而讓製作團隊臉色鐵青這種令人微笑（？）的一幕，總之在這樣的經過下誕生的，就是收錄在上一集裡的〈無星夜的詠嘆調〉。

總而言之，工作上來說我已經沒有必要繼續寫下去了，但寫完〈詠嘆調〉之後，一直有

「那之後的桐人和亞絲娜究竟怎麼了」的心情殘留在我心中。上一集的後記裡也曾寫到這樣的糾葛，我很想繼續追蹤上到第二層的兩個人（還有亞魯戈、艾基爾以及牙王），但一旦開始寫後就再也沒有退路，而且也會出現跟已出版的故事有所矛盾的地方，所以我就猶豫了一陣子。

但是，作家的宿命就是一旦興起創作念頭，不把它寫出來就會覺得坐立難安……便不顧一切開始創作〈幻朧劍之迴旋曲〉，雖然再次超出預定的份量，但總算是把它完成了。然後在二〇一二年十月將〈詠嘆調〉與〈迴旋曲〉集結成冊後出版。也就是說，這部Progressive在某種程度上算是在「自然的趨勢」下開始的系列。不是這樣的話——就算心裡再怎麼想寫——我也沒辦法下定決心重新爬上高達一百層的艾恩葛朗特。

但既然開始往上爬，就再也不能回到起始的城鎮了！於是乎，讓大家等待了很長一段時間後，終於能夠獻上第三層攻略篇〈黑白協奏曲〉了。原本想按照上一集所預告的，把主題定調為「活動任務」，卻反而把焦點完全放在NPC的基滋梅爾身上，讓任務的後半部分像是在急行軍一樣，這全是因為我能力不足所致。

開始寫稿之後，我再次有了MMORPG的任務真的很不可思議的感覺。單人RPG的話，主角是出生在那個世界，然後某一天出發去旅行的冒險者，所以挑戰或者被捲進各式各樣的冒險當中都是相當正常的事。但我覺得MMO的玩家角色就帶有某種異國人士的感覺。應該說真人玩家的要素變得更重要了……在真實存在的MMO裡就有已經這種感覺，而在SAO這款虛構的ＶＲＭＭＯ裡角色完全等於玩家，所以就變成桐人與亞絲娜是從現實世界這個異國來到艾恩葛朗特的存在，並在這裡進行任務。在那個地方發生了什麼事、兩個人有什麼樣的心情……我就是一邊想著這些事情一邊寫著〈協奏曲〉。而這也就必然得提及浮遊城艾恩葛朗特是如何誕生這一部分的事情了，我想今後也將繼續慢慢描寫到這部分的故事。何況活動任務也還有好一陣子才會結束。

第四層攻略篇可能要到明年才會推出（註：此指２０１４年），不過我會以和桐人他們一起朝著第一百層前進的覺悟繼續寫下去，也請大家繼續支持本系列。接下來就是ＳＡＯ本篇的第14集，故事預定是從「變成整合騎士的尤吉歐和桐人單挑之後究竟會有什麼發展！」的地方開始。當然也要請大家多多支持本篇的故事！

感謝ａｂｅｃ老師再次在超危險的時間表裡幫忙創作了超酷超刺激的插畫，還有從我無法解讀的筆記裡製作出超漂亮地圖的来栖老師、按照慣例被我添了許多麻煩的責任編輯三木先生與土屋先生，真的很謝謝你們！當然也很感謝閱讀這本累積起來算是第三十本作品的各位！明年也請大家多多指教了！

二〇一三年十月某日　川原 礫

國家圖書館出版品預行編目資料

Sword Art Online刀劍神域Progressive / 川原礫
作；周庭旭譯. -- 初版. -- 臺北市：臺灣角川,
2014.07-
冊；　公分

譯自：ソードアート・オンライン プログレッシブ

ISBN 978-986-366-044-6（第1冊：平裝）. --
ISBN 978-986-366-307-2（第2冊：平裝）

861.57　　103010682

Kadokawa
Fantastic
Novels

Sword Art Online刀劍神域 Progressive 2

（原著名：ソードアート・オンライン　プログレッシブ2）

2015年2月10日　初版第1刷發行
2022年3月14日　初版第8刷發行

作者：川原　礫
插畫：abec
日版設計：BEE-PEE
譯者：周庭旭

發行人：岩崎剛人
總編輯：蔡佩芬
副總編輯：朱哲成
美術設計：吳佳昀
印務：李明修（主任）、張加恩（主任）、張凱棋

發行所：台灣角川股份有限公司
地址：104台北市中山區松江路223號3樓
電話：（02）2515-3000
傳真：（02）2515-0033
網址：www.kadokawa.com.tw
劃撥帳戶：台灣角川股份有限公司
劃撥帳號：19487412
法律顧問：有澤法律事務所
製版：尚騰印刷事業有限公司
ISBN：978-986-366-307-2

※版權所有，未經許可，不許轉載。
※本書如有破損、裝訂錯誤，請持購買憑證回原購買處或連同憑證寄回出版社更換。

©REKI KAWAHARA 2013
First published in 2013 by KADOKAWA CORPORATION, Tokyo.
Chinese translation rights arranged with KADOKAWA CORPORATION, Tokyo.